歴史を商う

書肆 雄山閣
百年ものがたり

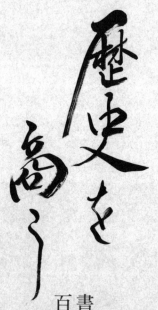

中央自動車道から臨む富士山

目次

序章

富士

中折れ帽の先に軽く手をやって電車を見送ると、金雄はもう足早に歩き出していた。会釈の先の窓の向こうでは旧い友人がやはり帽子を上げていて、チンチン、とベルを鳴らして電車が動き出すと、その姿は間もなく視界の端に切れて分からなくなった。そのまま反対方向に、市電の線路沿いに歩いて牛込見附の橋に出ても良かったのだけれど、ふと思いついて今日は少し遠回りをして帰ることにした。

そもそも、こうして停留場まで出て来ていたのも、予定外の遠回りだった。今日は午後、すぐ道向こうの酒井伯爵邸で本の打ち合わせがあって、そのまま社に戻るはずが二十年も昔の旧友に屋敷の前でばったり出会ったのだ。牛込北町の停留場へ出るという彼を見送りがてら、道々互いのこれまでの年月について話そうじゃないかと大いに盛り上がった。何しろ、二人が知り合ったのは互いにまだ若く、東京に出て来てごく間もない頃だった。その頃、金雄は或る信用組合で集金係の仕事をしていて、同じ店で働いていたのがこの友人だったのだ。あの頃はお互い国の訛りもひどく、東京の街にも慣れず右往左往の毎日を送っていた。

「今、何してる?」

と、相手は次の用事が気になるのかせかせかと歩き始めながら、それでも視線をちらりと金雄の三つ揃いの上に落として訊いて来た。先だって三越で誂えたばかりのその焦げ茶色の服地はしっかりと打ち込まれた織り目が張りを放ち、小柄な金雄の体に溌剌とした印象を与えているはずだった。

「まあ、小さな所帯だけれどね、会社を経営しているよ」

そう言うと相手がかすかに息を呑んだのが感じられた。

「どんな会社だい？」

間を置かずに訊いて来たので実は出版社なのだと答えると、ほう、と意外そうな顔をして、

「そう言えば君はいつも飯を食いに出かけた時なんぞ、大きな事業をやりたい、この社会に名前を残したいと言っていたな。てっきりこいつは金融で儲けたいんだなと思っていたが……出版とはちと意外だよ」

そう言われると確かに、当時の自分は出版を一生の仕事とするとは考えていなかったことを思い出した。当時、二十代の初め、甲州の片田舎からとにかく東京に出たい一心で、育ててくれた養父母を置いて出奔した。かくかくしかじかの事業をやりたいという大志があった訳ではなく、とにかくどんなことでもいいから何か大きなことをしでかしてみたかった。しかしそれだって大志と言えるのではないだろうか。やがて幾つか職を変え、ひょんなことから出版とも広告屋とも言えないような仕事に携わるようになり、そこから一歩一歩本の世界に地歩を固め、今では立派な先生方に執筆をお願いして、華族さんの家にも出入り出来るまでになったのだ。二十年振りの旧友に、少しは誇っても良い道のりのはずだった。

「出版と言うと、あれかい、円本でも出しているのかい？」

友人はまだ訊ねて来た。

「いや、そういうものではなくてね、主に歴史の本を出しているんだよ」

「歴史？　そういや君は、休み時間によく講談ものを読んでいたな」

「さて、そうだったかな」

「そうだよ。宇喜多秀家がどうしただの何々合戦の陣形だの、よく読んでいたじゃないか。だけど歴史の本は売れるのかい？　なかなか景気が良さそうに見えるけれど」

「いや、まあ、ぼちぼちだよ」

「そうか、それは羨ましいね」

そう言った彼は金雄に比べれば相当にくたびれた三つ揃いを着込んでいて、四隅の革が剥がれた古い書類鞄を後生大事に使い続けているようだった。小さな食品会社の経理をしていると言ったが、先年からの不景気で青息吐息なのかも知れない。金雄は他にももっと話してみたいこともあったけれど、ぐっと口をつぐんでただ名刺を渡すだけにとどめることにした。

「暇が出来たら遊びに来てくれよ。今はこの神田の住所だけれどもね、来年にはそこのお濠を渡ったすぐ向こうに越すんだ。新しく出来た飯田橋の停車場の近くだよ」

そして彼は旧友を見送った。実はそれはただの引っ越しではなく、総工費五万円をかけて建築中の自社ビルヂングへの晴れがましい移転ではあるのだけれど、くたびれた相手の様子を見ては口にしない思いやりがあった。

＊

歩き始めた市ヶ谷の屋敷街に、さっと春の風が吹く。茶色の制服に赤の襟章をつけた士官学校の生徒が二人、この間の演習の後に食べたどこどこの鳥鍋がめっぽう美味かったと話すのとすれ違い、やがて入り組んだ古い町並みをたぶんこちらの方角だろうと当たりをつけて曲がる時ちらりと顔を上げると、秀英舎の長い煙突から蒸気の煙が、空に白く筋を引くのが見えた。

やがて屋敷街がようやく途切れ、かすかに水面を波立たせた外濠が太々と現れる。まだ水の上に出るには肌寒いはずなのに、それでも法政の学生だろうか、元気のいい若者が四、五人ボートを浮かべていた。橋を渡りながら牛込見附の方を見渡すと、何本か、桜が花をつけているのが見える。震災前まではあの辺りからここまで毎年見事な桜の屋根が続いたものだったのに、どういう自然の摂理なのだろうか、あれ以来ほとんど咲かなくなった。それでも、春の風に吹かれながらお濠を渡るのは何とも気分がいい。そうだ、震災と言えば、あの未曽有の大災害も、俺は百姓の馬鹿力を出して乗り切った。今や二百何十年から続くお江戸東京の、いっぱしの紳士たり得ているんだからな――

橋を渡り切ると、そのまま、靖国神社の長い塀に沿った坂を上った。富士見坂というこの坂は金雄の気に入りの道だった。そう言えば、確かあれもさっきの友人と一緒だった信用組合で毎日毎日貸し先を集金に回っていた時分、その途中だったか帰り道だったか、同じこの坂道を上って誰かに声を掛けられた気がして振り向くと、富士の山が見えた日があったのだ。

ああ、富士だ。富士が見える。その時思わず俺は足を止めて富士を眺めたっけ。まだほんの子どもだった時分から、どんな悲惨な時でも見上げて来た山がこの東京でも見える。親戚の家を転々とたらい回しにされていた時でも、その後に放り込まれた寺でひどいいじめに遭った時でも、その後も、その後も、その後も――いつも自分は富士を見上げて、富士はこちらを見下ろしていた。何て力強く、恐ろしいほどに美しい山だろう。

そうだ、あの日以来だ。いつか自分が東京で大成出来る日が来たら、富士が見える場所に事業所を構えようと決めたのは。今、二つの角を曲がり、大神宮の森を過ぎるとにわかに見えて来る鉄骨と石の塊の工事現場。ごみごみと木造の家が続くこの一帯では道行く人々は皆驚いたように、しばらく立ち止まって見上げて行く。

「来年の春、このビルヂングが出来上がって三階の窓に立ったら、」

自分も同じようにしばらく立ち止まり金雄は思った。

「きっとあの日と同じ富士が見えるだろう」

頂から中腹まで白く雪をかぶり、自分を、東京を、この島国に住む総ての人々を見下ろしている富士の山。それから一しきり工事の職人に激励の言葉をかけ、やがて歩き出すと幼い頃からの思い出が帽子のつばの内側をぐるぐると春の風のように駈けめぐった。

昭和８年頃の長坂金雄（自宅玄関前にて）

第一章

薄幸の子

金雄、零歳から五歳

一

金雄の最初の記憶は、大人たちの冷たい視線、或いはその気配だった。自分の周りをぐるりと丸く、まるで見世物でも見るように大人たちが取り囲み、口々に、何か、耳触りの良くないことをささやき合ったり肯いたりしながらじっと視線を当てて来る。

或いは、春の昼間、家の中に迷い込んで来たもんしろ蝶を追いかけていると、土地の言葉で「ひじろ」と呼ばれる囲炉裏の周りに座った大人たちが、不意に話を止めてじっと自分を見つめていることがあった。そうするともう金雄はもんしろ蝶をあきらめてしまって、その場にただ座り込むしかなかった。

そうやって、自分が誰からも歓迎されない子どもであることを、体に刻印されるようにして金雄は育った。いや、ただ一人、この世に自分を愛してくれる人はいた。けれど、そのただ一人の人、やさしい面差しをした父はいつもどこかを出稼ぎに回っていて、めったにこの土地には帰って来ない。だから金雄はいつもたった一人で、大人たちの冷たい視線を受けとめなければならなかった。父が今度いつここへ帰るのか、それとも――まさかそんなことはないとは思うけれど――もう二度と帰って来ないつもりなのか、そんなことも小さな金雄には皆目分からなかった。

＊

「金坊、あたし、すごいこと聞いたんじゃん」

或る時、金雄が置いてもらっている親類の家の娘、みさをという名の従姉が言った。

「おまんのおっかあさんの話じゃん。聞きたいだろ」

思わず息を呑んで言葉が出ないでいると、みさをは勝手に喋り出した。

「おまんはね、ここで生まれたんじゃないんだってさ。どこだと思う？　甲府じゃん。甲府で生まれたんだってさ、てっ、そんな怒った顔して何だよ。ぜーんぶ、ほんとのことじゃん。ふでおんばあさんが教えてくれたんだから本当さ。それでおまんのおっかあはな、おまんを産んだ後すぐに家出してどっかへ消えてしまったんだってさ」

それが、金雄が母のことを聞いた最初だった。胸が張り裂けてしまいそうなその話は、けれどこの後、別に秘密にされることもなく何度も大人たちの口から遠慮なく投げかけられることになった。例えば「てっ、この子かい、伊三郎さんの嫁が置いて出てったのは」とか、「本当にかええぎな子なんだよ。だからうちも仕方なく置いとくしかないじゃん。子どもに罪はないんだからさ」などといった言葉で。母に捨てられた子――その事実は金雄の心を暗く塗りつぶし、けれどそれと同時に一種の諦念のようなものを早くから植えつけて行った。

＊

ずっと後になって、金雄は大人たちから聞いた話を一つ一つつなぎ合わせるようにして、自分の生まれた時の成り行きとそれにまつわる様々な出来事を一篇の物語のように眺めてみることが出来るようになった。多くの人の話を総合すると、自分が生まれたのは明治十八（一八八五）年の秋のことらしく、場所は甲府市内にある小さな左官問屋で、父、斎木伊三郎はその甲府の街から小淵沢方面へ、五里ほど奥地へ進んだ山あいにある北巨摩郡武里村牧原という村の出身だった。母やすとは甲府で知り合ったらしい。

牧原は、三方を甲斐駒ケ岳、八ヶ岳、七里岩に囲まれた盆地の村で、唯一開けた南側の空には、晴れた日には富士が浮かぶ。良くも悪くも水に左右されて来た土地柄で、北側を流れる釜無川が時に大氾濫を起こして家や田畑を押し流す代わりに、ほんの少しでも土を掘れば八ヶ岳の湧水が尽きることなくあふれ出す。人々は水に恵まれた地の利を生かして、古くから米や野菜を作って生きて来た。

父の生家は、その牧原で、まあ中農と言えるくらいの農家だった。しかも父は長男だったから本来ならば先祖代々の土地を守って行くべきで、甲府に出るなどおかしな話だった。それが畑違いの商売などしていたのには訳があって、金雄の不幸な生い立ちもそのことと実に大きな関係を持っている。

「本当におまんのおっとうは甲斐性無しで、」

或る時、親類の一人がしみじみと話したことがあった。

「いつもふらふらして一向におまんを迎えにも来ん。まったくみんな困っとるが、だけど、だけどもよ、おんじいさんにあんまりひどいことをされたもんだから、ああなったのも仕方ないとも思うこともあるんち」

　それは村の皆が口を揃えて言うことだった。どういう訳なのかは誰にも分からなかったが、父伊三郎は祖父の直久から徹底的に嫌い抜かれていた。それもある程度父が成長して、何か性質上の欠点がはっきりするようになってからのことではなく、まだ本当に頑是ない子どもだった時分から、ひどく虐待されていたというのだった。

「本当に、どおいであんなに嫌っていたか見当もつかん」

「みんなひどいひどいと言っていたよ。馬鹿息子だごくつぶしだって、何かと言やあ折檻してたじゃん」

「秋祭の後じゃんけえ？　貞太郎さんが注意に行ったこともあったじゃん」

「なあに、うちだって行ったずら」

　小さな村はほとんど全員が遠く近くに血のつながりを持っていたから、お互いの家をしじゅう行き来し合っていた。祖父が父にしていたことは村の皆が知ることで、しかも更に残酷なことに、次に生まれた男子織三郎をまるで真反対に溺愛してはばからなかったのだ。

「織三郎さんを甲府にやるなんて話が出た時は、それはたまげたじゃん」

「ほうほう。学問をやらせるなんてほんなこん、こんな田舎で聞いたことがなかったもん」

「それも伊三郎さんも一緒にならまだはなしゃ分かるが、織さんだけと言ってな」

「あん時も随分諌めたんだが埒あかん」

　祖父は、金雄の叔父に当たる織三郎を甲府にある徽典館という学問所に通わせた。まだ維新前のことだから、そこは本来なら武士の子弟しか通えない学校で、特別に、農家の子も通える別班が出来たと聞きつけると無理算段をして送り込んだのだ。寺子屋止まりの父とはあまりの違いだった。

しかし、当時の家族制度では、家督自体は長男に継がせなければいけなかった。やがて明治へと世の中が変わって十年ほどが経った頃、祖父は隠居して嫌々ながらに家督を父へ明け渡した。もちろん、内心では父のことなど当てにしていなかったに違いない。同じ頃、織三郎叔父は徽典館を卒業して、そこは後の大学、大学院にも相当する最高学府だったから、二十代の若さで甲府市内の小学校に校長として迎え入れられた。叔父は明治の選良であり、牧原の所謂「郷土の誉」でもあった。

二

けれど、これが祖父の絶頂の時だった。斎木の家はその後、果てしない没落へと堕ちて行くことになる。

まず、父が、家業の農業をめちゃくちゃにしてしまった。青年に達した父は家督を継ぐ以前から、祖父に罵倒されて育ったその罵倒を親切になぞってやろうとでも言うようにして荒れた生活を送っていた。昼間から大酒を飲み、近在の女たちを次々と誘惑する。家督を継いだ後もしみついたその生活態度は改まることはなかった。もちろん、自然を相手の畑仕事など回して行けるはずもなく、たちまちのうちに相続した土地をあちこち切り売りして食いつなぐ暮らしに落ちぶれて行った。

その頃、父は金雄の母とは違う先妻を娶り、女の子と男の子を一人ずつもうけていた。けれどその女性は度重なる心労に疲れ果てたのだろうか、呆気なく亡くなってしまい、父はひとまずまだあどけない二人の子を祖父母に預け、何とか一旗揚げて借金を返そうと、それで甲府に出て生まれたのが腹違いの金雄だったのだ。

一方、この頃、叔父の織三郎が思いもかけぬ顔を見せ始めた。品行方正に見えていた叔父は父のように酒にこそ溺れることはなかったものの、体の中には兄と同じ女好きの血が流れていた。校長を務めていた小学校に美しい女教師がいて、誘惑に勝てずひそかに関係を持ったのだ。その時、叔父は妻を娶り、もう子どももうけていたのだから、これは不倫の関係だった。やがて二人の恋は人の口の端にのぼることになり、甲府市教育界を揺るがす一大醜聞に発展した。明治という時代の社会通念では、教師とは、天皇陛下の聖旨を体現すべき存在だった。ましてや校長が女教師に手を出すなど、想像もつかない破廉恥行為とみなされた。

祖父はどんなに愕然としたことだろう。これが、一族の忠告にも耳を貸さず、総てをそそぎ込んだ偏愛の結末だった。今までさんざん長男を馬鹿息子呼ばわりして来たのに、期待も金もかけて育て上げた次男がそれを超える愚かなことをしでかすとはどういう親不孝者なのか。不倫の代償は殊の外大きく、叔父は免職となっただけでは許されず、山梨県下総ての教育機関で奉職不可能となった。こうなっては県を出るしかなく、妻子を連れて東京へ落ちのびて行った。

＊

こうして弟が大醜聞を引き起こしている頃、同じ甲府市内で父は慣れない商売に乗り出しつつ後妻やすを娶り、そして金雄がこの世に生まれ出ていた。当時父と仕事上のつき合いがあった人の話では、父は、交渉事については決して下手な方ではなかったという。けれど何しろ酒が止められず、ずぼらな性格も一向に改まらなかった。店の収支は常にどんぶり勘定で、次第に日々の暮らしにも手詰まりが出る。一方、母のやすは生真面目な性格で、しじゅう口論が絶えなかったという。次第に傾いて行く屋台骨のそのきしむ音を聞きながら、ついに、母は出奔したのだ。

それにしても、と金雄は思う。猫や犬だって子どもは命がけで守るものを、母はどれほどに薄情な女だったのか。そのことを思えば思うほどに自分は犬や猫以下なのかと悲しみ、そして憎しみで体が千切れてしまいそうになるから、もうずっと早い年の頃から、母のことを一切思わないようになっていた。

＊

その頃、東京へ出て行った叔父は教師かあわよくば校長の口をと探したものの、甲府での前歴がどこかから知れ渡るのか、良い職は見つからなかった。ようやく郊外の小学校で平教員の職にありつくことが出来たが、昨日まで栄達に包まれていた男子がこうまで落ちぶれるとは、「いやはや、織三郎さんは兄以上の馬鹿息子だったよ」と村の人が噂するのを、牧原にいて祖父はうつむいて聞くしかなかった。そしてついにいたたまれず、その馬鹿息子を頼って東京へ出ることに決め、その同じ頃、父は父で甲府の店を畳んだ。そもそも収支が上手く行っていなかったこともあるし、何しろ妻に逃げられ、男一人で乳飲み子を抱えていては商売にならないということもあった。ひとまず実家に帰ろうと考えたものの、祖父と祖母は——先妻の子も連れて——東京へ出てしまっている。仕方なく、しばらく牧原の伯父の家に厄介になった後、職探しに出るよりなさそうだった。

「どうか見つかるまでの間だけ、おんじいさん、おんばあさん、この子を預かっといてくりょう。甲府で商売をしていた頃の伝手があるち、すぐに職も見つかるから」

ところが一月経っても三月経っても父は戻って来なかった。それどころかどこで何をしているのか、葉書の一通さえ寄越さない。

「一体こん子をどうするつもりずらか」

伯父たちは途方に暮れて、寄ると触ると囲炉裏の周りで愚痴を言い合った。

「てっ、またあっこの兄弟が厄介しでかして。本当に困りもんじゃん」

「これもみんなあの頑固もんの育て方が間違っとったのが悪いんじゃ」

「今頃東京で、何をしとるずらか……」

それでも、一年半ほどが過ぎた頃、父はひょっこりと村に姿を見せた。聞けば、甲府や八王子の工場やらどこやらで、風が吹くままの出稼ぎ仕事をしていたと言う。

「じゃあ、こんなに長い間帰って来んで、どっか店にでも勤めてたんじゃないずらか」

「それが違うんで……」

「その日暮らしかい」

「はあ……」

伯父も伯母も、厄介払いが出来るとほっとした目算が崩れて気色ばんだ。

「うちも子どもしが三人おるちこれ以上世話もよう出来んのはおまんも分かるだろう。この子にはかわいそうだけど、東京のおっかあさんとこ連れて行けし。こん子だって姉さん兄さんと一緒の方がここにいるより幸せじゃん」

「それは確かにほうですが……」

「ほうに決まっとるよ」

こうして父と金雄は体良く村を追い払われることになった。背中に金雄を負ぶり、父がとぼとぼと畦道を歩き始めた日のことを金雄はかすかに覚えている。

「金坊、これから東京で暮らすんだぞ」父は言った。「東京と言ったら天子様が住んでいらっしゃる、日本の首都で大きな大きな街だから、おまんもきっとびっくりするじゃんか。それに東京にはおまんの姉さんと兄さんもいるんだぞ」

金雄はそんな父の言葉を聞きながらうとうとと背中に頬をつけて眠った。まだ甲武鉄道は敷設されていなかったから、東京まではひたすら甲州街道を歩くしかない。明治二十一年、金雄がやっと三歳になったばかりの十一月のことだった。

三

「あさの、おい、あさの」

その日、ごみごみと小さな家が並ぶ深川の裏道の一角で、父伊三郎はその中の一軒を出て来たばかりの女の子を呼びとめた。

「あ、おっとうさん……」

着古してずいぶん色の褪めた帯を結んだ女の子が立ち止まった。金雄の腹違いの姉あさのだった。

「ちょっと……ちょっと、こっちへ行くずら」

父は手招きして、せかせかと次の角まで追い立てるようにして曲がった所で足を止める。

「これからおつかいかい？　大変だね。今おっとうさんは家にいるのかな？」

「いるわ」あさのは、父が祖父に遠慮する気持ちをすぐに汲み取って答えた。「でも、三時になったらお出掛けするの。碁のお友だちの所に行くんだもの」

娘の言葉にはもうどこにも甲州訛りは残っていないのを伊三郎は目を細めて聞いていた。

「ほうかい。じゃあ、三時に行くよ。おまんに、八王子で買って来た帯もあるからね」

ぱっと顔を輝かせた後、あさのは首をかしげて父と手を繋いだ金雄のことを不思議そうに見つめた。

「ねえ、この子はだあれ？」

「誰だと思う？　あさの、おまんの弟だよ」

「弟？」

「ほうだよ。これから一緒に暮らすんだ。おまんは姉さんなんだから、ちゃんと面倒を見てやらなきゃいかんち」

「一緒に住むの？」

「ほうさ」

「そんなことおばあさまは何も言ってなかったわ」

「そりゃあほうさ。これから話すんだもの」

＊

こうして金雄は深川の祖父母の家に預けられた。山と川と田んぼに囲まれた牧原とは打って変わって、そこには川はあるものの材木やら何やら品物をいっぱいに積んだ商業の舟が次々と行き交っている。掘割と呼ばれるその川沿いには大商家の蔵や明治になってから出来たあれこれの工場が建ち並び、一本奥へ入ればごみごみとした裏長屋や寺や神社や小さな店が軒を接していた。同居する叔父織三郎の仕事の関係で住んでいたここ深川は、生粋の下町だった。人々はやけにハキハキとした言葉を喋り、時に道端で喧嘩が始まる荒っぽい気性を備えている。

その中で、甲斐の山里から出て来て息子たちの不始末に憮然としながら暮らす祖父は、更に孫たちの世話に追われてほうほうの体の暮らしぶりだった。東京へ転居後も叔父の女癖は止まらず、心労や生活の激変に疲れて妻は病床についていた。とっくに隠居したはずの祖父母は二人の息子たちそれぞれの二人ずつの子どもの世話を一手に引き受けざるを得なくなっていた。そこへ更に金雄が加わったのだ。

それでも、祖父は、これまでかわいがりにかわいがって来た叔父をまだ完全には見限れないでいるようだった。同じように押しつけられた五人の孫たちの中でも、叔父の子二人の方を依怙贔屓して、父の子どもたち三人は何かにつけていじめ抜く。

苦しい暮らしの中で、それでも叔父の娘の玉枝には時には新しい反物を買ってやることもあるというのに、あさのや弟の小太郎や金雄には古着屋の、破れ目のあるきものでも上等だと差をつけた。家の手伝いをしていて、例えば玉枝が雑巾がけの水をこぼしても叱られないのに、あさのや小太郎がそんなことをしようものなら足蹴にされて怒鳴られた。食事の間はしじゅう「おまんらはごくっつぶしだ」と罵られ、いつもひっそりと、まるで何か悪いことをしているようにものを呑み込まなければならなかった。昔牧原の村でしていたことを、祖父は東京でもそっくり繰り返し続けていた。

「金雄ちゃん、あんた、こんな小さいのにこんな所に連れて来られて、何てかわいそうな子なんだろう」

時々、姉が金雄を膝に抱きながら、そんなことを言った。

「これからだって、いいことなんて何一つないわよ。ねえ、小太郎ちゃんと三人でさ、みんなでどこか遠くへ行っちゃおうか」

金雄はそんな時きょとんと姉の顔を見上げた。安普請の長屋の雨戸は建てつけが合わず、月の光が部屋に洩れ入って来る。夜中に便所に行きたいと起き出した金雄につき合ってくれた姉は、その後も眠れないのか、金雄を膝に抱きながらただずっと髪を撫でてくれていた。

「ねええ？　お父さんがお金持ちになってさ、あたしたちを迎えに来てくれたら素敵だと思わない？　そうしたら金雄ちゃんと小太郎ちゃんと三人でうんとご飯を食べて、お祭りでも綿飴やメンコだとかもたあくさん買ってもらってさ、それで勉強だって立派にするのにね」

そう言われても、金雄は姉の浴衣の袖の先に癖がついて斜めに折れ曲がっているのをつまんでみるのに気を取られていた。いつも不機嫌な祖父は確かに恐ろしかったけれど、姉と、兄と、それから従妹の玉枝姉さんもやさしくしてくれていたから、幼い心にはまだ祖父の仕打ちもそれほどこたえてはいなかった。ただ、ふと見上げると、大好きな姉がぽろぽろ涙を流していて、気がつくと横の布団で兄の小太郎までが泣いているのを見ると悲しくなって来た。

「お父さん、迎えに来てくれないかな」姉はもう一度言った。「迎えに来てくれないかな……」

＊

そして或る日、金雄は海岸にいた。白い砂浜と漁師が使う小さな船と網と、右手の遠く彼方には、後から思えばたぶん品川辺りの、松や料亭の家並が見える浜辺だった。恐らく、そこは洲崎の浜か、それとももしかしたら佃島辺りまで足を延ばしていたのかも知れない。何しろ三歳のことなので、記憶は総てがぼんやりとしていた。まだ寒い季節で、波打ち際はもちろん、浜にもほとんど人のいない晴れた冬の日の午後だった。

そもそもどうやって子どもの足でそこまでたどり着いたのか——祖父の家のすぐ近くには小名木川が流れていたから、どこかの渡しから舟に乗せてもらったのか、或いは一時間以上かけてとぼとぼと歩いて行ったのかも知れない。とにかく姉と兄との三人で、その時、金雄は東京湾の砂浜に立っていた。

「金雄ちゃん、堪忍ね」あさのが言った。「でも、あんたがあの家に一人で残っていたって、もっともっとつらいことがあるだけだもの。こうして三人で一緒に死んじまった方がずっと幸せなのよ」

そう言って、姉は、砂浜にかがみ込んで金雄の草履を片方ずつやさしく脱がしてくれた。

「南無妙法蓮華経、南無妙法蓮華経」

姉も草履を脱いで、ぎゅっと金雄の手を握って水際へ歩き出した。もう一方の手は兄が姉と同じようにしっかりとつかまえてくれている。この腹違いの姉弟三人は生まれ変わってもまたきっと三人で、一緒の家に生まれて来るのだと誓っているようだった。

「南無妙法蓮華経、南無妙法蓮華経」

姉と同じように、兄も念仏を繰り返す。二人の声が重なって、それでもざざんざざんざざんと押し寄せて来る波の音にか細くかき消されそうになった時、金雄の小さな体はもう膝の辺りまで波につかっていた。

「おーい！」

背中の後ろから、その時誰かが呼ぶ声がした。

「おーい！　君たち、何してるんや、おーい、危ないぞ。止めなさい！　おーい、聞こえないのか！おーい、おい！」

その声はだんだん近づいて来て、はじめは金雄だけが振り返って姉たちは一心に念仏を唱えて海へと歩き続けていたけれど、じゃぶ、じゃぶ、じゃぶとその人もきものの裾をからげて三人のすぐ後ろまで水へ入って来た時、ようやく立ち止まって後ろを振り返った。

「何をしとるのや?」と、その男性は関西訛りの言葉で言った。「こんなことをして。今日みたく寒い日に海に入ったら死んでしまうぞ。こんなん小さい子巻き添えにして一体あんたらは何をしとるんや」

姉と兄は黙りこくってただ波の音だけが、やけに大きくざざんざざんと繰り返していた。

「そうかあ、」その人はしばらく三人を見ていてから言った。「かわいそうになあ。何や、嬢ちゃんたち、死にたいほどのつらいことがあるんやな。そうかそうかそうなんやな、かわいそうにな」

そしてその人は姉の肩にそっと手を置き、もう一方の手は兄の頭を長いことやさしく撫でてくれていた。子どもの目にも一目でいいものと分かる、上等なきものを着たどこかのお金持ちの旦那さんらしい人だった。

やがてその人は金雄の前にかがみ込んで、この子さえ取り戻したらもう安心とでも言うようにすっと抱き上げてしまって胸の中に抱え込んだ。

「なあ、お腹もすいたし、嬢ちゃんたち、寒いやろう? おじさんがご馳走してあげるから、どっか、あったかいとこ行こう。なーんでも好きなもの、食べたらいいから」

＊

思えばその浜辺は、やはり洲崎だったのだろう。浜辺の東は吉原と並ぶほどの遊廓街で、浜の周りにもぽつぽつとしゃれた料亭があった。その旦那さんは商用か何かで料亭へ来た後浜を散歩していたのか、或いは店の中から金雄たちの様子を見ていたのかも知れなかった。

ともかく、その人は、まるで洲崎の弁天様が不幸な三姉弟に同情して寄越してくれたお使いのよう

な人だった。姉の話をよくよく聞いた後、

「嬢ちゃん、どうやろう、京都に来てみる気はないかい？　嬢ちゃんさえいいならおじさんの店で女中さんとして使ってあげようか」

と言ってくれたのだ。この旦那の店は京都でも名だたる立派な宝石商で、屋号を黒木屋と言った。少し先を急いで姉の未来をきらきら光る宝石玉の中に覗いてみれば、あさのはそこで一心に奉公をして旦那夫婦のおぼえもめでたく、十年後、同じ宝石商人との縁談まで調えてもらうことになる。もちろん、そこまでの幸せをこの時三人は知らなかったけれど、不幸な同性の子どもを見捨てない弁天様のお力なのか、海の藻屑となるはずの日に突然総ての札が裏返ったことを、年長のあさのは特にはっきりと感じ取っていた。

そして、この姉ほどではなかったけれど、弁天様は弟たちの人生の双六も、いくらかは駒が進むようにとさいころを振ってくれたようだった。宝石商の旦那は姉を引き取るために祖父母の家に談判にやって来て、その話し合いが進む中で、弟たち二人もとにかくこの家を出ること、そして横浜に住む叔母のもとへと引き取られることが決まったのだ。

これは良い兆候には違いなかった。とにもかくにも金雄と小太郎は、家族の不幸の元凶である祖父の軛から抜け出すことが出来たのだから。けれどさいころが本当の幸運の目を出すまでには、まだもう少し時間が必要だった。

第二章

小坊主修行

金雄、五歳から六歳

一

その寺には、二千年の命を生きているという桜の木があった。ちょっと見にはとても木とは思えない、まるで神々が住まう国にあるという巨大な岩のような奇怪な幹が地面にうずくまっていて、やがてその途中から、一抱えも二抱えもあって普通なら幹と呼べそうな重たい枝が何本も空へ伸びている。「神代桜」と名づけられ、どこか恐ろしげでもあるこの桜は、けれど空に近い方では女の腕のようなたおやかな枝を張りめぐらしていた。今、びっしりと花をつけたその枝々が風に揺れるのを見上げていると、まるでゆらゆらと空そのものが動いているようだった。

この山のすぐ麓の柳沢の村からも、その東の向こうの牧原からも、春には毎日誰かしらが花見に訪れるこの寺に、金雄はついこの間、小坊主に出された。ちょうど桜のつぼみがぽつぽつと枝に目立ち始める頃で、毎日、境内を掃き清めた後に少しの間ほうきを置いて、だんだんと丸くふくれて来るつぼみを見上げてみる。慣れない寺暮らしの心細さもその間だけは忘れていられた。

この寺へ入ったのは、親族間の取り決めによるものだった。

深川の家から兄と一緒に横浜の叔母のところへ移ったものの、結局、叔母も一年半ほどでだんだんと二人を持て余すようになってしまった。相変わらず、忘れた頃にひょっこりと顔を現す父伊三郎との間に話し合いが持たれ、結局、二人は父につき添われて故郷の牧原に帰ることが決まった。ひとまずは、以前金雄を預かってくれた伯父の家に厄介になる。流れ流れて、結局また同じ家に世話になることが子ども心にも申し訳ない気がしたから、金雄も小太郎もよく手伝いをしてひっそりと過ごしていたけれど、その間に大人たちは二人の新しい落ち着き先を探していた。そしてそのことを二人ともによく分かっていたのだった。

結局、二人は、別れ別れになることが決まった。小太郎は、甲府の菓子屋へ。金雄は、牧原の隣り村の小山の上に建つ実相寺という日蓮宗の寺へ。金雄より五つ年上の小太郎はそれでもまだ十歳で、けれどこれまで苦労のし通しだったから年齢よりもずっと大人びて見えた。最後に金雄の頭を撫でてくれる時の眉間をきっと引き締めた顔を、金雄はじっと見上げていた。

「きっと手紙を書くじゃん」小太郎は言った。「そのうち甲府に遊びに来いし。いいか、一人でも泣くんじゃないぞ」

そう言って小さな風呂敷を背負い、父につき添われて小太郎は村を出て行った。その姿を金雄は田んぼの向こうに小さな点になるまで見送りながらわんわん泣き出したい気がして、けれど心の一方で、自分は決して泣かないだろうということも分かっていた。まだ金雄はたった五歳だったけれど、今まで痛い目にばかり遭い続けて来たのだから、誰かが――それは言って見れば人生そのものかも知れない誰かが――また自分をいじめようったって泣いてなんかやるものか。そんな反抗心をいつの間にか胸の中に育て上げていた。もちろん金雄はまだ十分に幼く、そんな自分の特別な気性を言葉にすることなど出来なかったのだけれど。

二

しばらくの後、金雄も伯父の家を出て寺へ入ることになった。これまで転々と住むところを変えさせられて来たから、寺に入ることは別に嬉しくもなかったけれど、またかというくらいの気持ちで特に嫌とも思わなかった。何はともあれここでは厄介者扱いされないのだから、初めて堂々と胸を広げて空気を吸えるような気がしていた。

寺の生活は朝が早い。暗いうちから起き出してすぐ炊事の支度が始まり、勤行、本堂と境内の掃除、洗濯や様々なお使い事、そして檀家へ出掛ける和尚様のお伴をすることなど、たった五歳の小坊主にもやることはいくらでもある。寺には金雄の他に、十五歳と十歳の二人の兄弟子、そして寺男がいて、仕事は四人の分担制だった。ありがたいのは字を教えて頂けること、そして、お経や様々な仏教のお話を学べる機会があることだった。

もちろん、良いことばかりではなかった。つらいのは食事がひどく質素なことで、米と麦と大豆とを混ぜて炊いたものが日々の主食だった。時々、大豆が、あられ切りにした大根を混ぜ込んだものに替わるのが目新しいくらいで、おかずなどほとんど添えられることがない。金雄も兄弟子二人も育ち盛りなのだからいつも腹を空かせていた。

そしてその兄弟子たちに何かといじめられることが、寺の生活のもう一つのつらいことだった。いじめる材料はどこからでも、言いがかりのようにこじつけられる。例えば、掃除が遅い、さっきお経を読み間違えていただろう、仏様に差し上げるお花の水を一滴こぼしたことも、寝言を言ったことさえも小突き回すためのいい材料になった。腹が立つけれど、金雄とは体格が違うのだからやり返すことは出来ない。何より、ここを出たって自分の住む場所はどこにもないのだと、ぎゅっと口を結んでやり過ごすしかなかった。

時々、お寺の周りの田んぼで百姓の子たちが、兄さん姉さんと一緒にけらけらと鬼ごっこをしたり、家族の田んぼ仕事を手伝ったりしている姿をぼんやりと眺めた。どうやら世の中には運のいい子と悪い子がいるらしい。そして自分は悪い子の方なのだという考えは、しみじみと胸にこたえた。

＊

そんなある日、和尚様の箱持ちで、檀家の葬式のお伴をすることになった。その家はこの一帯でもわりあいに裕福な方で、お経を上げた後には相当のご馳走が出る。お前も頂きなさいと和尚様のお許しをもらったから、もう夢のようだと思ってお腹が破けそうなほどに食べたけれど、ふだん食べつけないものを突然に詰め込んだのがいけなかったのだろう、お寺に戻る途中あたりから、どうもお腹のなかでごろごろとさっき食べたものが渦を巻いているようだった。

「いかん、いかん、ご不浄に行かなければ。いや、大丈夫だろう。このまま寝ていればすうっと台風が消えて行く時みたいに平気になるかも知れん」

夜、兄弟子たちが隣りですうすうと眠っている布団の中で、金雄は一人で目をむいたり閉じたりしていた。腹の調子は本当に台風のように、強く差し込んで来てはまたすうっと引いて行く。そうしているうちに一時間が経ち二時間が経ち、これはもういかん、いかんと思いながらどうしても間に合わず、とうとう布団の中で粗相をしてしまった。もちろん、朝になっていの一番に詫びるべき大失態だったが、日頃何かにつけてちくちくと意地悪をされているから、もらしたなどと言ったら陰に陽にどれだけいたぶられるだろう。そう思うとどうしても正直に言い出すことが出来なかった。黙って布団をたたみ、炊事や勤行を勤めているうちに夕方が来て、どうやらこのまま見つからずに済むのなら、一体今夜はどうやってあの粗相の跡を避けて眠ろうか。それかどうにかしてあの布団をこっそり洗うことは出来ないかなどと胸がちかちかする思いで考えていると、兄弟子の一人が、どうもおかしい、部屋が臭いと言い出して、ついに布団が開かれてしまったのだった。

「おまん、お寺の布団に糞をもらして、わりいと思わんのか」

金雄は小僧部屋に這いつくばらされて説教を受けた。

「そっくら自分が悪かったです」

「しかもこそこそと隠すとはなあ」

兄弟子は作務衣姿の腰をぐっと落として火鉢の前にしゃがみ、ぐりぐりと火箸を掻き回している。

「おまん随分しわい根性じゃん」

「ほんとにすいません」

「こういう小僧は根性を叩きなおさんといけないじゃん。なあ、ほうだよな」

「ほうよ。でないとこの先こちら、どんな悪童になるか知れん」

「ほうだなあ。おまん、こいつの手え、後ろから押さえとけ」

金雄は兄弟子の一人に羽交い締めにされて、足に火箸を当てられた。ぎゃあと泣き叫んでも許しを乞うても、その声は和尚様にも寺男にもいっこうに届かないらしい。二人は興奮してだんだんと更に残忍になり、手にも、顔にも火箸を当てただけでなく、逃げないように手足を縄で縛って、雨戸の突っかえ棒で激しく折檻したので金雄は何度か息が止まり危うく気絶しそうになった。

「何を騒いでるずら?」

汚いのは、寺男が不審な物音を聞きつけて廊下をやって来る足音が聞こえると、二人がぴたりと折檻を止めたことだった。戸の前まで出て二人は寺男に弁解した。

「すいません。ちょっと相撲を取っておりました」

「今度騒いだら和尚様に言いつけて、一日飯抜きにするぞ」

「すいませんでした」

「とっとと寝ろし」

「すいません」

三

その夜、兄弟子たちが寝入るのを待ってから、金雄は寺を抜け出した。明日はどうするのか、これからどうやって生きて行くのか、そんなことは自分でも分からなかった。とにかくもうあの二人と一緒に暮らすのなら、このまま狼にでも食われて死んでしまった方がましだと思っていた。

けれど、辺りは真っ暗で、寺を離れたくてももうどこにも行けそうにない。わずかな星明かりの下で庭の隅にまとめてあった筵の一枚をずるずると本堂まで引きずって来て、堂に登る階段の裏にもぐり込んで体に巻いて眠ることにした。まだ秋の初めだから何とか筵一枚でも寒さをしのぐことが出来る。

やがて階段の形にぎざぎざと区切られた空がぼおっと白み始める頃、金雄は寺を抜け出して当てもなく山の中を歩き始めた。早く、出来るだけ早く遠くへ行かないと見つかって引き戻されてしまう。裏山を抜けるとどこまでも田んぼと畦道が広がっていた。秋の初めのことだから、田んぼのあちこちには藁が積まれていて疲れるとその中にもぐり込んで休むことが出来る。季節がいいおかげで食べ物はそれほど苦労しなくても見つけられるのもありがたかった。あちこちの道に栗の実が落ちていたし、畑に忍び込んで芋や大根を失敬することも出来た。柿の木だけは苦労して低い枝の所を木切れでつついて落としたのに、とても食べられたものではない渋柿だった。

＊

結局、その日の夜は、こっそりとまた寺に戻って本堂の下で眠った。食べるものは見つけられても、夜霧の中、眠る場所まで探し出すのは難しい。けれど、いつまでも筵で寝られる訳でもないことも分かっていたから、翌日は朝から歩き通して牧原へと向かった。たった五歳の子どもでも父が帰って来るはずの場所、先祖が代々住んで来た土地だけは連れて来られた日にしっかりと方角を頭に刻みつけていた。寺の正門から麓に下りてすぐの大きな道を南無妙法蓮華経、南無妙法蓮華経と唱えて歩き出す。道端には小さな野菊が赤や黄色の花をいっぱいにつけていた。途中で、仏様のご利益だろうか、後ろからやって来た材木運びの兄さんたちが、

「おい、小僧さん、どこへ行くんだい」

とひょいと荷車の背に乗せてくれたのには助かった。畦道の向こうの空には、薄っすらと雪をかぶった富士の山が浮かんでいる。こうして牧原に帰って来ると、寺男が青くなって伯父たちと話をしているところだった。

四

結局、金雄は、数日して寺に戻った。昨日一日、寺では大騒ぎをして金雄を探し回り、今朝になっても見つからないのでこれはもういけないと、寺男を斎木の本家へやっていた。話し合っていたのは、駐在に届けようかどうしようかという相談だったらしい。

その日、斎木の家の主人に一体どうして脱走などしたのかと訊ねられて、兄弟子にされた仕打ちを

洗いざらい打ち明けると、これからは寺の責任で決していじめはさせないと斎木の家に請け合ってくれたから、金雄としてもそこまで言われれば再び寺に戻る気になった。何しろどうせここにいたって、肩身が狭いのは分かり切っているのだから。

それからしばらくの間は、和尚様の目が光っていることでもあり兄弟子たちもおとなしかった。それに、金雄を心配して京都の姉も甲府の兄もよく手紙を書いて来てくれたから、繰り返し繰り返し読んで心の慰めにしていた。

けれど、二月、三月と時が過ぎると、兄弟子たちにもまた元の調子が出始める。和尚様の見ていないところで軽く小突かれるのはまあ慣れっこになっていたからやり過ごすことが出来たけれど、四月が過ぎた頃にまた大きな事件が起こり、とうとう金雄はこの山の上の寺を去ることになった。

＊

発端は、その時も、和尚様に言いつけられたご用だった。

その日は二十丁あまり離れた隣りの村まで、お重とお金を持ってお使いへ行くことになった。数えてみると寺に来てからちょうど一年が過ぎた三月終わりのことで、境内では今年も二千年の桜がまた新しいつぼみを開き始めている。金雄は少し前に六歳になっていた。

お使いは首尾よく済みそうだった。言いつけ通り和尚様から持たされた書き付けを番頭さんに渡し、小さいのによく一人で来られたと褒めてもらって飴玉を一つ頂いた。行きよりも少しだけ重たくなったお重を、落とさないように大切に大切にかかげながらまた二十丁の道を帰る。神社の角を左に、川を渡ったら山に入る、と墨で書かれた簡単な地図は、もう見返す必要もなく覚えてしまっていたけれど、ただ、自分でもどうしようもないのは、行きの道が相当足にこたえたようで、膝ががくがくしてつんのめりそうになることだった。

折り良く、山道の途中に、西日が当たって暖かそうな窪みがあった。しばらく腰を下ろすことにして、ふくらはぎの辺りをさすったり揉んだりしていると随分と楽になって来る。ただ、その間にもどうしても気になるのはお重の中身だった。西日で温められたせいか何とはなしに甘い香りがただよって来て、そっと蓋を開けてみたくなる。開けてみたいと思っているうちにもう手が蓋の上に掛かっていて、そっとずらしてみると品の良い小山のような形で、お重いっぱいに黒砂糖が詰めてあった。

「一つだけ」と、端の方の一つに指を掛けてみる。「一つだけなら和尚様にも分かりはしまい」けれどもちろん一つだけで終わりはしなかった。二つ、三つと、べっとりと甘い砂糖だからそれほどたくさん食べることは出来なかったけれど、それでも、あっと言う間に六つほども舐めてしまった。きれいに積んであった黒砂糖のかたまりは少し形が変わっているけれど、何しろ元を見ていないのだから和尚様にも分かりっこあるまい。そう決めてしまって何食わぬ顔でお届けをした。

ところが、数日経った日のお昼間のことだった。勤行を終えて堂を出ようとすると、和尚様から声がかかった。何かご用のことかとお部屋へ入って行くと、やさしい調子でそこに座りなさいと言われてかえって胸の辺りがぎくりとする。

「この間のお砂糖を、お前は幾つか食べてしまったね」

和尚様は変わらず静かな調子で仰り、何かもお見通しなのだった。

「食べたのもまあいけないが、正直に言わないのがもっといけない。仏様に仕える身としてこれでは恥ずかしいことであるな」

こんこんと諭されて、額を畳に擦りつけるほどにしてお詫びをすると、寛大に許して頂けたのだった。

＊

ところが、この時、兄弟子たちが一部始終を廊下から立ち聞きしていた。ふだんから何かにつけて気に食わない弟坊主が呼び出しを受けたのを見逃さず、一体、何か一人だけ抜け駆けの良いことがあるのか、それとも叱られるようなことをしでかしたのかと、常に見張っているのは小姑のような執念深さだった。

その夜、食事とお湯を済ませて小僧部屋へ引っ込むと、兄弟子たちからのいたぶりが始まった。そもそもお使いに行けば何かと役得が多いから、彼らもいつも言いつかることを心待ちにしているのに、一番年少の金雄に回ったことが気に食わない。しかも兄弟子に取り分けることもなく独り占めするとはどういう了見だ。黒砂糖なんて贅沢なものを……と、これは後から考えればふだんから寺の食事があまりにも質素なために、食べ物のこととなるとひときわ憎しみが増すのも分からなくはないのだけれど、またこの間のような恐ろしい折檻が始まるのかと、金雄はとにかく一目散に部屋を走り出た。

けれど、夜半のことで、真っ暗闇の中をまたどこへも行きようがない。仕方なく、この間逃げ出し

た時と同じ本堂の階段裏に入って筵をかぶって眠ろうとすると、兄弟子たちは今度はしっかりと探し当てて、

「卑怯者、見つけたぞ。こんな所に隠れてやがる」

「出て来い、おい、出て来い」

と、物干し竿を持って来て体をつつき始めた。痛いのと、悔しいのとで、歯を食いしばって竿が届かない隅へと逃げてうずくまる。しばらくじっとしていると、奥へ伝って裏から逃げたとでも思ったのか、ようやくあきらめて二人は部屋へ帰って行った。一人になるとかえって体が震え始め、久し振りに涙がぽろぽろと流れ出る。もう金輪際、この寺にはいられないと思った。

五

それからまだ六月ほど、金雄の最後の流浪の時は続いた。実相寺で修行を続けることはさすがに無理だろうということは、斎木の家も理解してくれた。事件の日の翌日、夜が明けるとすぐ歩いて本家まで帰り、泣いて事情を訴えるともう戻れとは言われなかったし、寺からの迎えも来なかったのは、大人同士で話をしてくれたのだろう。

その後はしばらく、斎木の本家に子守をしながら厄介になった。けれどいつまでも置いてもらえる訳でもないのは当然のことで、やがて、隣りの柳沢村にある実相寺の末寺の小さな寺に、また小坊主として入ることが決まった。この寺は、和尚様と飯炊きの婆さんとのたった三人だけでの暮らしで、

掃除や勤行、薪割り、炊事、和尚様のお伴と、実相寺で身につけたことを真面目にこなしていればうるさいことを言われることもないのがありがたかった。

　寺の周りには一面に田んぼが広がっている。ちょうどここに入ったのは秋の初めだったから、重たげに実って頭を垂れた稲穂がさらさらと音を立てて風に揺れていた。その上を、南無妙法蓮華経、南無妙法蓮華経と、和尚様の読経が響き渡って行く。やがて稲穂は刈られて丸い根が過ぎ去った季節の足跡のように畝の上に並び、その根も引き抜かれた後にはらはらと、柿や栃や栗の木の葉が後から後から雨のように降りそそいでいた。やがて裸になった木々の枝が空に針のように突き刺さり、空っぽになった田んぼに厚く霜が降りて村はいっそう静まりかえり、冬の奥へ奥へと閉じ込められて行くようだった。

　その時、初めて、何か得体の知れない大きな力が金雄の中で動き始めていた。その力は春から夏、夏から秋へと移り変わるこの自然の中に、ただ黙然と座り続けることは許すまいと手足をばたつかせて金雄を揺り動かしていた。その手はそこら中の木をよじ上り、枝にぶら下がって川へと飛び込みやがて自分自身が川になってしまう。どうどうと音を立てて畑や林の中をぐねぐねと蛇行し、やがてこの村を飛び出してどこか遠い平野の先までずっとずっと流れ出して行きたい。そんな、むずかるような力だった。

　冬のある日、何の書き付けも残さずに、金雄は寺を出て牧原へ歩き始めた。駒ケ岳を吹き下ろす空っ風に耳が千切れそうで、作務衣の袖に入れた手を当てていなければ歩き通せないほどの寒い、寒い朝だった。

やがて、林が途切れて、道の右手に白い大きな富士が見えて来る。大きくて大きくて、どれだけ手を広げてもまだ抱え切れないほどに大きくて美しい山だ。これほどに大きな山が、何故この世にはあるのだろう。

金雄は、今度は、斎木の本家には行かず、以前二度自分を預かってくれた伯父夫婦の家に向かって行った。二度も面倒を見てくれたあの伯母が結局親族のうちで最も心がやさしいのだということを、六歳の子どもの本能で知っていた。

「おんばあさん、俺はどうしても寺の生活は嫌だ」金雄はそう訴えた。「どうしてもどうしてももうあっこにはいたくない。和尚さんも飯炊きばあさんもいい人だけど、寺は嫌だ。何でもいいから、俺は他のことがしたいずら」

そう話すと、

「仕方がないね」と言って伯母は金雄の頭を撫でてくれた。「かええぎな子だ。分かったから、もう寺はよして、しばらく家に置いてあげるより仕方がない。まったく何て幸の薄い子だろうか」

けれど、その時から、金雄の上に吹く運命の風はようやく向きを変え始めた。もしかしたらそれは一生の安心を保証してくれる寺での生活を捨てて、一歩、一歩、明日はどうなるかは分からなくても、自分の意志で歩き始めたことが呼び寄せた変化なのかも知れなかった。

或る日、父の従兄弟に当たる長坂多左衛門という家から、金雄を養子に迎えても良いという話が持ち込まれた。夫婦には子どもがなく、妻の血筋から既に一人養子を取っているものの、もう一人、夫の側から迎えても良い。家は牧原にあり、裕福とは言えないものの決して貧しくはない、まず中程度の農家と言って良かった。これ以上は望めない縁組話を伊三郎も承諾する他はなく、こうして金雄は斎木の姓を捨て去ることが決まった。これからは、長坂金雄として生きて行く。

生まれてすぐに母親から置き去りにされ、甲府、牧原、東京……指折り数えると、六年間で九つもの土地を転々とした日はようやく落ち着き先にたどり着いた。もちろん、この後にも、金雄の人生で違う土地へと移り行く局面はあった。けれどそれはもう人のなすがままにされるさすらいの道行きではなく、六歳のあの日と同じように、自分の意志で歩く人生の旅だった。

金雄の父・斎木伊三郎

第三章

立志

金雄、十四歳から二十五歳

一

「ほーら、ほら、行くし、ほーら、ほら」

毎朝、馬に声を掛けることから金雄の一日が始まる。

「今日は少し涼しいじゃん。大分歩きやすいぞ。ほーら、行くし、ほーら」

馬はぶるんと体を振って金雄に応える。朝と言ってもまだ日が昇る前の時間だから、村は闇の中にいた。玄関の大戸を引くと月明りが細く土間の中に光の筋を引いて行く。

七月に入って、雨降りの日も少なくなり、いよいよ梅雨も終わりかけていた。昼間には真夏と変わらない日差しが照る日もあって、それでも、朝のうちはまだ空気はひやりと冷たく、その中に湿った土の匂いがする。馬はまだ眠たげに一度ぱちりと目を閉じて、そしてまたすぐ開いた。その様子を見ているとすぐ働かすのがかわいそうになって、少しの間たてがみに櫛を当ててやってから柵を外して手綱を引いた。もう一度、体を振って、馬は素直に歩き始める。かわいい馬だった。

牧原やこの地方では、馬は人と同じ屋根の下に住んで、竈や風呂桶を置く土間の中に馬屋を作る。だから、家の玄関の引き戸は「大戸」と言って他の地方よりもずっと大きく、馬はその敷石を器用にまたいで外へ出た。月明かりが遠くの山波をぼんやりと照らし出している。

それから、手綱を引いて、とぼとぼと田んぼの道を歩いているうちに空が薄っすらと白み始めた。足元の両側でしきりに鳴いていた蛙たちはふっつりと静まりかえり、代わりに鶏が時を作る声が朝もやの中に響き渡るのもいつものことだった。

やがて、一里ほどを過ぎると、鬱蒼とした山が目の前に迫って来る。石ころだらけの細い道を登り、途中から横にそれて木々の中へ深く分け入って行くと、梅雨の間に背丈を伸ばした下草の中にはもう金雄の胸まで届くものもあった。そこまで来ると馬から鎌を下ろし、その下草を手当たり次第に刈り取って行く。夜も明けないうちからここへ来たのは、この下草刈りが目的だった。便所の人糞と混ぜ合わせれば、良い堆肥が出来るのだ。牧原には幾つかこうした入会の山があって、皆争って下草を刈りに来た。今はまだ夏の初めだからこうして誰も手をつけていない場所が残っているけれど、少ししたらどこもすっかり禿げ坊主になってしまうだろう。現に、家から近い入会山にはもう刈る場所が残っていなかった。いつしか誰よりも負けず嫌いの少年に成長した金雄は、それならば人の来にくい遠くの山まで、夜明け前に出発して刈りに行こうと決めたのだ。

「本当にご苦労だね」

と、養母はいつも前の晩に焼き餅を作って出しておいてくれた。とは言うものの、大麦でこねた餅は朝にはもうこちこちに固まってしまっていて、歯を立てるのにさえ苦労する。それでも、何か食べなければとても腹が持たないのだから四苦八苦して飲み込むのだけれど、そのせいかいつも胃の調子が何とはなしにおかしいのだった。

やがて、夜が明けてから起き出した村の者がやって来て、金雄を見つけると、してやられたという顔をする。馬の背いっぱいに草の山を積んで、金雄はもう山を下りる時刻だった。この年、金雄は十四歳。小学校の上の尋常高等小学校の、最終学年の夏休みを野良仕事をしながら過ごしていた。

＊

長坂の家では、金雄と兄は完全に平等に扱われていた。二人とも養子だから一方を依怙贔屓する理由がなく、どちらかと言えば父方の血を引く金雄のことは養父の方が目を掛けてくれていたけれど、それも目立つほどの差がある訳ではなかった。

この家へ落ち着くまでに祖父の依怙贔屓にさんざん苦しめられたことを思えば、養父母のこの公平な態度は何よりありがたかった。それに、貧しければ子どもを小学校にやらない親も当たり前のところを、養子の二人を更に上の高等小学校まで行かせてくれたこと、また、少ないながらも毎月小遣いまでくれることにも感謝の気持ちは尽きなかった。だから体が成長して野良仕事を手伝えるようになった十二、三歳の頃からは、人一倍働いて養父母の恩に報いようと思った。明け方前から起き出して草刈りに行くことも、誰に言われたのでもない、自分から決めて始めたことだったし、畑を耕すのも田植えをするのも、村の子どもたちの中で一番と言っていいくらいに精を出して手伝った。仲の良い友だちと学校から帰ると一緒に田んぼに向かい、声を掛け合いながら野良仕事をするのはなかなかに楽しい遊びのようでもあった。

長坂の家の田畑からは、晴れた日には顔を上げれば南の空に富士が見える。秋から冬にかけては白く雪をかぶり、夏の間は茶色い岩肌を見せて、富士は立っていた。この山は本当に不思議な山だ。牧原から見える山の中では一番遠く、八ヶ岳も駒ケ岳ももっとずっと近くに峰を連ねているのに、そのどの山よりも富士がふっと近づいて見えることがある。もしかしたら、富士は時々、ここまで自分で一歩を踏み出して歩いて来ているのではないか——そんな馬鹿げたことを思わせるほどに、ただ美しいのでもない。ただ雄大なだけでもない。富士はどこか神々しく、恐ろしい山だった。

二

明治三十三（一九〇〇）年、十五歳で高等小学校を卒業すると、金雄は家業に入った。毎朝、父や兄とともに早くから畑に出て、日が沈むまで野良仕事をする。学校時代から手伝っていたのだからもう仕事は十分に覚えていて、今では一家になくてはならない働き手だった。

牧原やこの辺り一帯の村では、日が沈んでその日の仕事が終わると、若い男衆が「おわけの宿」と言われる家に集まり、囲炉裏を囲んで酒を飲む習慣があった。「おわけ」とは「若い者」の方言で、家は村から提供されている。酒はそれぞれの家から持ち寄った自家製のどぶろく酒で、夏の夜には提灯をつけて川へ出て、魚や蟹を捕まえて天麩羅にすることもあった。秋や冬なら今川焼を焼く。畑のことや、女の話ももちろんしていたけれど、こんな田舎にへばりついて一生を終えてしまっていいのか、東京に出て、世に名を成す道があるのではないかと語り合うことも多かった。特に金雄のように次男坊、三男坊が多く集まった夜には。

「おらたち次男坊はどうせ気張って働いたって」年上の仲間が熱弁を振るっていた。「田んぼを継げる訳もないじゃん。だったらさっさと東京へ行って、何でもいいから、自分の力でやってみるずらよ。それともここで一生、部屋住みで終わっていいのか」

そう力説されれば確かにその通りだった。それに、明治という時代の空気も金雄たちを強く支配していたかも知れない。御一新以来、国は欧米列強に肩を並べようと肩肘を張って、いつも背伸びをしながら歩き続けていた。その空気はたとえ田んぼと山しかないこの田舎の村にいても、風に乗って伝わって来る。いや、風や空気だけではなかった。今は昔と違って甲武鉄道が通り、人も物もそれなりに行き来をする。実際、十五の年の農閑期に金雄は一度、東京見物へ出たことがあった。上野の酒店へ奉公に入る同級生にくっついて、宿は深川のあの祖父の家に泊めてもらい、三ヶ月ばかりも物見遊山をしたのだ。

その時、十五歳の少年の目に、東京の街はごうごうと音を立てながら巨大な生き物のように動き回っていた。ぎっしりと人を乗せた電車が広場を横切り、その右から、左から、人力車に乗った美しい女やステッキをついた紳士や駆け足の書生風の男たちが電車も目に入らぬ思いつめた顔で、前へ前へと早足で過ぎて行く。どこもかしこもどの駅で降りてみても、古い家が取り壊されその上に足場が組まれてカンカンカンと槌音が鳴り響いていた。この街で目的を持たないのは自分だけのような気がして、或る時金雄は往来の真ん中で立ち尽くしたこともあった。その前を人々がやはりお構いなしに飛ぶようにしてすれ違い、遠くでお濠の柳が風に葉をなびかせている。その時、宮城の時砲がどんと鳴って、金雄の体をぐらりと揺り動かした。

＊

この三ヶ月の滞在は、たった三ヶ月ではあったけれど金雄の心に決して消えない夢を植えつけたように思える。牧原に戻り、もちろん前と変わらず畑仕事に精を出していても、心はいつしか体を離れ東京へと飛び立って行くような気がすることがあった。相変わらず、夜、若者の集まりに顔を出すと、特に同級だった斎木徳蔵君がしきりに一緒に東京へ出ようと誘った。彼もやはり次男坊で、家から金を出してもらえる訳でもないから新聞配達をしながら中学に通うと言う。

「どうせ出るなら、早ければ早い方がいいじゃん。二人で一緒に行くし」

「だけどおまんと違って、俺は次男は次男でも養子の次男だからなあ」金雄は言い淀んだ。「出ると言ってもほう簡単には出れんじゃんよ」

「養子の次男とほんとの次男で、何が違う?」

「それはおまんには分からねえよ。俺には今の親にどん底を救ってもらった恩というもんがあるからな」

「じゃあおまんはこのままでいいのか?」

「……良くはない」

「なら、早く出た方がいい。何だ、おまんはいつも秀吉だ家康だと講談ばっか読みくさって、読んどるだけで実行に移さないならただの腰抜けじゃん」

「ほうぽんぽんぬかすなよ……」

結局、十八の年、斎木君が東京へ出て行った時に、金雄は村へ残った。自分だってどんなにか彼と肩を並べて歩き出したかったと思う。けれど、どうしても、義理の父と母とに言い出すことが出来なかった。今もしこの家から金雄が抜けたら、長坂家の収穫は大きく減ってしまうだろう。それに、折角ここまで育て上げた挙句、置いてきぼりにされて寂しそうに田んぼに立つ二人の姿が目に浮かぶようだった。あの悲惨な子ども時代から自分を救ってくれたのは、一体誰だったのか。その二人を置いて、しかも学校を終えてたった三年でこの土地を出て行くのは、あまりにも人の道に外れているではないか。

斎木君からは時々手紙が届いた。こちらで決めていた計画通り、新聞配達や、他にも掛け持ちの賃仕事を幾つかこなして、真面目に学校に通っている。その手紙が届く度に苛立ちがつのって来てどうしようもならなかった。怒りをぶつけるように、土を掘り返し、最近どこの家でも始めるようになった養蚕のための桑の葉をばさばさと刈る。その自分を、富士がじっと見おろしていた。

二

結局、金雄が東京に出たいと言い出すまでに、それから二年の時が必要だった。その年はロシアとの戦争に日本が勝利した年で、一年前から始まった戦いを一進一退、旅順、日本海海戦と辛勝をもぎ取って湧きかえる国の中にいて、居ても立っても居られず東京行きを願い出たのだった。

ちょうどその少し前、甲府で修業していた小太郎兄が独立して、神田三崎町に「菊屋」という屋号で菓子屋を構えたことも大きく背中を押してくれた。二階には小さいながら空き部屋があって、下宿をさせてもらえるという。父も母も、心のどこかには次男坊だからいつかはという覚悟もあったのだろうか、出て行くことは止められないと許してくれた。

ところが、この東京行きはたった半年ほどであっけなく沙汰止みになってしまう。農閑期を待って兄の家に入り、塾にも通って春から学校に入るつもりで準備をしていた矢先に、徴兵検査のために牧原へ戻れという知らせが届いたのだ。何ともいまいましいが、これは国の決まり事だからどうしようもない。検査そのものは、身長が足りないということで兵役免除になったものの、ちょうど春で田植えや春蚕に人手が必要だと言われ、しばらく家の仕事を手伝う羽目になった。

それでも、本来なら、田植えが終わった後、長引いたとしてもその年の収穫の後で東京に戻れば良いだけの話だった。それがずるずると五年間も居つくことになってしまったのには、父から折り入って持ち出された相続の話があった。

「まったくおまんはよくやってくれとるずら」と、或る晩父は持ち出した。「実は、相当の田畑をゆくゆくおまんにやって、分家を立てるのはどうかと思っておる」

それはまったく耳を疑うような破格の申し出だった。その約束手形のように、父は金雄のために別棟を建てようと言い出して、あっと言う間に工事が始まってしまった。自分の土地を持てるというのは、こんな田舎に育った百姓者にはやはりたまらない誘惑だった。それにやはり心の奥深いところでは、育ててくれた二人を捨てることへの後ろめたさが何よりも大きくとぐろを巻いていたから、再び東京へ出るという決心は重く重く鈍った。

それにしても、二十代に入って、体力も知恵も人並み以上に働き、辞めるつもりだった畑仕事もまた仕方なく始めてみれば誰よりも収穫が上がる。何とはなしに周りからも一目を置かれ、いつの間にか村の青年たちの頭領格のように少年たちから慕われもした。そんな何やかやが結局、再び東京へ飛び出すまでに五年もの年月を必要とさせたのだった。

＊

けれど、五年目の二月に、ついに村を出て行く決心を固めた。今度こそはもう何があっても、ここへは戻って来ない。夢とは、父母に許しをもらって叶えるようなものではなく、独力で闘って切り拓くべきもののはずだった。父母が自分を手放そうとしないのなら、振り切って出て行くしかない。出奔、という方法を金雄は選択した。

二月の或る日、金雄は父が建ててくれた離れの部屋で机に向かった。筆を執って、父母に宛てる手紙を書き始めようとすると涙が後から後から流れて来る。親戚中の厄介者として、家へ寺へと転々とたらい回しにされていた自分。その自分を拾って、時には父に生意気なことを言って争うこともあったのに、本当に実の子にするように、次の日には何事もなく慈しんでくれた。母は本当の母親のように、熱が出れば布団の横で一晩中看病をしてくれた。それでも、自分は二人を置いてここを出て行く。

わずか二枚を書くのに二日もかかったその手紙を、ひそかに床の間に置いて金雄は家を出た。遠い昔、寺を抜け出して田んぼの道をひたすら歩き続けたあの日のように、冬の風に吹かれながら、後ろを振り返らずただ前へ前へ歩き続ける。やがて列車の汽笛が山の向こうから聞こえて来て、二十五歳で、金雄は村を棄てた。

明治27年頃の富里尋常小学校・武川高等小学校校舎

第四章

出世双六

金雄、二十五歳から三十一歳

一

子どもの頃、金雄が遊んだ出世双六では、振出しにはたいてい紺絣の少年が描かれていた。前垂れを掛けて帽子をかぶり、どこかへ配達に出かけて行く。その絵に引き比べて今の自分を眺めてみればもうとっくに成人を過ぎてしまった、言ってみれば老少年のような身分ではあるけれど、とにかくこれから双六の一マス目を生きるのだ、と、ひとまず兄の家の二階に落ち着いて窓から東京の街を眺めながら、金雄は一人大きく息を吸い込んだ。

その双六の一マス目は、金貸しの家に決まった。先に東京に出ていた武藤頼母君という牧原の友人が働き口を探してくれて、ぎっしりと、老舗から新興まで、商店や貿易事務所が軒を並べる琴平様の一帯にある高利貸の家へ書生に入ることになった。仕事は、ごく簡単なもので、金を借りに来た客の取次ぎと、応接室の掃除、それから門灯に灯を入れることくらいだから何と言うこともない。真面目に勤めていれば次第に順々と商売のことも教えてもらえるようだった。

けれど、毎日、金を借りに来る客を案内して廊下を歩きながらちらちら盗み見ていると、どうせこんな所に来るのだから金策に困っているのだろう、彼らの顔はひどく蒼ざめていて、どうもこの商売で立って行こうという気が起こって来なかった。それで、友人には悪いけれど、たった半年ほどでこの家は出てしまうことにした。もう一度兄の菓子屋「菊屋」に舞い戻り、二階の四畳半に住まわせてもらう。双六で言うなら一つ進んだのか戻ったのか、次は浜町の信用組合で集金係として働くことになった。

こちらの仕事は、毎日四人一組で四日をかけて、山の手、本所深川、日本橋、下谷浅草方面のどこか一つの地域を回る。要するに、融資している金の月々の取り立てだった。一つの地域が終わると次へ移ってまた四日かけて四人で回り、一人、一日の担当が八十軒から百軒くらい。月給六円の他に歩合で八円五十銭ほどが入り、悪くはない仕事だった。

＊

集金は、毎日、午後三時頃には切り上げるのが決まりだった。それから浜町の事務所に戻り、その日の分の集金額を四人で読み合わせする。ところが交代交代で互いの額に算盤を入れると、おかしいくらいに金雄の出す金額だけが毎回他の三人とは違ってしまうのだった。

「また君か」

その度に同僚が舌打ちをする。

「すみません、自分は農家の出で、算盤をちゃんと勉強したことがないものだから」

そう言って冷や汗をかきながら許してもらうものの、これは双六なら「一回休み」というところだなとため息をついた。まったく、田舎では若者たちの顔役だった自分も、商売の道ではとたんに劣等生だ。けれど、何とか同僚たちに許してもらう策を考えなければいけないと頭をひねったところは、我ながら少しは見どころがあったかも知れない。

「本当にすまん」或る日、金雄は同僚に侘びを言った。「皆に迷惑をかけているのは誠に申し訳なく、代わりに、事務所の掃除当番はこれから朝も帰りも、僕に全部やらせてくれないか」

これは名案中の名案で、誰も掃除などしたくないのだから風当たりも一気にやわらいでしまった。その代わり、金雄は毎朝三十分ほど早く事務所に出て、帰りも三十分残って掃除をしなければならない。もちろん、家に帰ってからは算盤をぱちぱちはじくことを日課にした。机などを買う金はないから、みかん箱を逆さに置いてその上ではじく。これくらいのことは苦労とは思わなかったし、君はなかなか感心だねと褒めてくれる上役もいて、逆にどうにも面映ゆい気がするほどだった。

金雄の考えでは、田舎者の百姓が東京に出て来たのだから、最初の何年間かは苦労をして当然だった。それに集金に回っていると、東京では意外なほどあちこちから富士山が見えることが励みになった。自分は青春時代の十年間を、あの山を見上げながらじりじりと過ごしてしまったのだ。大志を果たすという考えからすれば無駄な十年間だったかも知れないが、今ではとにかく東京へ出て来ることが出来たのだから、この苦労は苦労どころか、喜びと言ってもいいはずだった。

それにしても、信用組合の仕事というものも、慣れて来るとそうも面白くなくなっていた。ここでどれだけ頑張ったところで、出世出来るのはどうやら大学出の学士だけだということも仄見えて来る。それならしがみついていたって仕方がないではないか。半年ほどでまた辞めてしまい、武藤君にもう一度相談を持ち掛けると、その彼が持って来てくれた仕事が出版の世界へと扉を開いてくれたのだった。

二

「君、予約出版という言葉を聞いたことがあるだろう」

と武藤君は言った。あると言えばあるけれど、はっきりとした意味は分からない。武藤君は金雄よりもずっと早く東京に出て、政治経済方面を専門とする雑誌編集の仕事をしていた。

「本というものはだね」と、すっかり東京弁が板についた口調で武藤君は話す。「本屋や貸本屋で売るだけが能じゃない。これこれこういう本を出版しますと外交して回って、先に予約を取りつけてしまうんだ。それから本を作る。これなら最初から何部刷ればいいのか分かっているんだから、在庫が出ないだろう？　在庫を出さないということはつまり、赤字を出さないということなんだよ」

「なるほど、上手い商売だな」

「そうだろう？　今度、仲間と二人でこの予約出版をやろうという計画があってね、どうだ、君も入ってみないかい」

「俺が？　でも出版のことなんて何も分からんよ」

「いいんだよ。さっきも言ったろう、最初は本は作らないんだから、まずは外交だ。とにかく歩いて歩いて歩いて回って、予約を取って来るんだ。原稿のことは後からわしらが教えるから」

「ふうん……それで一体どんな本を作るんだい？」

武藤君たちが計画していたのは、『現代人物史』という名士録だった。官界、政界、実業界、学界の名士の経歴と業績を、写真付きで紹介する。原稿は略歴をもらった後こちらで執筆し、装訂は重厚豪華なものにするのだという。要するに、掲載する紳士がそのまま購読者となり、執筆の資料も提供してくれるのだから、編集側とすればずいぶん楽な仕事という訳だった。

「どうだい、よく考えたろう？　ただし、この予約を取ることが大変なのさ。今の目標は、五百冊。五百冊予約を取りたいから、一人の担当は、平均したら百七十冊ほどだな。どうだ、やってみるか？」

数日間考えてから、金雄はやると返事をした。この話には、これまでの集金仕事に比べると独特の面白みがあるように思える。毎日あちこちを訪ねて回り、目当てのものを取って来ることには変わりはないが、その結果、分厚い立派な本が出来上がって載った人の名誉にもなるというのは、根本のところで相手に喜んでもらえる嬉しさがある。毎日毎日、出来れば返したくはないと思っている金を集金に回るのとは訳が違うという気がした。

「よし！」武藤君は喜んだ。「そうと決まったら、早速名刺を作ろう。出来たらその日から回る覚悟でやってくれなきゃ困るぜ。何しろ来年には出版したいんだからな。この前見せた見本刷り、それから、目標の人物の名簿。これを君に渡すから、政治家でも実業家でも誰でもいいさ、やりやすい相手から始めてくれ」

＊

こうして金雄は一夜にして予約出版事業の外交員兼編集者になった。

「中外新聞社　編集員

長坂金雄」

印刷された名刺が刷り上がって来て、下宿の部屋で、何度も何度もその小さな紙を眺めたり、少し盛り上がった活字をなぞってみたりした。「編集員」という身分には、いかにも都会らしい、文化的な香りがただよっている。小学校しか出ていない、それも田舎者の自分の名がその横にあるのが何度眺めてみても不思議だし、何だかばつが悪い気さえする。それでも、その字の並びを眺めていると、知らぬ間に口もとに笑みが浮かんで来るのだった。

「ご免下さい。私は、中外新聞社編集員の長坂と申します。頭取様にお目通りを願いたく、お取次ぎ願えますか」

障子から月明りの射す四畳半の部屋で、金雄は立ち上がって背筋をぴんと張り、何度も声に出して芝居のように稽古をした。三つ揃いの胸ポケットから名刺入れを取り出す、その三つ揃いも名刺入れも、それから見本紙を入れる革鞄も、兄から金を借りて思い切って買い揃えたものだった。もちろん、中古品ではあるのだけれど。

「ええ、頭取、お忙しいところをありがとうございます。私は、中外新聞社という出版社の、編集員をしております長坂と申します。今日参りましたのは、ええ、この度、私どもで『現代人物』、あ、『現代人物名簿』、あ、『現代人物史』という……ああ、こんなことでは駄目だ駄目だ！」

部屋の中で空想の相手に話すだけでも、それが一廉の人物だと考えるとたんに固くなって言葉が出て来なくなってしまった。こんなことでは、百七十冊も予約を取るなんて、もしかしたら夢のまた夢ではないだろうか。とたんに弱気が差して何だか部屋の天井までがぐんと低くなったような気がする。そもそも田舎者の自分が偉い人に伝手がある訳もなく、一体どうやって面会してもらおうか。武藤君はまず秘書に会えと言っていたが、こんなしどろもどろでは門前払いを食らうのが落ちかも知れない。駄目だ駄目だ、気安くやってみるなどと言ってしまったが、百姓の俺にはやはり到底こんな仕事は出来っこない。今から武藤君に謝ったら辞めさせてもらえるだろうか……

と、そこまで考えると、待てよ、武藤君だって同じ田舎者じゃないかという考えが思い浮かんだ。そして、借金までして作ったこの三つ揃いや鞄は一体どうするつもりなのか、と思うとまた面会申し込みの稽古に戻り、またしどろもどろになってまたため息をつくのだった。

こうして夜が明けて、ともかくやみくもに電車に乗り、前に書生をしていた金貸しの家のある琴平町まで出かけてみた。あの頃、女中たちが、「あそこは有名な鉱山会社の社長さんだって」と噂していた立派な家が近所にあって、その門の前まで行って呼び鈴を押せば弾みがついて何とかなるような気がしたのだ。けれど、その呼び鈴の前に行くと、まるで自分の腕が人の腕になってしまったように、体の横にぴたりと張りついて離れなくなった。どうにも上に上がらないのだから、もちろん、呼び鈴を押すことなど出来る訳がない。仕方なく、一旦通り過ぎて角を曲がって深呼吸してから引き返してみると、今度は大丈夫そうな気がして来た。けれどいざとなるとまた勇気がくじけてしまう。何度か行ったり来たりしているとちょうど門の前に俥が停まって、羽織袴に帽子をかぶった四十代くらいの紳士が下りて来た。ちらっと金雄を見てから帽子を直し、何ということもなく呼び鈴を押す。するとすっと扉が開いて、その人はもう何度もこの家へ来ているのだろうか、出て来た書生に取り次いでもらって中へ入って行った、その直前にちらっと金雄の方を見た気がして、もう駄目だ、これでは怪しい人物がいたとでも報告されるのではないかと思うと、すっかりこの家はあきらめてしまうより仕方がないようだった。

なかなか外交というものは、簡単そうでいて難しい。思わず一つ長いため息が出た。とぼとぼ歩いて市電に戻ると、生憎満員で足を休める席もない。窓の外を、××商会、××銀行、××屋と書かれた看板が次々と流れて行く。ああ、あの中の一つでも、俺の話を聞いてくれる所はないものかなあと眺めていると、ふわふわと、赤い風船が大きな瓦屋根の店の前を飛んで行くのが見えた。たぶん、煙草か、薬、或いは雑誌の宣伝なのだろう。風船の紐の先にぶら下がった小さな紙が、割引だか新商品だかの広告になっているのを前に拾ったことがあった。まったく東京は街中が抜け目なく回っていた。

「おい、号外だ」

その時、車内の誰かが言った。声のした方を見ると反対側の窓の向こうの道端で号外を配っているらしく、乗客が皆、首をねじるようにして窓の外を覗き込んでいる。

「本当だ。何だろう。何の号外だろう」

金雄も背伸びしてみたけれど、あっと言う間に過ぎてしまって何が何だか分からないままだった。

けれど、折良く次の停車場で乗って来た人がその号外を持っていて、

「ちょっと見せてくれませんか」

とドアーの近くに立っていた男が大声で読み上げてくれたので、昨年大騒ぎになった不敬事件についてのことなのだとすぐに分かった。

「死刑、幸徳傳次郎、管野すが、森近運平、宮下太吉……」と男は読み上げて行く。

「ふん、社会主義者か」

金雄の隣りに立っていた男が小さな声でつぶやいて、世の中はここでも金雄のことなどお構いなしにぐるぐると回り続けているようだった。

＊

結局、それから三日間、金雄は一件の契約も取れないままに日を過ごした。毎日街へ出て行って、新聞に広告を出しているような大きな会社や省庁の玄関や、前の仕事で東京中を回っていた時に知った大商店の前に立ったけれど、いざとなるとどうしても中に入って行くことが出来ない。ふだん街で買い物をしていても時々くすっと笑われることのある自分の甲州弁や、我ながらどうにも身についていない洋服のことや何やかやが頭に浮かんで来て足が止まってしまうのだ。

三日目の夜になって、下宿の部屋のカンテラを消し、障子も閉めて部屋の真ん中に座って自分の心のうちを平らに眺めてみた。一体、自分は何を怖がっているのか。田舎者だと人に馬鹿にされることなのか、門前払いを食らうのが恥ずかしいのか。しかし、赤ん坊の頃から人の家をたらい回しにされ

て、実の祖父に虐げられ母にさえ棄てられた自分が、一体、少しばかり人に足蹴にされたってどうということもないはずじゃないか。田舎にいれば、まあ人並みの暮らしが出来たものを、何もかも捨ててここまで出たのは何のためなのだ。それとも尻尾を巻いて田舎に帰るつもりか。明日からは精神一統して何が何でもぶつかって行かなければならぬ――窓の下を誰かがカランカランと下駄で歩いて行く音が、頭の中にまで鳴り響いて来た。

三

翌朝、金雄は布団から飛び出すように起き上がって、朝食をしっかりと腹の中に入れるときりきりとネクタイを結び、丸の内の大蔵省へと向かった。今日こそは、必ず体当たりしてみせる。まずは成約しなくてもいいから、とにかく中に入って誰でもいいから声を掛けて、度胸をつけるのだ。石造りの高い門柱の前には朝早くからたくさんの人力車が停まっていて、背広姿の紳士や何かの使いに来た絣のきものの小僧たちが足早に行き交っていた。

「行くなら、大蔵省だ」というのは、昨夜、しんと部屋に座っていた最後にひらめいた考えだった。どうせ体当たりをするなら、一番高い所からぶつかってみる。それならたとえ砕けたって武勇伝の一つにもなるし、これ以上緊張する所も他にないのだから後はずっと楽になるだろう。日本の外交を切り回す外務大臣でも、貴族院の議長でもこの際誰でも良いのだが、「だるま」の愛称で親しまれて何となく好感を持っていた高橋是清大蔵大臣を、まずは訪ねてみることにした。

門をくぐり、正面玄関へ向かって真っすぐに歩いて行く。扉の向こうには取次ぎをする給仕が立っていて、決して自分だけを見ているはずはないのにじっと目をつけられているような気がしてだんだん足がもつれそうになるのが情けなかった。

「そうだ、これまではどこを訪ねても、この辺りで気持ちが挫けて引き下がっていたのだ。けれど今日は、とにかく声を掛ける。掛けてしまえばきっと何とかなる、何とかなるはずだ――」

それだけを思っていたら、かすれたような声ではあったけれど、とにかく声が出た。名刺を差し出し、

「大臣にお会いしたい。紳士録の出版を予定しておりまして、是非ご掲載を頂く必要があるのです」

我ながら角張った口調で言うと、訝る様子もなく受け取って奥へ入って行った。

「何だ、こんなに簡単なことか」

給仕が曲がって行った廊下の先をぼんやりと眺めていると、何だか笑い出したいくらいだった。やがてしばらくして目通りの許可が出たと言われ、その長い廊下を案内されて大臣室へと向かう。昨日までは一日歩き回ってすごすごと家に帰るだけだったのに、今日は新聞や雑誌でこれまで何百回と目にして来たあの大きな目のだるま大臣の本物と面会するとは、たった一日で何と言う違いだろう。何か読み物の中の出来事のようで、とても自分のこととは思えなかった。

しかし、立派な洋式家具が置かれた応接室に通され、しばらくここで待つようにと言われてしんと一人残されると、ふわふわした気持ちはいっぺんに消え失せてしまった。じっとりと脇の下に汗がにじんで来るのが分かる。要領良く、出来るだけ要領良く、現代一線級の人士を集めた人名録の出版計

画があること、日本を代表する政治人である高橋大臣には、是非ともご登場を願いたいこと、そこまで話したら、これが見本紙でありますと見せて、次に、掲載に当たっては一冊か数冊ご購入願えたらありがたいと伝える。原稿の制作については……と最後のところの段取りをまとめようとしていたところでドアーが開き、入って来たのは、しかし、大臣ではなく秘書のようだった。名刺を交換して夢中で弁じたてると、

「では、大臣に伺って来ましょう」

とドアーの向こうに消え、しばらくするとまた戻って来た。

「予約の方は一冊申し込みます。写真と略伝は、五、六日中に用意しておきますから、またいらして下さい」

拍子抜けするくらいにあっさりと契約が成った。何だ、くよくよと過ごしたこれまでの四日間は何て馬鹿馬鹿しかったのだろう。人間、捨て身に勇気を奮い起こせば、何一つ怖いことなどないのだ。それにしても、ほんの一年前まで田舎の村で畑を耕していた自分が今はこうして大臣の部屋に立って外交をするのだから、やはり人は舞台が変われば日々為すことの総てが変わって来るのだ。あの時養父母を振り切って東京に出て来て良かった、と、金雄が初めて実感出来たのはこの時だった。

＊

それからは勢いがついて、よし、次は渋沢翁だ、と飛鳥山の渋沢栄一邸にぶつかって行った。と言ってもここはだるま大臣ほどは簡単に行かず、最初の訪問では書生にけんもほろろに断られてし

まった。それでも大蔵省で勇気を出してからは何のこれしきと根性が湧いて来るようになって、勝手口から、まずは御用聞きの商人と一緒に台所へ入り込み、女中さんたちとなじみになるところから始めることにした。

「あら、あなたは何のご用？」

と最初は女中たちからも訝しがられたけれど、お土産に兄の店の饅頭を持って行ったり、都心の方でのちょっとした買い物を頼まれたりしているうちにだんだんと女中たちと仲良くなって来る。とうとう奥様やお嬢様に「感心な若い本屋さんがいるんですよ」と宣伝してくれるまでになった。その話がしばらくの時間をかけて奥様の心に染み込んで行ったらしく、或る日、台所でいつものように女中たちと世間話をしていると、

「おや、お前が感心な本屋さんですか」

と検分に顔を出して下さった。そしてこの奥様の取り持ちで天下の渋沢翁の原稿が取れた時には、まったく外交というのは面白いものだなと、電車から眺める街がきらきらと明るくて明るくて仕方がなかった。

＊

こうしてすっかり調子をつかんで、日に二件、三件と予約を取って回った。もちろん全く相手にされない日だってあるが、一日歩いてどうにもならなかった日の翌日に、急に三件の予約が取れたりもする。まるで織物の経糸と緯糸のように実力と運とが交互になって現れる、商売というものの魅力に

金雄はとり憑かれ始めていた。

＊

結局、武藤君から言い渡されていた半年の期間内で、購入予約は二百五十件にもなった。武藤君ともう一人の編集者はそれぞれ百三十件ほどしか取れなかったのだから、入門したての金雄が倍もの成果を挙げたことになる。二人の前では口に出さなかったけれど、

「もしかしたら、俺は商売に向いているのかも知れない」

という思いがちらりと胸をかすめた。ともかく外交というのはめっぽう面白いものだった。

その一方で、編集のこととなるとまったくもってお手上げだった。外交と違って、編集には様々な決まりごとがあるのだから、ただがむしゃらに向かって行けばいいというものではない。割付も、校正記号も、製版も何もかもがちんぷんかんぷんな上に、そもそもそれぞれの名士の略歴から原稿を起こさなければいけないのに、これまで人前に出すような文章など書いたこともなかった。こうなった上は、ただでさえ金がないところに出費は痛いけれど、誰かに依頼するしかない。幸い、浅野周太郎さんという編集者を紹介してもらって、原稿の執筆の他に本作りのいろはを手取り足取り教えてもらうことになった。

「何だい、着るものの他にまだ金がいるのかい」

と兄は渋い顔をしたが、それでも浅野さんに前払いするための金を貸してくれる。この浅野さんという人は、歴史、それも考古学というあまりなじみのない分野が専門だということで、編集の勉強に

家を訪ねると、分厚い専門書や写真帖の束が本棚にぎっしりと並んでいた。金雄は昔から歴史――と言っても講談の類だが――が好きだったから、考古学という分野があることは何とはなしに知ってはいたけれど、もちろん詳しいことは分からない。

「考古学、ですか……」

古墳の中から出て来た剣を撮ったのだという写真を見せてもらいながらつぶやくと、

「明治から始まった、新しい学問ですよ。西洋で盛んだったのを、日本人が真似て始めたのです。あなたは前は農業をされていたのなら、畑を耕していて何か出て来たことはありませんか？　大変貴重な、二千年、三千年も前の土器のかけらが畑から出て来ることだってあるんですよ」

「うちの田舎ではとてもそんなものは……」

「お国は甲州の牧原だと言っていましたね」

「はい」

「ちょっと調べてみましたが、あそこは奈良の朝廷の牧場があった所でしょう。一年に一度馬を献上しに来ると、大宝律令に地名が出て来ますよ」

「そう言えば……そんな話は聞いたことがあります」

「近くに大きな川が流れているのだから、きっとそのはるか前から人が住んでいたはずですよ。だから土器も出て来ておかしくない」

「ふうむ……そういうものですか」

「どうです、なかなか面白いでしょう」

この浅野さんとはどこか気持ちの通じるところがあって、その後もつき合いが続くようになった。とにかく、この人のおかげで編集の基本的なことは身につけたし、考古学の合い間に書いてもらった原稿は、さすがに教養の深い人らしく立派なものが仕上がって来た。とにもかくにもこれで予約出版の初仕事をやり遂げたのだった。

四

それからも、この上首尾に味をしめて、金雄は予約出版の仕事を続けて行くことにした。ただし今度は武藤君たちと組むのではなく、いきなり会社を興してしまい、自分一人で外交から印刷、製本まで、何もかもをやってやろうという気構えだった。それと言うのも最後の最後で実に悔しくてならない一幕があったのだ。

『現代人物史』が出来上がり、さあ儲けを分配しようという時だった。一番予約を取ったはずの金雄の分け前が最も少なかったのだ。それもただ少ないなどと言うものではない。二人の三分の一ほどの額なのだから腹が立って仕方がなかった。

「もしも俺が二人に手取り足取り編集のことを教えてもらったのならですよ」

その晩は悔しくて兄夫婦に不満をぶちまけた。兄嫁はあの深川の祖父の家で一緒に暮らしていた従姉の玉枝姉さんで、子どもの頃と同じようにやさしく金雄の話を聞いてくれる。

「それなら分配に差がついても仕方がない。だけど俺は自分で金を払って浅野さんの手を借りたのだから、二人には何一つ迷惑はかけていないんだ。それは、ずぶの素人を仲間に加えてくれた恩義はありますよ。ありますが、それにしてもここまで少ないということはないはずじゃないですか」

「本当に、そうだわねえ……」

「遅く東京に出て来たからって馬鹿にしてやがる」

「そうなのかしらねえ……」

それから何日か、むしゃくしゃして時には『現代人物史』を作った時の下書きの原稿用紙や一張羅の三つ揃いを床に叩きつけたりもしたけれど、

「よし、こうなった上は自分一人で予約出版の事業をやってやろうじゃないか」

突然、そう、ひらめいた。勉強料は少し高くついたが、おかげさまで編集の実作業は一通り身につけた。それに外交力なら、誰にも負けない自信がある。そうだ。きっと出来るはずだ——『現代人物史』が発行されて間もない、明治四十四（一九一一）年、七月のことだった。

＊

まず、金雄が始めたのは、月に一、二度ほどの回数で、新聞のような読み物を発行することだった。『中外新報』と名づけたこのタブロイド判の読み物は『現代人物史』の外交で回った先や、新しく開拓した先も回って、やれ何社が台湾に支社を出す、やれ何省の何局にいた誰の誰兵衛が今度はどこに転属しただのといった、政界、官界、経済界の最新消息を集めて掲載する政財界瓦版のようなも

のだった。毎号四頁から八頁の、ごく薄い体裁で発行する。

「こちら様の会社の広告でご出稿頂くのも良いのですが、特別読み物として社長様の写真伝記を掲載してはいかがですか？　良い宣伝になりますよ」

すっかり自信のついた金雄が外交して回ると、面白いように契約が取れる。東京では、今、三食付きの六畳下宿一ヶ月の家賃の相場が、五円。帝国大出の学生の初任給が四十円のところを、毎月百円ほどの広告収入が入る。制作費はその三分の一ほどで済んだから、まず上々の商売と言えた。その上盆暮れの増頁号では、三百円もの広告収入が入るのだ。

「やはり東京とはたまらなく面白い所だ」と算盤をはじいては一人ごちた。「田舎から出て来てたった二年の若造が、今や神田区三崎町三番地、『東都通信社』の代表なのだからな。どうだろう、この立派な社名は。百人くらい社員がいそうじゃないか。ところがこの会社の実体は兄さんの菓子屋の二階の四畳半なのだからな、俺が毎日面会している会社の偉いさんが知ったら驚くに違いないよ」

けれど、それよりもっと驚くかも知れないのは、こんな小学校出の金雄が、帝大卒の若者より高給を取っていることだった。これは東京以外では到底叶わないことに違いない。金雄は真面目一方だったから、しかし、少し金が入るようになったからと言って散財するようなことはなかった。毎日、外交や印刷所との交渉が終わると真っすぐ下宿に帰り、兄夫婦と食事を取る。東京には、もちろん、賭け事でも悪所でも贅沢品でも堕落に誘うものなら何でもあった。けれど、金雄の娯楽と言えば昔と変わらず、講談本を買って来て食事の後にちびちび読むくらいのものだった。部屋は相変わらずがらんとして、窓際に置いたみかん箱と布団の一揃いだけが家具と言えるもので、けれどそれで十分だと思える。

「金は、これから、もっと大きな事業を興す時に使うのだ。こんなところでちょっとの贅沢をして、死に金にしてたまるか」

そう思えるのは、子ども時代に、あれほどの辛酸を嘗めたからなのかも知れないということを、この頃金雄はつくづく思うようになった。日々あちこちの会社を回っていると、どこそこの三代目が身代をつぶしてしまったとか、芸者を上げてどんちゃん騒ぎをしていた成金が、この間どこそこの川沿いでちんけな屋台を出していたよとかいう話を耳にした。恐らくそういう連中は苦労をして来たつもりで、それは本当の苦労でなかったのだろう。この俺がさんざんして来たような……

何と言っても最後に人を支えるのは、金と、真面目な努力だということが自分の体にはしみついている。逆に言えばこのことさえ忘れなければ、どんな逆境にいても人は必ず巻き返すことが出来るのだ。俺も今では人生双六の出だしの足踏みを何とか脱して、「商売を始めて成功。五コマ進む」といったところだろうか——

五

そして、金雄の人生がようやく有卦に入ったことを待ち構えていたかのように、翌明治四十五年の春、縁談の話が降って湧いた。

二月の終わりのその朝、下宿の障子を開けて下の道を眺めながら、田舎なら、ちょうど旧正月が過ぎてそろそろ裏の小川の脇で蕗の薹が霜を押しのけて顔を出す頃だ、などとぼんやり思い出していた時に、突然、その田舎の養父から電報が届いたのだ。

「キュウヨウアリ　チョットカエレ」

開くとただそれだけ書いてある。これは父か母の病気に違いないとあわてて甲武鉄道に乗って駆けつけると、二年ぶりに会う父も母も、そして兄もにこにこと茶の間に座っていた。一体何のことかと呆れていると、

「まあ、明日まで待つし。ちょっと大事な話があるから」

と言う。とにかく二年前の家出の件はこれで不問に付されたかたちだった。そして、翌日、続々と親戚が集まって来て、縁談の話が持ち出されたのだった。

相手の女性は、同じ牧原の農家の娘で、斎木菊枝という人だった。父と金雄とをいじめ抜いたあの祖父の弟の孫に当たる人だから、つまりははとこ同士ということになる。

「正直言って今はまだ仕事のことで頭がいっぱいずら……結婚のことも考えるには考えていたけど、もう少し先のことと据え置いていたんで……それに今東京で会社を興したばかりで、こちらに帰って来いと言われてもそれは」

と、いくら固辞しても聞く耳を持たない。東京で暮らすのは構わない。とにかく結婚しろの一点張りだった。要するに、親同士が話し合ってもうすっかり決まったことになっているのだ。これが東京

なら、自分の結婚は自分で決めるのですと突っぱねる人もいるのだろうが、結局、金雄はやはり根っこのところで田舎の人間だった。ぐるぐると、毎日毎日登ったあの裏山の雑草のように巻きついて来る故郷の絆を、断ち切ることなど出来る訳がないのだ。

こうして、運命はたった一日のうちに決まってしまった。あわただしく祝宴が準備され、翌日にはもう隣りに妻と呼ばれる女性が座っている。だからと言って決して嫌だという訳ではないのだ。菊枝は若く、かわいらしい顔立ちをして、夫となる人について行こうという初々しい心を持っていた。あまりにもあわただしい成り行きの中ではあったものの、並んで一緒に座っていると、まるで春が来れば春の花が枝につぼみをつけるように、この人とこれからの人生を生きて行くのだという大きな決心が胸の中に固まって行く。

それにしても、久し振りに見る富士は、やはり東京で見るよりは何倍か大きかった。式の翌日、しばらく畦道に立って、今はもうなつかしいものに変わってしまったその風景を一人見上げていると、自然と笑みがこぼれ出た。慣れない東京を駆けずり回って右往左往した自分。その自分の肩を、富士も笑ってぽんと叩いてくれるだろう。

六

こうして金雄は所帯持ちとなって東京へ帰って来た。結婚の件はどうやら兄とも相談済みのことだったらしく、ひとまずは菊枝と一緒にそのまま菓子屋の上に暮らし、新居はおいおい探して行けば良いということになった。

それにしても、新居と言っても相変わらずの四畳半で、みかん箱一つの所に菊枝が持って来た行李が一つ増えただけの、ささやかな、ままごとの方がまだ上等かもしれないというくらいの質素な所帯だった。ただ、これまでは兄夫婦と取っていた食事が菊枝の手料理に変わり、みかん箱の上に皿を並べてカンテラの薄暗い灯りの下でぽつり、ぽつりと故郷の話をしたり、東京のことを菊枝にあれこれ教えたりしながら箸を運ぶ。殺風景だった毎日に小さな花が咲いたようだった。

そして、食事の後は、二人で近所の市へ散歩に出た。食器、鍋、買い物籠、枕、たらい……何しろ一つも揃っていないところから始めていたから、毎日何かしら買い足して行くものがあった。

「今、新しく始めてみようと思う事業があってね」

そんな道々に、金雄はこれからすぐ始める予定にしている出版の計画を話して聞かせた。

「この間見せた、『現代人物史』という本があったろう？　あれの銀行業界版を作ろうと思っているんだ」

「あのくらい、うんと厚いものになりますか？」

「うん。これから東京中の銀行を回って予約を取って行く。東京だけだって、今はたくさん銀行があるんだからね。まずは東京の主要な所を押さえたら、次は全国に手紙を出して行くつもりだ。日本中、それから外地まで総ての銀行に出てもらうつもりだよ」

「大きなお仕事になりますね」

「そうさ。しかも銀行だけじゃないぞ。二部に分けて、後半は主要な株式会社の名鑑にするつもりだから、まあ大仕事だよ。だけど成功すれば大きな儲けになるからね、勝負と思って取り組むつもりだ」

＊

こうして、『大日本銀行会社沿革史』の仕事が始まった。瓦版の『中外新報』で月々蓄えて来た金を使って、次は大きな出版を行う。今の自分の力で何が出来るか、毎日毎日てくてくと東京の道を外交に歩き回りながらだんだんにまとまって来た考えだった。

これまで、『現代人物史』のような紳士録や、様々な企業の情報を集めた会社名鑑は出ていた。けれど、銀行に絞ったものは一冊も出ていない。そこが金雄の目のつけどころで、初めて銀行ものが出るとなった時に自行が掲載されていないということは、誇り高い銀行人の特性として不名誉に感じるはずだろう。軒並み予約が入ると目論んだのだ。

『現代人物史』と同様、今回も多くの名士を訪問した。中でも横浜正金銀行を訪ねて井上準之助頭取に面会を申し込むと、金雄の風采も少しは上がったのかも知れない、秘書ではなく本人がすぐ面会に出て来てくれたのはありがたかった。

「よろしい。何冊申し込んだら良いか」

即断で購入を決め、頭取は礼を言う時間も与えずにたたみかけて来た。

「並製本と特製本がありますが、正金銀行様には是非、特製で五部をお願いしたく思います」

そう言うと、頭取は申し込み用紙に「五」という数字と、そして署名を書き、印鑑まで自分で押してこちらへくるりと紙を向けてくれた。この人は後に蔵相になるが、その水際立った仕事ぶりにはこれまで会った誰より強い印象を受けた。金雄が部屋に入ってから辞去するまで、ものの五分もかかっていなかった。

こうして周到に考え抜いた企画はずばりと当たり、『大日本銀行会社沿革史』は全国から五百部もの予約を集め、利益は一万円にのぼった。これから更に新しい企画を興して行くための十分な資金、そして、妻と、新しく宿っていた命を養うのにも十分過ぎるほどの金が、東京に出てわずか三年の間に蓄えられていたのだった。

＊

そして、ちょうど金雄がこの予約出版の外交に走り始めた頃、聖上が病に倒れ、人々は気がかりな夏を過ごすことになった。交番や、学校の壁、道々の柳の木にもその日その日の病状が張り出され、全国から人々が続々と集まって宮城前で平癒を祈っていた。

やがて元号は大正へと変わり、それから五年間、金雄は『神社仏閣沿革史』『全国学校沿革史』と、予約出版の新企画を打って行った。兄の家を出て、同じ神田区の猿楽町に借りた家から、毎朝、まだ暗い時間に起き出して都下や埼玉など遠方の外交先へ出かけて行く。一、二軒回って、九時過ぎに神田に戻ってから朝食を取ることも多かった。そしてまた時間を惜しむように外交や印刷の打ち合わせに回り、夕方遅くまで五軒、六軒と会社や学校、寺社を訪ねた。

「あなた、何もそんなに根を詰めてお仕事をしなくても」

時々菊枝から心配されることもあった。そうするとつい力瘤を入れて演説してしまう。

「俺は人よりもずっと遅く、二十五で東京に出て来た。体も小さいし学歴もない。人の十倍百倍努力してやっと一人前なんだ」

＊

こうして日々飛び回りながら、やがて金雄の中に一風変わった生活信条が出来上がって行った。それは、どんなに腹がすいても絶対に外で食事をしない、というもので、どうしても仕事上必要な交際は仕方がないが、それ以外、外交員がとかくしがちな屋台だのちょっとした蕎麦屋だので食事を取ることは、無駄金でしかないと固く信じ込んでいた。別に自分は特別倹約家ではないが、使わずに済むところでは、たとえ他の人が使っていても使わない。そういう心がけでいなければ、金などちょっと入ってもまたすぐ飛んで行ってしまうだろう。

こうして毎日きちんきちんと家に帰って食事を取るから、お茶屋遊びが好きな男性などよりはずっと家にいる方だったけれど、それでも菊枝は寂しがってだんだんとふさぎ込むようになった。考えてみれば、いきなり東京に出て来て周りに友だちが一人もいないのだ。朝、「今日は遅くなるから先に食べておいで」と言って出掛けても、娘の千代子にも食事をさせず、ぼんやりと二人で茶の間に座って待っていることも多かった。故郷にいた頃よりもどうも病気がちでもあるようなので、思い切って牧原から妹の栄を呼び寄せ、家事を手伝う代わりに産婆学校に通わせることにすると元気を取り戻して行ったのは、やはり心の寂しさが体に深く響いていたのかも知れない。

＊

こうして、結婚から五年の間に、予約出版と『中外新報』の仕事に走り回って、金雄は三十一歳になった。『銀行沿革史』以外、予約出版で出した本はどれも損はしないものの特別大きな利益を生み出すこともなく、初回の本は特別な鉱脈だったことをつくづくと思い知らされもした

とにもかくにも、手堅い業界紙の仕事と、大当たりを狙った企画ものの仕事。一マスずつ進んで時に後退することもあった金雄の人生双六は、それでも、日々多少の余裕を持って暮らして行けるところまでには安定するようになっていた。旧知の人から連絡があり、思わぬ話が持ち上がったのはその時だった。

金雄の妻・菊枝（葉山の別荘にて）

第五章

歴史という商売

金雄、三十一歳から三十八歳　一雄、〇歳から二歳

一

その話は、編集者の浅野周太郎さんから持ち込まれた。後から思えばこの知らせは、五年の間東京の道から道へ、ひたすら歩き回って生きる糧を得ていた金雄がその道の上で、一心に探し続けていたものそのものだったように思える。待ち望んでいたものが向こうからやって来ることなど人の一生にそう何度もあることではないのだろうが、現れる時はいつも不意に目の前に立っているのに違いない。しっかりとその手をつかまなければならない、ということを、この話が持ち込まれた最初から金雄は予感していた。

浅野さんとは、編集のいろはを教えてもらって以来、途切れることなく交際が続いていた。独立して会社を興した時に印刷について分からないことがあると教えを請うたことがあったし、数年おきに出した予約出版本では、文章の添削をしてもらってもいた。歴史好きの金雄にとって、打ち合わせで浅野さんの家に出かけて行き、本棚から興味を引かれた題の本を抜き出してぱらぱらと頁を繰らせてもらうことは無上の楽しみでもあったし、もちろん、相手が忙しそうな時にはそれが出来なくても、廊下まではみ出すほどに本に囲まれた書斎に座っているだけで、憧れていた教養の世界の空気が胸

いっぱいに膨らんで行くような気がした。

その浅野さんから、或る日、同じ神田区内でまた引っ越しをしたばかりの今川小路の借家に葉書が来た。「折り入って相談したきことあり。来週来られたし」と書かれているので出かけて行くと、

「わざわざ来てもらってご苦労をかけました。実は、長坂さんが歴史愛好家だと見込んでの話なのですがね」

と、挨拶もそこそこに話を切り出されたのだった。

「大変突然な話なのですが、国史に関する通信講座の計画に、出資を頂けないかというお願いなのです。実は、駒込で歴史関係の本を専門に出している小さな出版社がありましてね。そこの通信講座の企画が資金で目詰まりを起こして、ざっくばらんに言って三千円ばかり足りていないのですよ。帝大の国史科の先生方が軒並みご参加になる立派な企画で、今年の秋から一ヶ月に一冊ずつ、一年半かけて発行して行く計画です」

「ほう……」

「これまで出して来た本はかなり専門家向けだったのですが、何しろ今は一般に国史を学びたいという熱が高いものだから、一つ帝大の先生方などに原稿を書いて頂いて、一ヶ月ずつ、古代から順に学んで行く通信講座を出したら歓迎されるのではないかと思いついたのですよ。謂わば家で帝大の講義録を読めるような訳で、長坂さん、あなただってそんな講座があったら、ちょっと購読してみたいと思いませんか?」

「それは思いますが……いや、確かに結構なお話のようですね」

「そうでしょう。あなたは今まで予約出版をされていましたが、こうした講座も、言ってみれば予約出版のようなものです。先に会員を募ってその人たちに毎月売って行くのですからね。ただ、まさか日本中一軒一軒の家を訪ねて予約を取る訳には行きませんから、募集は新聞での広告になります。もちろん先方はその辺りの広告の作り方も分かっていますから、万事任せてあなたはまあ見学のつもりで出資だけ頂ければ良いのです。どうですか、一度そこの社長に会ってはもらえませんか？　小瀧淳《こたきじゅん》という男で、水戸で史学を修めていましてね。昔は社会主義者でならした男です」

「社会主義者、ですか……」

「おっと、余計なことを言いました。そこはご心配なさらないで下さい、昔の話ですから。いや、あなたも最近家を移ったばかりだから何かと物入りだろうとは思ったのですが、ただ、ほら、あなたが、いずれはしっかりとした内容の本を出したいと言っていたことがね、ずっと僕の頭にあったものだから」

「……はい、ありがとうございます」

＊

その日はしばらく考えさせて下さいと引き取って、それから数日間、金雄は一日の外回りの仕事を終えて帰宅してから、猛烈に算盤をはじいてこの仕事を受けるべきか考え抜いた。

三千円というのは、今の金雄にとっては非常な大金で、もしもこの総てが焦げついたら会社の屋台骨はたちまちぐらついてしまうだろう。いや、例え千円であっても大きな痛手だった。しかし、小瀧氏にともかく面会してよくよく話し合ってみると、先々の執筆者まで決定して編集面には問題がないようだし、製版、印刷、広告出稿の見積もまずまず妥当なところのようだった。

先方の提案は、出版物は『国史講習録』という題で発行し、金雄の会社、東都通信社との合同事業として「国史講習会」という組織を新たに興す。本部は、駒込にある小瀧氏の会社の中に置くというものだった。そして、金雄にとって最も気になるところだった利益配分も納得が行くものだったので、一つここで大きな賭けに出ようというつもりで、この事業に出資する決心が固まって行った。

やはり、出版の仕事を手掛けている以上、いつまでも内報や名鑑ばかり作っているのではいけなかった。この数年、日々の仕事に走り回りながら、そのことをいつも頭の隅で考え続けていた気がする。何か自分で企画を立てて、人の本棚にずっと置いてもらえるような本、世の中の知的な興味をかき立てるような本を出すようにならなければ、本当の出版業とは言えないのではないだろうか。少し金が出来ると人は次は名誉を求めるなどとよく言われるが、たとえ俗物と笑われようとも、この言葉はやはり真実だという気がしていた。

もちろん、『国史講習録』の出版は、まだ自分で立てた企画ではないし、出資をするだけなのだから、半人前ではある。それでも、この事業に加われば錚々たる先生方とつながりが出来るのだから、何か今後の出版への糸口がつかめるかも知れない。それに、無趣味な自分の唯一の趣味とも言える歴史の分野で本を出せれば、こんなに嬉しいことはないではないか。そもそもこんな話が向こうから転がり込んで来るなんて、そうあることでもないだろう。ここは三千円の出資をしても惜しくはないはずだ――

ところが話は思いもかけない方向に進むことになった。秋の終わり、『国史講習録』の数回分の原稿が集まり、そろそろ版下も組み上がる頃と聞いていた矢先、浅野さんが何の連絡もなしに家を訪ねて来た。

「長坂さん、大変なことになりました。これから一緒に帝大へ行きましょう」

「どうしたんです、一体」

「小瀧君が逮捕されました」

「何ですって――」

＊

「まったく、小瀧くんにも困ったものですな」

駆けつけた東京帝国大学史料編纂掛の研究室で、教授陣から口々にため息が漏れた。

「いくら金に窮したとは言え、詐欺を働くとはな。これだから社会主義のヤツは」

「しかし金はこの長坂君が助けていたはずでしょう」

「もう一つ、別に史書講読の講座を出していましてね、そちらが目詰まりを起こしたんです」

「じゃあ、こちらはとんだとばっちりか。どうするんだ、こんなぎりぎりになって」

「今から歴史の分かる出版社か、或いは編集者を探すと言ってもねえ」

「この際歴史は分からなくても良いでしょう。編集の実務が出来るのであれば」

「何にしたって今から探して契約するのじゃ時間がかかる。発売は延期するしかないでしょう」

「ううん、それは……」

「どうでしょう……長坂さん、」

重苦しい沈黙が続いていた中で、口火を切った教授がいた。

「あなたの所で、この事業を全面的に引き受けて頂くのは。もともと出資だけのお話だったところを実働にも動いて頂くのは心苦しいし、金の負担も増えるとは思いますが、その代わり、発行権をあなたの会社に譲渡して、利益がまるまる手に渡るということならどうでしょう、悪い話ではないと思うのですがね」

「しかしそうすると、全面的に私の所の事業ということになってしまいますが」

「それで結構でしょう。国史講習会の代表としてあなたが宣伝をして、あなたが経営の一切をするのです」

「先生方にそのように信頼頂けるのは誠にありがたいことですが……」

「お若いが、堅実な経営をされていることは浅野君から聞いておりましたから。まあ、一つ、じっくり考えてみて下さい。皆さんも、どうですか、これからまた新しい編集者を探して発行が延期されるよりは、私は、長坂さんを信頼して任せることが最上の策だと思いますがね」

＊

結局、金雄はこの話を受けることにした。新聞への広告出稿料が、三ヶ月で二百円ほど。先生方への原稿料、紙代、印刷代、郵送料、総てを含んで三百円ほど。一号の定価は五十銭が妥当だろうと話し合っていたから、全国から千人ほどの購読会員が集まれば黒字となる。欧州で起こった大戦乱の余波で、このところ、世界中から日本の物資に引き合いが来て国内は好景気に沸いていた。今、この上昇気流の世相なら、千人程度の会員は集まるのではないかという目算は、もともと小瀧氏との間で持っていたのだ。

それにしても、この事業はあくまで出資者として名前を連ねるだけで、小瀧氏の後ろから歴史書の編集を勉強させてもらうつもりでいたのに、まったく運命は思いもかけない奇抜な目にさいころを振り出すことがある。まるで俺は歴史の仕事へ仕事へと腕を引っ張られて行くようじゃないか――

その日から数日後、『中外新報』の仕事で九段へ行く用事があり、靖国神社の前を通りかかるとちょうど鳥居の向こうにくっきりと富士の山が見えた朝があった。真冬でもない日に東京からこんなにはっきりと見えることは珍しく、総てが一つの方向へと向かっているような気がする。よし、一つ、やってみるか。一年半をかけてゆっくり学ぶつもりだったことを、自分でがむしゃらにやって一気に溝を埋めてしまうのだ。最初の三千円に加えて、金雄はもう一度、人生の賭け金をこの事業に積むことにした。

＊

「国史に通ぜざるは　国民としての恥辱なり

会員募集　会則進呈」
「講師は大学または編纂所などに手腕を揮はれつつある専門大家
内容頗る豊富にして之を通算する時は四千二百頁となる
国史の裏面研究にまで鍬を入れ趣味多き教材を提供す
国史研究法古文書学考古学等を加え学科は皆実用的なり」

大正五（一九一六）年の秋以来、国史講習会は新聞各紙に広告を打ち、購読会員を募っていた。駒込の事務所に全国からぱらぱらと申し込みの葉書が届く、その一枚一枚を整理して会員名簿を作成し、見本誌を兼ねた会則を送るだけでも結構な仕事だが、それをこれからは金雄が引き受けねばならないのだ。その上、これまで縁のなかった広告代理店の門を叩き、小瀧氏にもともと聞いていた金額を参考に出稿打ち合わせをする。広告文も見よう見真似で金雄が書いて、文字の配置は代理店の担当者に教えてもらいながら図案を考えて入稿した。一体、この事業に、どのくらいの会員が集まるのか見当もつかないが、とにかくまずは一年半だ。古代から現代まで、一年半分の全冊を発行して、その評判が良ければまた新たな年度生を集めることだって出来るのだから。

こうして動き出していた購読申し込み数は、けれど、期待した数までには届かなかった。世の中が好景気であることは間違いないものの、この景気であぶく銭を手にした成金たちはどうやらお茶屋遊びにばかりうつつを抜かし、本を読むようなインテリ層までには金は届いていないのかも知れない。

その癖、好景気の物価高で紙の値段はうなぎ上りに上がっている。上昇ぶりは予想を超えたすさまじさで、原価が見積の一・五倍ほどにまで膨れ上がったのには頭を抱えることになった。

仕方なく、先生方に事情を説明するために、或る日、金雄は一日かけて本郷の研究室や、教授によっては自宅までも訪ねて回った。一枚六十五銭の約束だった原稿料を、三十五銭まで下げてもらう。残りの額は再版の際に支払うということで、全員から渋々と了承を取りつけた。こうして大正五年の暮れも押し詰まる頃、右に左に曲がりくねった道をたどりながら、第一回の『国史講習録』は何とか発行に漕ぎつけた。

＊

「おい、菊枝、見てごらん。とうとう一回目の本が出来たよ」

その日、納品されたばかりの『国史講習録』を一部だけ家に持ち帰って、金雄はちゃぶ台の上にそっと広げた。

「古代史、堀田璋左右。まあ、本当に立派ね。堀田先生というのがこの間お話に出ていた先生ね」

「そうだよ。日本の歴史学界で今最も元気に活躍されている先生の一人だよ。だけど堀田先生ばかりじゃないぞ。次の平安朝史を書いて頂いてるのは川上多助先生、その次の鎌倉時代は龍粛先生。皆、綺羅星のような先生ばかりだよ」

「そうなんですか……」

……そんな偉い先生の本を自分の所から出せるのだからなあ、という感慨を、その時、言葉に出さなくても金雄と菊枝は共有していた。どこまでもどこまでも田んぼと畦道と山と空とだけが続く、あの牧原の村。あそこから始めて帝大の先生方の本を出せるようになるなんて、一体誰が思いつくだろうか。

「ねえ、あなた、この本、田舎のおっとうさんの所に送ってもいいでしょうか？　金雄さんは偉いもんだ、菊枝はいい所に嫁に行ったと、きっと喜んでくれると思うんですよ」

「何だ、お前、泣いてるのかい。いいよ、送ってあげなさい。お義父さんも読んでくれるといいが……いや、仏壇に飾って下さるかな」


「我が国のはじめは神代の事蹟は荒唐不稽なものが多いからして、殆んど人事を以て解釋の出来ないことも多々ある。然し夫れは獨り本邦に限ったことではなく……」

二階に上がってきものに着替え、改めて、金雄は、一人、第一頁目を読み上げてみた。これまで校正のために何度も読み込んだこの本は、数日後、国史を学びたいと月々五十銭の身銭を切ってくれる知識欲旺盛な誰かの手へ渡ることになるだろう。その人はきっとこの本の一頁一頁を舐めるように読み、もしかしたら大切なところには線を引いたり、書き込みをしてくれるのかも知れない。そして毎月届く新しい巻を本棚にきちんきちんと並べ、その弟や妹さんや、もしかしたら子どもたち、それから、その家で働く真面目な書生や女中さんだってこっそり頁を開いてくれるかも知れないじゃないか。

人間には、食欲、性欲、睡眠欲の三つの本能があると言うが、もう一つ、知らないことを知りたいという知的な欲求を持っているはずだ、と、この頃金雄は思うようになっていた。そしてその欲求こそが、人間と動物とを分けているものではないだろうか。俺の仕事が、尊いこの探究心に貢献出来るのなら、なに、たとえ欠損を出しても構わない。どんなことをしてでもこの事業を続けてみせよう。

　本からはまだインクの匂いがほのかにただよっていて、その表紙を金雄はそっと撫でた。

二

『国史講習録』は、それから、月一回の間隔で順調に発行された。最初の二ヶ月間は赤字を出したものの、広告に工夫を加えて講座の内容をより具体的に書くようにすると徐々に購読会員が増え、三ヶ月目からは制作費分を回収出来るまでに伸びていった。更に七ヶ月目からは利益が出るようになって、金雄はひとまずほっと胸を撫でおろした。積んだ賭け金は勝ちと出たのだ。

　そして、当初は一年半で完結するはずだった刊行計画が、先生方が予定以上の原稿を寄せて下さったために、翌大正七年から第二期を刊行することになったのは嬉しい誤算だった。

　こうして金雄の生活はめまぐるしいものになった。どんな出版物でも一ヶ月に一度やって来る〆切を回して行くのは簡単なことではない。今新しい号を送り出したと思ったらもう次号の組版に取り組まなければならないし、同時にその次の月、更にその次の月の原稿のことにまで気を回して催促をして行かなければ、中には遅筆の先生もいるから穴が空く可能性だってあるのだ。

　更に、『国史講習録』では、毎月付録として『国史界』という小冊子が付くことを売り物にしていた。本体の『国史講習録』は定説を学ぶ場であり、この付録では、新発見の遺物や新説の発表、そして読者の質問への回答などを掲載する。この編集のためにも各先生のところを依頼に回って相当な時間が取られる上に、三ヶ月おきほどに出す新聞広告の枠取りやその文面書きも金雄がたった一人で担当する。更にしばらくは、これまで通り『中外新報』の仕事も続けていた。

「このままでは到底回って行かないから、今後は国史講習会の事務所を我が家に置くことを認めてもらったよ。たまたま広い家を借りておいたおかげで部屋は余っているし、茶の間の横の部屋を本や紙の置き場として使いたいと思う。お前にも検印など、何かと助けてもらわなきゃならなくなるな」

「ええ、いいですとも。家のことは栄ちゃんが手伝ってくれているし、それくらい私にも出来ますよ」

「典子が生まれたばかりのところを気の毒だがね」

「初めての子じゃないんですもの、大丈夫よ」

「思い切って電話も引いてしまおうと思うんだ」

「え、電話も？」

「うん。広告会社や先生方との連絡が多いからね。もう郵便だけでは手に負えんよ」

「そうですか。じゃあ、私も栄ちゃんも電話の取次ぎの練習をしなくちゃいけないわね」

「そうだよ。どうだい、今からやってみるか」

＊

こうして無我夢中で二年半が過ぎた。大正八年も半ばを過ぎて、来年早々には『国史講習録』の第二期が無事終了する。今では金雄は次の一手をどうするかということを、日々の仕事の間にぽつぽつと考えるようになっていた。

もちろん、『国史講習録』は、これからも半年おきはどに広告を打って新たに会員を募るつもりだった。もう出来上がっている紙型を使うのだから、これからは利幅がずっと大きくなる。何十年と通用する第一級の原稿を揃えた『国史講習録』は、むしろこれからがじわじわとうま味の出る出版物だった。

ただ、いつまでもこの一本だけを売っているのでは進歩がない。当代一流の先生方と知己を得たことを武器に、いよいよこれからは自力で企画を立てて、本や雑誌を出して行くべき時期だった。しかし、歴史の本で、一体俺に何が作れるだろう？――今では金雄は道を歩いても風呂に入っても家の土間で『講習録』の発送準備をしていても、気がつくとそのことばかりを思い詰めていた。

「あなた、そんなに根を詰めないで、少しは気を楽に持ってください」

また菊枝からこの言葉が飛び出す。

「何を言っているんだ、俺は学歴も財産も、」

「何も持っていやしない。人よりずっと遅くに東京に出て来て、出遅れたところから始めたんだ。何百倍も努力して努力して、やっと人並みになれるんだ、でしょう？」

「そうさ。分かっているなら言うな。どうして休んでなどいられるか」

本当は、我ながら、少し根を詰め過ぎなのではないかと思うこともあった。毎日毎日朝から晩まで仕事のことだけを考えて、先生方や、広告代理店にこうしてくれと言われたことは必ずその日のうちに終わらせようと、睡眠も食事も削って取り組んでいた。今ではすっかり各大学の先生方とも馴染みになって、研究室を訪ねると、「お、長坂君が借金の取り立てに来たぞ」と、笑いながら腰を浮かしかける先生もいる。昔は向かうだけで緊張した帝大の史料編纂掛も、今では受付でかしこまって記帳などしていてはもぐりだと、「やあ」と軽く帽子を上げて入って行けるようになっていた。

相変わらず趣味もなく、宴席も必要最低限のものしか顔を出さない。歴史の本は、確かに昔よりもはるかに高度な本を読んで先生とも相応の話を出来るようになってはいるが、これも総て企画の参考のためなのだから、純粋な趣味の読書とは言えないだろう。本当に、仕事しかない朴念仁だと呆れられようと、それ以外の人生は生きようがないのだった。

＊

「俺たちの中にはあの父さんや、叔父貴の血が流れてるんだもんなあ」

或る時、しみじみと小太郎兄が言ったことがあった。その日は京都から姉が東京に遊びに出て来ていて、歌舞伎座や三越を見物した後、たまには贅沢をしようと男兄弟二人がちょっとした料理屋へと案内することにしたのだった。

「俺も時々そのことを考えて恐ろしくなることがありますよ」

金雄は兄に酒を注ぎながら言った。

「今はこうして真面目に働いているけど、一歩何かが違い始めたら、たちまち血の中に流れてる本性が顔を出すんじゃないかってね」

「まあ、小太郎も、金雄ちゃんもなの。私だってそうよ。女中をしていた時なんか、時々あんまり忙しくて怠けたくなると、父さんや叔父さんの顔が浮かんだもんだわよ。いけない、いけない、怠けたらああなっちまう。そう思うとまた不思議に身体が動くのよ」

「そうですか、全く同じだな。俺もいつもそうやって菓子の修業をして来たもんです。絶対にああはなるもんか。俺は父さんや叔父さんとは違うんだ。ちゃんと自分の店を持って、誰の世話にもならずに生きて行くんだって。お前だってそれがあるから会社が出来たんだよなあ、金雄」

「はい。この気持ちだけは、女房にも誰にも分かりっこないんだ。俺たち三人じゃなけりゃ」

「そうね、私たち三人じゃなけりゃあね……」

そう言って飲めない金雄の茶碗に茶をついでくれた姉の指には、宝石商の妻らしく、小粒だけれど恐ろしく筋が良いのだという上等な石が光っていた。二人で真冬の海に足を浸かった日から遠く遠く離れた所まで来ても、この姉弟はいつだって、目をつむればあの日の波の音を聞くことが出来た。

三

新しい出版について、金雄の中で次第次第にまとまって行った考えは、結局、まず雑誌を出してみようというところへ落ち着いて行った。いきなり一人の先生、一つの主題に絞って単行本を出版することは、今の自分の眼力では外れを出す危険がないとも言えない。雑誌なら、複数の先生から謂わば複眼に視点が入ることで、より多くの人の興味を引くことが出来るだろう。それに、この二年半、毎月毎月付録冊子を編集して来た経験で、歴史好きの読者の興味を引く誌面作りには多少の自信がついていた。

誌名は、『中央史壇』とする。発行は月一回。例えば『源平合戦』『織田信長』など、毎号一つの特集を組んで先生方に原稿を寄せてもらい、歴史学界の最新の知見を、一般の人にも楽しめる読み物として提供する、というのが金雄の構想だった。これまでの予約出版とは違い、全国の書店に置いてもらうのだから取次店を通さなければならないが、いきなり大手に取り扱ってもらうことは難しいと考え、中小の取次を回った。それでも半信半疑の顔をされるところを何とか拝み倒して入れてもらったのだった。

大正九年五月、金雄は第一号が書店の店先に並んだのを客のふりをして眺めに回った。出たばかりの雑誌などどこの書店でもほんの数冊置いてもらえるだけで、特に目立ちもしない。しかし、まずは書店の棚に並べることが出来たのだ。おい、聞いてくれ、そこの本屋に俺の本が並んでいるんだぞ、丸善にだって並んでいるんだ、そう街中の人に触れて回りたい気持ちだった。自分の子どものようなこの雑誌が、どうか大きく育ってくれますように。一度手に取ってじっと眺めた白地の表紙の第一号を、金雄は平台のよく目立つ場所にこっそりと置き直した。

＊

六月に入り、『中央史壇』の二号目が出たすぐその日に、東京で一つの事件が起こった。それは、一日から新富座で始まったばかりの『井伊大老の死』という桜田事変に材を採った芝居が、水戸浪士の孫だとかいう人物の抗議で中止に追い込まれたというもので、人気役者の左団次一派の公演だっただけに東京はこの話題で持ち切りになった。更に三日後には、『井伊大老の死』の原作者中村吉蔵が反論を発表して騒ぎは拡大しつつある。その詳報を新聞で追っていて、金雄はやおら立ち上がり背広に着替えて家を飛び出した。

「先生、新聞で騒がれております新富座の一件は読まれましたか？」

訪ねたのは、藤沢衛彦という在野の史学者だった。日本各地の伝説や妖怪譚など、正統な史学からは見落とされがちな民間伝承をこつこつと掘り起こしている。ただ、研究対象が所謂正道ではないため奉職の道が開かれず、藤沢紫浪という筆名で通俗小説を書いて書誌代を稼いでいる人だった。『中央史壇』ではこの人のような、才ありながら在野に埋もれている史家に筆を振るってもらおうと目論でいる。彼らにとっても歴史の分野で日銭が稼げるなら悪い話ではないはずだった。

「ええ、詳しくは知りませんが、」古書籍に埋もれた部屋で藤沢氏は言った。「水戸の末裔の狂信的な男が、井伊直弼を英雄として描くのはけしからんと言っているのでしょう？」

「ええ。きゃつは国賊である。国賊を英雄視するなど、この劇の作者は非国民で許しがたいと言っていますね」

「一体あれは誰の孫なんですか」

「どうも金子孫二郎という者らしいですね」

「金子と言うと連座して斬首になった浪士だな」

「そうなのですか。とにかくどうにも松竹が腰抜けで、その孫という人物が文藝協会に抗議したり新聞で弁舌を振るったりしたものだからすっかり自粛してしまったのですよ」

「だけど作者は抗議しているのでしょう」

「ええ。劇作家連盟も同調して、今、大谷社長と再開交渉に入っています」

「ふうん、そうですか」

「先生、どうでしょう、歴史上の事件がこれだけ世間を騒がすのも稀なことですし、一つ、次の『中央史壇』では歴史学の立場から井伊大老を論じてみたいと思うのですが」

「なるほど、なかなかあなたも商売人ですね」

「つきましては是非とも先生にご出馬を願わねばなりませんな」

こうして金雄は東京中を駆け回り、二週間ほどで桜田事変関係の論稿をかき集め、また、当事者の中村吉蔵氏を口説いてその思うところを存分に書いてもらう約束も取りつけた。

七月一日、書店に並んだ『中央史壇』第三号「井伊大老研究号」、翌八月の四号「桜田事変真相の解剖」は飛ぶように売れた。船出したばかりの『中央史壇』の名は一躍知られ、渋い顔でようやく少部数を受け入れたはずの取次の担当者が、そんなことはきれいさっぱり忘れたようにもっと在庫はないのかと言って来る。

「先生、昨日の新聞はご覧になりましたでしょうか」

八月の始め、金雄が『国史講習録』以来つき合いの続いている久米邦武早大教授の自宅を訪ねると、

「来たな」と教授は笑いながら客間に出迎えてくれた。「君は井伊直弼で随分と儲けたそうじゃないか。首塚の話が新聞沙汰になったからには、こりゃあお出でましになるかも知れんと思っておったよ」

「いやはやお見通しでしたか」

金雄は頭を掻いて笑って見せた。

「どうだ、将門公で一儲けと行くか」

「是非話題をかっさらいたいものです」

「よし、じゃあ、どういう企画にする？」

その前の週から、大蔵省の新庁舎を建てるのに、敷地の一隅にある平将門公の首塚を残すかどうするかが話題となっていた。「平将門号」と題したこの号も、また、二号後に出した「生物犠牲号」も面白いように売れた。「生物犠牲号」は、最近行われた宮城城門の改修工事の際に、創建時に生贄に埋めたと思われる人骨が大量に出て来たことを捉えたもので、たった三日で原稿を集めて回って版を組み上げたのだった。

「歴史なんて金にならんと言う人もおったが、どうだい、まったくもってやり方次第だよ。今の人の興味に沿うところにちゃんと企画を持って行けば、こうして引っ張りだこになるんだ」

相変わらず家にきちんきちんと帰って取る夕食の席で、金雄は菊枝や栄を相手に得意気に話して聞かせた。そして、好調な滑り出しで蓄えた資金を元に、更に三百五十頁以上の大特集号を二冊打って出ることを決めた。「国史上の疑問の人物」「国史上の問題の女性」と題して、蘇我馬子、片桐且元、日野富子、淀君など歴史上評価の割れる人物を採り上げると告知すると、全国から爆発的に引き合いが来て初版だけで一万部も刷る騒ぎになったのにはまったく笑いが止まらなかった。

こうして次々と出す企画出す企画が図星に当たって気を良くする中で、もう一つ今川小路の家は特大級の慶事に恵まれ、柱、柱の隅々まで明るい光に包まれて行くようだった。

大正十年二月、この家に、待望の男の子が誕生した。小柄な金雄の子にしては驚くほどに大きな、くりくりとした目を持つ元気な赤ん坊。自分の名から一字を取って一雄と名づけ、金雄はそのあどけない顔をしみじみと眺めた。誰からも厄介者にされて親戚中を転々とした自分が、ついにここまで来た。跡取りが出来たのだ。今はまだ小さいこの手に、出来る限り大きな未来を渡したい。はかないその手をそっと握りしめた。

四

それからも金雄は一時も商売の手をゆるめなかった。『中央史壇』の成功は成功として、次は何としても、やはり本を出したい。何と言っても単行本で良書を出して初めて一廉の出版社として認められるのだということを、取次を回っていても、大学の先生方と話をしていても、日々痛切に感じさせられていた。

そのためには、どんな題材が良いのか。目をつけたのは、東京日日新聞に連載されていた歴史ものの随筆だった。執筆者の三田村鳶魚《みたむらえんぎょ》氏は江戸文化の民間研究家として名高く、江戸の町町にまつわる挿話を集めたこの連載は、非常な好評を博していた。もちろん、金雄は三田村氏とは何の面識もなかったけれど、手紙を送って面会を取りつけ、快く出版を承諾してもらうことが出来た。通人中の通人の本になるだけに装訂に気を配らなければいけないのは当然のことで、三田村氏の趣味にかなう小紋柄の小粋な函入りのものにして、定価は三円、初版二千部を刷ることにした。

　いよいよこれから出版業に本格的に乗り出すための最後の合戦、家康公になぞらえるならいざ大坂の陣に臨むというところだ。金雄は戦国の英雄の中でも、辛抱に辛抱を重ねて天下を手中にした家康公が特に好きだった。「人の一生は重荷を負うて遠き道を行くが如し」、初めて読んだのはいつだったのかもう思い出すことも出来ない家康公のこの言葉は、正にこれまでの自分の人生の歩みを言い当てているようで、折々に頭に浮かべては繰り返していた。

　ところが、金雄が大坂の陣と思い詰めたこの挑戦は、それどころか壮年の日の家康公が撤退に追い込まれた三方ヶ原の戦いのように、完全な負け戦に終わることになった。第一の難所は取次で、単行本を全国に売って行くなら所謂「四大取次」、東京堂、北隆館、東海堂、大東館のどこかに扱ってもらわなければならないものを、実物見本を持って東京堂を訪ねると窓口の赤坂という人は、

「新規の出版社のものは売れないからねえ」

と、ちらりと目をやっただけで取り合ってくれない。時間の無駄だから帰ってくれとでも言いたげな態度だった。

「確かに新規ではありますが」金雄は食い下がった。「これは日日新聞で評判の連載をまとめたもの

で、装訂もこのように美麗なものですから必ず売れると確信しています。二千部刷っておりますから、どうか半分くらいは取って頂けないでしょうか」

「いやいやそんな、千部なんてあなたとてもとても。まあ、二、三十冊でも見本にもらって、売れたならばまた注文しますから」

「そこを何とか……いや、そうしましたら五百部で良いので取って頂けないでしょうか」

「五百部でもうちではちょっとね、扱いかねますな」

「では、四百ではどうでしょうか」

「四百ねえ……ではまあ、三百なら受け持ちましょうか」

「ああ、ありがとうございます」

それから値段の交渉に入ると、三分の一をその月の末日に、残りはやっと半年後から、月々一割ずつを支払うと言う。あまりにもひどい条件だと泣きたい思いがしたけれど、その後に残りの三社を回っても条件は大体同じようなものだった。なるほど、ぽっと出の本屋など大体こんな扱いなのだろう。だけど恨んでいても仕方がない。今はあんなに巨大な博文館だって、最初は長屋みたいな所に事務所を構えていたと聞くじゃないか。彼らも最初はこんな扱いだったはずで、逆に言えばここを切り拓いて行かなければその先の道はないのだろう。まったくもって重き荷を負って歩くようなものだ。

それにしても何とかこの本が売れてくれれば――

けれど、本は全く売れなかった。半年を越すと預かりの期限が切れ、続々と、返品になって戻って来る。そもそも四店合計で七百部ほどしか取ってもらっていなかったから、残りの千三百冊は倉庫を借りる金を惜しんで家の玄関に山積みにされていた。菊枝も、子どもたちも、口には出さないけれどたいがい邪魔に思っているはずで、それより誰より自分自身が、粋な小紋柄を見るたびにいまいましい思いでいっぱいだった。そこへ加えて、更に本屋に卸したほとんどの冊数が返って来るとは——初戦は全くの大惨敗だった。

けれどこれで引き下がるつもりはなかった。相変わらず『国史講習録』が半年ごとに結構な数の新規会員を集めていたし、『中央史壇』にも固定の読者がついていた。定期収入に事欠かない経営基盤が出来上がっているのだから、たった一冊の失敗で尻尾を巻く気などない。要するに、本は、何が売れるのかの見極めが難しい。だとしたらいきなり大部数を刷るのではなく、小部数から始めるべきだったのだろう。そして、薄手で、制作費も価格も手ごろなものをあれこれと出して、売れた題材で後日本格的な本を出せば良いのではないか。いきなり立派なものを出そうとしたのが失敗だったのだ。

翌年、大正十一年の三月から、『文化叢書』と題して石器時代史から江戸文化史、囲碁将棋論、茶道論……およそ文化の範疇に入るものなら何でも取り上げる薄手の叢書の発行を始めた。さすがにこの叢書と『中央史壇』とを両方一人で切り盛りすることは出来ないから、『中央史壇』の方は歴史が分かる編集者に委託して、自分は叢書の方に専念する。

そのうち、秋になって、ふと思いついたことがあった。文化叢書で特に売れ行きが良いのは『江戸と上方』『旗本と町奴』の二冊だった。両方とも江戸の世相に関する本で、そうやって考えてみると一年前の『足の向く儘』は全く売れなかったけれど、あれだって江戸趣味に関する本だったのだ。もしかしたら、あの題が抽象的過ぎて、読者に江戸時代ものだと伝わらなかったのじゃないだろうか。よし、一か八かの賭けに出て、『足の向く儘』をもう一度出してやろう。三田村氏を説得して『裏面探訪 江戸趣味の研究』という、いささか無粋な、氏からすれば即物的に過ぎる題にして函も無味乾燥な茶色の研究書のような体裁で出すと、予想通り、同じ定価なのにほとんど返って来ない。

「まったく、出版というのは複雑なものですね」

金雄は今では立ち話が出来るくらいに親しくなった東京堂の赤坂氏に熱弁を振るった。

「企画が良くなければ売れないのは当然ですが、価格も適当でなければ駄目、広告も重要。更に題名がこれほど売れ行きに関係するとは知りませんでした」

「まあ、そういうことになるね。だけど君はそこに気づいたのだからお手柄だよ」

ともかく、本の出版は軌道に乗り始めていた。関東大震災が首都東京を揺らしたのはその時だった。

第六章

地の揺れ

金雄、三十八歳から四十一歳　一雄、二歳から五歳

一

地面が揺れ始めた時、金雄は家で食事を取っていた。二日前、家族全員で夏の間避暑に借りていた鎌倉の家を予定より少し早く引き上げて、まだ荷物も総てはほどき終わらず家の中がどことなく雑然としている時だった。最近雇った小僧を一人、用事で遠くへ使いに出して、残った家族でとにかく早めに昼を食べてしまって残りの荷物を片づけようと話していた時、突然にその揺れはやって来た。

初めは、まだ子どもたちに声を掛けるだけの余裕があった。けれどすぐに立てないほどの揺れに変わり、一旦それが収まった時、三人の子どもたちを抱えるようにして近所の専修大学の広場へ避難した。大正十二（一九二三）年九月一日、真昼の出来事だった。

「いいかい、お前たちはここに座っていなさい。千代子も典子も絶対にお母さんと栄ちゃんから離れちゃ駄目だぞ。お父さんは今から家に戻って、大事なものを取って来るからね。すぐに戻って来るから、慌てずに待っていなさい」

そう言って金雄は、一人で家へ取って返した。家具が倒れ、ふすまが外れ、めちゃくちゃになった

家の中から何とか帳簿類やきもの、布団などを探し当てて、時々来る余震の中を何往復もして広場へと運び込んだ。けれど、やがて町中に火の手が上がり、空は次第に煙に覆われてここにいては火に巻かれてしまうと人々は騒然とし始めた。

「待っていなさい、今、箱車を持って来るから」金雄はもう一度家に向かった。「あれに荷物を載せて、あっちだ、火の出ていない九段の方へ逃げよう」

ふだん取次まで本を運ぶ時に使う箱車を夢中で家から引っ張って来ると、荷物を全部載せて、金雄が前を引っ張り、栄が後ろを押して九段を目指した。すぐ横を歩く菊枝は、一雄の出産以来体調を崩していてまだ本調子ではないが、それでも、背中に一雄を背負い、二人の女の子たちの手を引いて何とかけなげに二人について来ている。

それにしても一歩一歩しか前へ進めなかった。どうやら神田中の人々が九段を目指し始めているらしく、道はやがて押し合いになり、全く動けないほどに混み合っていた。やっとのことで九段下の牛が淵公園にたどり着き、それでも金雄は家族をそこに置いて、もう一度家へ取って返すことにした。残りの家財のことが気がかりでならないのだ。人波にさからいながら家にたどり着くと、案の定、隣家から火が移り、二階が燃え始めていた。それでも一階にはまだ火が回っていないから、取れるものは取り返してやろうと覚悟を決めて中へ飛び込んでしまう。履き物や食べかけの飯櫃をありったけ抱えて、煤だらけになって命からがら最後は道へ飛び出した。やっとのことで公園に戻るとまた火が追って来て、再び全員で靖国神社の大村益次郎像の下まで移動しなければならなくなった。すっかり日が沈み、時刻はもう八時頃だろうか。

「とにかく飯を食べよう。皆の分でこれっ切りしかないのだから、大切に食べるんだよ」

そう言って、金雄は抱えて来た飯櫃の中の米を分けた。辺りは騒然としていて周りを気にする人などいないが、それでも目立たないように静かに口に運ぶ。

「義兄さんのおかげね」と小さな声で栄が言った。「みんな食べ物がなくて困ってるのに、義兄さんのおかげでうちはこうしてちゃんとご飯があるんだもの」

「とっさにお櫃を持って出て良かったよ。よし、皆はここで待っておいで。俺はちょっとあっちへ登って、火の様子を見て来るから」

金雄は立ち上がって神社の向こうの高台へ登り、下町の方向を見下ろすと、まるで大地が火の中へ抜け落ちてしまったようにどこまでもどこまでも町が赤く燃え上がっていた。

「まるで地獄の釜だな」

隣りに立っていた人がぽつりとつぶやく。ふと気がついて背中の方向を振り返ってみると、闇にまぎれて、もちろんこんな夜半に富士の山はどこにも見えなかった。

＊

それから、銅像の下に戻って、今晩はここに布団を敷いて寝ようと準備を始めていると、もう一度、最後の避難をしなければならなくなった。今度は、火ではない。朝鮮人が襲って来るという噂が人の口から口へと伝わっていた。遠くから、大声で、何かを叫んでいる人の声が奇怪に夜の空に響く。それは朝鮮人なのか、朝鮮人から逃げ惑う日本人の叫びなのか、誰にも分からなかった。

「あなた、やっぱりどこかへ移りましょうか」

菊枝が不安そうに言った。そうは言っても、一体どこへ逃げたら良いのか……その時、

「長坂さん、長坂さんじゃないですか」

と声を掛けて来る人がいた。

「森田さん、ああ、あなたもここまで逃げて来ましたか」

隣家で酒店を営む夫婦だった。

「一日中あっちへこっちへと逃げ回って、ようやくここへ来ましたよ。だけど、聞きましたか、朝鮮人が日本人を襲っているという話は」

「今聞いたばかりですが本当なのでしょうか」

「どうですか、うちはこれから近衛連隊の酒保に入れてもらおうと思っとります。良かったらご一緒しませんか。知り合いがいますから、何とか入れてもらえるでしょう」

「それはありがたい。恩に切ります」

「なあに、お隣りさんのよしみだ、さあ、早く早く」

こうして金雄たちはそれから四日間、近衛連隊の酒保に宿を貸してもらって休むことになった。朝鮮人が襲って来るという流言も、ごったがえす公園の煩わしさも、ここでは全く気に病む必要はない。何しろ帝国陸軍精鋭中の精鋭部隊である近衛連隊に守られたこの酒保より安全な場所は、東京中

どこにもないはずなのだから。

　翌朝、金雄は一人抜け出して、煙の匂いのする街を今川小路まで歩いてみた。予想していた通り、家は跡形もなくなっている。近づいてみると燃えかすがぶすぶすとくすぶり地面がぼんやりと熱を持っていて、まるで家がまだ生きているように思える。

　東京へ出て来て、十年。毎日毎日ひたすら歩き回ってこつこつと築き上げたものが、何もかも、一瞬のうちに灰になってしまった訳だった。一体人生はどうしてこれほどまでに自分を手ひどく痛めつけるのだろうか。急に足腰が重くなった気がしてぼんやりとその場にしゃがみ込むと、箪笥の取っ手や鍋などの金物が灰の中に黒くくすんで顔を出していた。その中には菊枝と結婚して間もなく、ここら辺りの市場を毎晩散歩して一つ一つ買い求めた台所道具も見える。

「また一からやり直しか」一人つぶやいた。「でも、どうやって？　製版所に入れてある紙型は無事だろうか……」

＊

　その後、数日して、一家は世田谷に住む従兄の家に移動することになった。家族の安否を心配して神田まで見に来てくれた従兄が、是非家に来いと言ってくれたのだ。

「みんな無事で本当に良かった。とにかく、うちに来てくれ。東京中こんなじゃあ、まだ当分仕事も何もあったもんじゃないだろう。しばらく家の二階で体を休めたらいいさ」

　焼け跡に全員の無事と居場所とを書いた立札を立てて、一家は世田谷まで二時間半の道を箱車を引きながら歩いた。やがて、牧原から、やはり家族の安否を確かめに菊枝の父が単身乗り込んで来て、話し合いの結果、しばらくは全員で牧原へ避難しようということになった。

九月十二日、牛込の甲武鉄道の駅は、同じように東京を脱出しようとする人々で満員などと言うものではないほどに混み合っていた。それでも、誰もが協力し合って、先に中に入った者が後の人や荷物を引っ張り上げ、何とか窓から入れようとしてくれている。隙間のある所なら肩の上でも膝の上でも、どこへでも乗ったり寄り掛かったりして列車は走り出した。線路はところどころが土砂で埋まり、一里も二里も歩いて行かねばならない場所もあったが、それでも、ともかく、家族は牧原へたどり着いた。

二

「ほうだなあ、柱にするこの木で、三円でまとめてもらえるとありがたいじゃん」

「三円！　それはちっと安いずら。何しろこっからだってまだどんだけ上がるか分からんもん……うちも商売じゃん」

「ほうかと言ってこっちは何もかも燃えてすっからかんから始めなきゃならんのだから、同郷のよしみで助けてもらえればありがたいんだがなあ」

「ほう言われるとなあ、まけない訳には行かなくなるけどなあ」

「まあ頼むよ」

「ほうだなあ」

金雄は牧原で、少しもじっとしていることが出来なかった。食べ物を調達するのにさえ一苦労する東京に子どもたちを置いておく訳にはいかなかったものの、だからと言っていつまでも田舎に引っ込んでいては、人生の埒が明かない。牧原では、これを機会に帰って来て農業でもやればいいと言う者さえいたけれど、もちろんそんな言葉は受け流して新規巻き直しの道筋だけを考えていた。

とにかく、まずは、拠点となる事務所と家を建て直すことだ。幸い山に囲まれた牧原は昔から甲府に材木を卸す土地柄で、木なら腐るほどある。山持ちの農家を幾つか回って、焼け跡に簡単な事務所兼住居を建てるだけの算段は半月ほどで出来上がった。

九月二十五日、家族を置いて、金雄は一人東京に舞い戻った。牧原から木が届いて工事を始めるまでは、ひとまず世田谷の従兄の家に世話になる。まだ市電も止まったままだったから、毎日、世田谷から今川小路まで二時間半の道を歩いて行き帰りした。取引先でまず向かったのは、九月中に発売の予定で、もう製本も終わっていた文化叢書の二冊を預けていた川島製本所だった。遺伝学の三宅驥一博士が、近年一世を風靡しつつある優生学を説いた『遺伝と結婚』。浮世絵の第一人者藤懸静也博士による『浮世絵』。二冊とも無念ながら倉庫とともに焼け落ちてしまっていたものの、紙型だけは残っていた。

「よし、まずはこの二冊を出すことだ」

焼け跡に、新しく買って来た本棚をごろりと横倒しに置いて金雄は仕事に取りかかった。何だ、兄貴の家に下宿していた時分、みかん箱を机代わりにしていたのと同じだな。そう思うとおかしくて空元気が出る。外回りへ出掛ける時には棚の下に一切合切を突っ込んで、上に菰を掛けておけば誰も盗る人もない。こうやって馬力を出した結果、翌月の終わりには『遺伝と結婚』が出来上がった。誰もが文字に飢えていた東京で、特に「優秀な子孫を残す」という耳新しい話題を科学的に解説したこの本は飛ぶように売れて行く。

「長坂さん、この大東京に本屋はいくらもいるが、あなたは間違いなく一番乗りですよ」

納品に行くと取次の担当者が感心したように言ってくれた。

「大したもんだ。私らだってね、いくら会社が残ったって売るものがなきゃ商売あがったりだ。こうして本が入って来ると何とも言えず嬉しくなるよ」

「なあに、まだまだ紙型が残っている本はいくらもありますから、この後どんどん納品させてもらいますよ」

「そうかい。それは頼もしいねえ」

こうして『中央史壇』は一ヶ月休刊しただけで十月には再開し、その他の単行本は印刷出来るものから順次出版の手筈を整えて、吹きさらしの机一台で、金雄の毎日は震災前よりももっと目まぐるしいものになった。そして、自分としてはごく当たり前のことをしていたつもりだったこの奮闘は思った以上の果実をもたらしてくれる。どこよりも早く出版を再開したことで「大したヤツだ」と業界内の評価が高まったのだ。桝の中の豆と同じだなと金雄は思った。自分のように家柄も財産もない人間は、普通にしていたら底の方に沈んで上に上がるのは難しいが、枡がひっくり返れば話は違う。天地左右めちゃくちゃに混じり合った中でがむしゃらに突き進めば、元に戻った時には一気に特進して上の方の豆になって笑っているという訳だ。嬉しいことに、『遺伝と結婚』に限らず出す本出す本が飛ぶような売れ行きを記録していた。震災に倒れ、物を失ってしまっても、東京の人々の知識欲は尽きることがないようだった。

＊

やがて、十二月の暮れも押し迫った頃、仮普請に近い家が建ち上がった。家族を呼び寄せて、再び今川小路で水入らずの毎日が始まる。それと同時に震災前から計画していたことをこの月から実行に移そうと決めた。社名を新しいものに変更するのだ。『国史講習会』は悪い名ではないが、ただ、これでは通信講座だけの出版社だと誤解する人もいる。これからの発展を考えるのなら、もっと所謂出版社らしい社名にしなければいけないということを以前から考えていた。

実は、数年前から社名は既に決めていた。それはこれまで人生の来し方行く末を考える時にいつも瞼の中に浮かんで来た、あの富士の山から霊感を得た名だった。まだほんのちっぽけな田舎の若者だった自分を、いつも悠然と見下ろしていた富士は、日本の歴史が始まった時からこの国のちょうど真ん中で総ての人々を見守り続けて来たのだから、歴史の本を出して行くのにこれ以上ふさわしいシンボルはないはずだ。

この富士山のイメエジと、自分の名から雄大な発展を連想させる「雄」の字とを組み合わせ、金雄は社名を「雄山閣」に変更するつもりだった。その矢先に震災が起こったのだ。

＊

「雄山閣」としての第一冊目は、初めて単行本を出した時と同じ、三田村鳶魚氏の著作を予定していた。大学の先生方も良いが、やはり三田村氏の人気は捨てがたい。雑誌各誌に発表された、氏の、江戸時代の大名たちの生活裏面史に関する原稿を一冊に編んだ。文化叢書の経験で、江戸時代ものは売れるという絶対的な自信を持っていたから、一冊目にするのにこれ以上ふさわしいものはないはずだった。『お大名の話』という題で型を組み、製本をしていたところで震災に遭い、現物は一冊残らず灰になってしまったけれど、幸いにこの本も紙型は残っていた。奥付は九月十二日のまま組み変えることはせず、十二月、初めて「雄山閣」の屋号で刷られた本が手元に届けられた。

大地震を経て、ここからまた新しい人生の一章が始まる。行く手にはこれからも想像もつかぬようなことが待っていたとしても、それでもまた起き上がって上へ上へと伸び上がって行くのだ。この本も瞬く間に売れて行った。

三

それから二年間、金雄は年十五冊ほどの新刊と月刊の『中央史壇』、そして、再び新期会員を募った『国史講習録』を出版した。新刊はどれも単行本で、『文化叢書』のような価格を抑えたものではなく、かと言って高価でもない手ごろな値段に上手く照準を合わせて、どの本も好調な売れ行きを示している。

だんだんと、業界内で顔も利くようになり、また、事業を更に大きくするには所謂「業界活動」もしておいた方が良いと計算して、少しずつ、これまでは避けていた会合の席にも顔を出すようにしていた。ただ、酒が飲めない上にこれまでの無趣味がたたって、唄や楽器など気の利いた芸は何一つ披露出来ない。一通り膳を食べ終えるとすぐ席を立つのは、自分ながらいかにも無粋だった。

それでも、そうやって知り合った三十代、四十代の若手の出版人と、大正十四年には「七日会」という会を結成した。毎月一回、七日の日に神田小川町の「今文」という店に集まってすき焼きをつつきながら親睦を深め合う。ただ交友だけが目的の会ではなく、中小の出版社が合同して自分たちの利益を守ることを目標にしていた。例えば、会員社で新聞一面の枠を買い取ってしまい大きな広告を打つ。それぞれは小さな所帯でも合同すればそれなりの勢力になった。

＊

この二年間の出版物の中には、焼け残った紙型からの再版もあったし、『日本民謡史』『庭園研究庭の作り方』『日本陶瓷史』など、書下ろしもあった。「平泉で討たれた源義経が中国へ渡ってチンギス・ハーンになった」という民間伝説を歴史学の専門家たちが論破した『成吉思汗非源義経』など、『中央史壇』で人気を呼んだ特集を書籍へと拡大したものもあった。

「いいか、『中央史壇』も、こういった単行本も、俺にとっちゃ一種の観測気球なんだ」

時々、手伝いの小僧たちに金雄は演説をぶった。

「こうやってあれこれ手を変え品を変えて本を出すと、不思議と売れるものと売れないものが出て来るだろう？　『遺伝と結婚』なんてどうかなと思ったが驚くほど好評だし、陶器の本も、写真が多くて結構な値段なのに売れるところを見ると、愛好家が多いんだな。こうやって、売れる本を見極めたら、いずれはその分野で全集を作って行くつもりだよ。全集は、一旦予約が集まればその後一、二年は手堅く売り上げが出る。実に実利の多い商売なんだ。どうだ、俺は今、商売の要諦を君らに話したんだぞ」

その全集本の第一弾として、熟慮の末金雄が選んだのは考古学だった。

四年前、まだ震災前に出した『文化叢書』の中で、江戸世相ものと並んで第四巻の『古墳と上代文化』が飛び抜けて売れ行きが良かったことが頭を離れなかった。考古学はまだ若い学問ではあるけれど、必ず行ける。一か八か、金雄はこの学問に賭けてみる腹を決めた。

まず、帝室博物館に『古墳と上代文化』を執筆した高橋健自博士を訪ね、先生のお声掛けで考古学、史学、工学の第一人者の先生方に顧問になって頂くことが出来た。更にその先生たちのお声掛けで当代一流の学者四十名ほどを執筆者候補として選抜してもらう。この数年ようやく存在が認められつつある旧石器時代から稿を起こして、土器を持つようになった新石器時代、古墳時代、飛鳥奈良時代まで、土器、銅器、刀剣、埴輪、古代建築、装身具、紋章学、貨幣史、日本民族の起源、地質と古生物、支那との関係性……上代史に関するあらゆる視点を網羅した、名実ともに本邦初となる考古学全集の青写真が完成して行った。

＊

けれど、総てが順調に運んだ訳ではなかった。『中央史壇』、いや、『国史講習録』の頃から薄っすらと見えていたことではあったけれど、考古学界はまるで政界もかくやと言うように、強烈に自説を主張する学者たちが群雄割拠する世界だった。帝室博物館、帝大人類学教室、内務省神社考証局、東京高等師範学校、早稲田大、京都大、東北大にそれぞれ先生とその弟子たちが立ち、更に帝大人類学教室の鳥居龍蔵博士と松村瞭博士のように、同学内で激しく対立し合う先生方もいた。

更にややこしいことには、在野の学者として大山柏公が屹立していた。日清日露の戦役で陸軍を率いた大山巌元帥の嫡男で、私財を投じて考古学の研究所を設立している。独逸留学で体得した科学的研究法を実践して、石器や土器だけではなく、共に発掘される木の実や動物の骨など自然遺物の分析にも取り組むなど、その研究はずば抜けて大きな視野を持っていた。その大山公が、東大の一方の雄、松村博士と通じているあたりは正に戦国大名の同盟関係を思わせる。

そんな先生方の間を回って、金雄はとにかく原稿依頼に回ることを始めて行った。ところが「原始人類の研究」の項を早大の西村真次博士に依頼すると、これが大山公の逆鱗に触れてしまったのだ。二人の学説は真っ向から対立していて、日頃から論戦を戦わしていたことは学界で知らない者はなかったものの、まさか一全集の成立にまで及ぶとは思ってもみないことだった。

「西村君などが書くと言うのなら、」公は一歩も引かなかった。「この講座に私は参加出来かねる。断固辞退させてもらう」

この件は即座に公から帝大の松村博士に伝えられ、その一派の十名ほどの先生も降りさせてもらうとごね始めた。ほぼ陣容が決定して広告チラシを刷り始めようとしていた矢先のことで、まったく大山公という火山が噴火してマグマが流れ出し、『考古学講座』は見る見るうちに焼け焦げて行くようだった。

「仕方がない。一を捨てて十を取るより他ないだろう」

高橋先生が決断を下した。一とは、つまり西村先生のことだろう。先生にはこれまで『中央史壇』で何本か原稿をお願いして、良い関係を築き上げていた。胃の痛む思いで早大へ向かうと、もちろん先生は色をなして激怒され、その日はただただ謝罪の言葉を述べて辞去するしかないのだった。

＊

こうした苦労の末に執筆陣を決定した『考古学講座』は、全容を発表するとたちまちのうちに学界に大旋風を巻き起こした。全国の主だった研究者が軒並み参加し、考古学という学問の細目をほぼ網羅する。このような講座はどの研究室でも図書館でも、必ず揃えておくべきものだった。たちまちのうちに全国から三千部もの予約が直接雄山閣に入り、しかもその全額が、これから毎月前金で入金される。もう書店になど卸さなくても十分に採算見込みが立つ、特大級に左団扇の全集になった。

それでも、書店を通じてもぽつぽつと予約が入るので、五百部をよけいに刷ることにして、取次との手数料交渉はとことん強気で押し通した。思えば、初めての本で散々泣かされた借りを、五年の月日をかけて取り返したことになる。この日の帰り道は押さえても押さえても口から洩れて来る笑いを噛み殺しながら、金雄は飛ぶようにして街を歩いた。

その後、西村先生には、先生の気持ちが少し落ち着かれてから単著の依頼をしてお許しを得ることが出来た。結局先生が途中で亡くなられてこの書を世に送り出せなかったことは無念ではあったけれど、人間としての義理は欠かさずに済んだのだ。

＊

それにしても、出版という事業で最も難しいのは、結局、原稿を集めることだと金雄はつくづく思い知るようになった。もちろんそれまでにも原稿取りの苦労はあったけれど、『文化叢書』や単行本にはこれと言った納期の〆切はないのだから、遅れる先生がいればいたで頂いた時に出せばそれで良かった。

一方、雑誌には発売日という〆切があるが、例えば予定よりも分量の多い原稿を出して来た先生がいれば、文の途中であろうが予定の頁数のところでぶった切って、「これは、」で次号に続くような荒業も時にはやってのけていた。「これは、とは一体何のことか」と笑われても意に介さず、途中で切ったことがかえって次号の売り上げに結びついたりもする。やはりそれほど原稿集めに苦労をしていたとは言えなかったかも知れない。

けれど、高額の全集ものでは、さすがにそうも行かない。しかも経営のことを考えれば必ず毎月一冊配本して予約者への義務を果たさなければいけないのだから、とにかく先生方からきちんきちんと原稿を取ることが大切だった。

考古学の先生方は、発掘に入ってしまうと不在になることも多い。依頼の時は弁舌さわやかにあれこれ構想を語るわりに、いざ執筆となると全く筆が進まず逃げ回る先生もいれば、依頼の時は何を言っても否定され、ようやく渋々ながら引き受けてもらったものと考えていたのに、〆切前にきっちりと原稿を出して下さる先生もいる。まったく人間というものを見抜くことが、つまりは編集の要諦なのだろう。

特に原稿が遅い先生方には、夜討ち朝駆けで行くことにした。昼の真っ当な時間に研究室へ行っても会議だの何だのと言い訳をこしらえたり、時には弟子に適当なことを言わせて姿をくらましてしまう先生もいるが、朝か夜、

「ご自宅までに押しかけて、いやまったく相すみません」

と態度はあくまで控えめながら取り立てに押しかけると、さすがに観念して書いて下さるのだった。

ともかく、初めての全集『考古学講座』は上首尾を収めた。歴史学界、出版界に新社名「雄山閣」は広く知られるようになり、手元に十分過ぎるほどの資金も蓄えられている。次は何に売って出ようか。震災後の復興景気がしぼんで世間は徐々に不景気に陥り始めていたけれど、金雄は意気軒高だった。この年の暮れ、時代は昭和へと移り変わった。

第七章　躍進の時

金雄、四十二歳から四十四歳　一雄、六歳から八歳

一

「まったく改造社め、余計なことをしてくれやがって」

　さっきから、金雄はぐるぐると居間を歩き回っていた。

「全集などと銘打って、自分の頭で考えた企画なのかと思えば、要するに元からある本の寄せ集めじゃないか。それを値段だけ安くしてまるで新企画のように売ってるのだからなあ。まったく気楽な商売をしやがって」

　金雄が部屋を歩き回るのは今日が初めてのことではなかった。このところ、夜でも昼でも少しでも時間が出来ると居間に座って、頭を巡らせているとやがて足の方が動き出してぐるぐると回ってしまう。

「ほら、またお父様が大変よ」

　子どもたちが慌てて外へ逃げ出して行く足音が聞こえて来ることもあった。そうするとますます癪に触って、気がつくと襖や障子を全部外し、棚から文机から脇息まで、何かも庭に運び出さないと気が済まなくなって来る。と言って別に乱暴に投げ出したりする訳ではなかった。そんなことをしたら

修繕にいくらかかるか。ただ家具につかみかかって行って庭に運び出し、一旦部屋を空っぽにすればそれで気が収まるのだ。その後は自分でまた総てを元に戻して何食わぬ顔をする。いつからかは覚えていないが、腹に据えかねることがあった時や大事な事柄への決断がどうしても袋小路に陥ったような時には、そうやって身体をがむしゃらに動かすことが金雄の習慣になっていた。

今、頭を悩ませているのは、『考古学講座』に続く次の大型全集をどうするかということだった。いや、それだけなら謂わば楽しい悩みであり、むしゃくしゃすることなど何もないのだが、思わぬ奇襲兵に出鼻をくじかれたことがどうしても気持ちを苛立たせるのだ。

ちょうど金雄が次の全集の構想を練り始めた秋の終わりのことだった。改造社が新しい文学全集の新聞広告を打って、たちまちのうちに世間の大評判を取った。「名作をただの一円で読める」「一冊一円」と謳ったその戦略は見事に図に当たって、噂では万の単位で予約が入っているという。後に「円本ブーム」と呼ばれる、空前の廉価本全集時代の始まりだった。

金雄が弱ったなと思ったのは、世間の目がこれからは、全集の内容ではなく定価だけに注目するに違いないと感じたからだった。要するに一円よりちょっとでも値段が出れば、人々はもう高いと感じるようになってしまうだろう。一体、きゃつらは薄利多売方式で、定価一円でも元が取れるのだからそれでいいかも知れないが、図版の多い歴史の本では一円ではとても無理だ。まったく余計なことをしてくれやがって、と思うともう自然に足がぐるぐる回り出すのだ。要するに「二円でも三円でも喜んで金を出しましょう」と言ってもらえるようなよほど高度なものを作らなければならないのだから、相当の熟考が必要だった。

それでも、二月ほど経つと次第に考えがまとまって行った。たどり着いた答えは、「日本人はどうやって暮らして来たのか」、その探究に賭けてみるということだった。全集の題名は、『日本風俗史講座』とするのはどうだろうか。歴史学の王道は政治史であることに間違いはないけれど、それだけでは指の間からこぼれ落ちてしまうものは数限りなくあることを、この十年間、歴史書を出し続けて金雄は痛感するようになっていた。石包丁で木の実を砕いて暮らしていた石器時代から現在まで、脈々と、一体、日本人はどんな家に住んでどんな服をまとい、何を食べて命をつないで来たのか――人々の「生活の歴史」を、通史としてまとめた書籍はこれまでにも多少は出ていたけれど、服飾なら服飾、歌舞音曲なら歌舞音曲、食物なら食物、それぞれにまるまる一巻ずつを設け、しかもそれぞれの第一人者を執筆者に立てて全集化したものはかつてどこからも出ていないはずだった。『考古学講座』と同様、人に先駆けてやるものにこそ価値が出る。これは売れるのではないか、という予感がひらめいていた。

＊

そうと決めたら早速執筆陣の選定に取りかかった。

改造社全集のことがあるのだから、各巻の執筆者はどうしても超一流でなければいけない。そのために、まず、東京帝大の史料編纂掛を訪ねた。国史学科を背負って立つ辻善之助教授に企画を打ち明け、監修の任に就いてもらう確約を取りつける。先生の看板があれば、必ずや一流の執筆陣が集まってくれるだろう。

次に大切になって来るのは広告だった。『考古学講座』の場合は、考古学という新しい学問の学究の徒に向けた、謂わば玄人を相手にする全集だった。今度の『風俗史講座』は何しろ生活を謳うのだから、市井の人々に興味を持ってもらえる可能性が高い。どうしたらその興味を、実際に金を出すところまで持って行けるだろうか。宣伝が大きな役割を果たすはずだった。

＊

「先生、今回は私も相当力瘤を入れて行きます。宣伝にどかんと資力をつぎ込みますよ」

辻先生の他にもう一人、東大から監修に立って下さった藤村作先生を訪ねて金雄は演説をぶった。

「資力と言うと一体どのくらいのものですか」

「十万円をぶち込むつもりです」

「十万円か……それはすごい」

「何しろ風俗史ですからね、学問然としていては一般には受けが良くないでしょう。表紙も絵を入れて美麗なものにするつもりです。内容見本誌の表紙は、先生、今、こんな下描きが出ているのですが、江戸時代の小袖の意匠にしてみようと思っとります」

「ほう、これは随分としゃれたものだね」

「ええ。これなら服飾の巻を書いて頂く江馬務先生にだってご満足頂けると思っています。きものの下絵を描く職人にやってもらったのですよ」

「そうですか。で、新聞の方もこの伝で行くつもりですか」

「そのつもりです。新聞と本屋の店先と、どちらも度肝を抜かれるくらい大々的にやるつもりです。それで、先生、先生には是非とも内容見本誌で推薦文を書いて頂きたいのです。もちろん原稿料を差し上げますので」

金雄の挑戦心が火のように燃え上がっていた。改造社の連中にどうしたって負けてたまるものか。あっと驚かれる本を、あっと驚かれるような派手な宣伝で打ち、世間と、そして業界の人間の腰を抜かしてやるのだ――

熟考の末、昭和二（一九二九）年二月末から一ヶ月間、新聞広告を波状的に打つことを決めた。四月末日に予約を締め切り、配本は翌五月から。内容見本誌は七十万部を全国の書店にばら撒き、ビラは二十万枚、ポスターは一万枚を刷る予定だった。その他に、書店の入口に幟を五千本、大都市の大型書店には凱旋門のような大型の門を立てることにして、三月十九日、その打ち合わせで関西方面の書店へ出張へ出た帰りにとんでもない事件が起こった。

二

「中井銀行、一時休業」

東京へ戻る夜行列車で何気なく開いた新聞に見出しが踊っていた。何と言うことだろう、中井銀行は、雄山閣の主要取引銀行だった。その三日前、ちょうど金雄が関西出張に出る日の前日に、議会で片岡蔵相が誤った答弁をしたことをきっかけに渡辺銀行に取り付け騒ぎが起こっていた。その後、東京の他の銀行にも騒ぎが広がっていることは関西にいても情報を追いかけていたが、まさか中井銀行にまで飛び火するとは予想もしていないことだった。

「畜生、東京にいれば、何がしかは引き出しておいたのに。ああ、どうするか。今金を引き出せなくなったら『風俗史講座』の宣伝は手も足も出ないじゃないか」

窓の外では大雨が降っていた。空は白み始め、汽車は刻々と東京へ向かっている。今日は伊豆の伊東温泉で、七日会の懇親会の予定が入っていた。正直言って宴会どころの話ではないが、最年長で、会のまとめ役の自分が休んでしまっては申し訳が立たない。窓ガラスに映る我ながら蒼ざめた顔をじっと眺めた後、やはり金雄は熱海で乗り換えて温泉宿に向かうことにした。

ところが、宿に着くと、大雨のために懇親会は中止になったと言う。何だ、銀行ばかりか仲間までが俺に一杯食わせやがる。玄関先でそこら辺のものを持ち上げて外へ運び出したくなったが、もちろんここは家ではないのだからそうも行かなかった。

「それなら、とにかくこんな大雨じゃ東京にも帰れそうにないから、今晩は私一人でも泊めてもらおうか」

「それが……」と番頭が言いにくそうに言った。「こちら様のご宿泊がなくなったということで、もう他のお客様を入れてしまっていて」

「何だって……」

「申し訳ありません」

「じゃあ、仕方がない。とにかく湯に入って帰るよ。ついでに昼飯も用意しておいてくれ」

ところが湯殿に行くと、思わず足を引っ込めてしまったくらいに湯が冷たかった。豪雨で海水が上がり土地の低い伊東の温泉は水に浸かってしまっていたのを、宿の者も気づかずにいたのだ。

「誠に相すみません。どうかお昼だけでも温かいものを」

女将が出してくれた昼飯をやけくそでかき込んで、金雄は雨で停まり停まりする汽車に乗って東京へ帰った。悪い時には悪いことが重なると言うが、いよいよ俺も運に見放されたのだろうか。空には稲妻が光っている。けれどその大雨の中に総ての厄が流れ落ちて行ったのだった。

翌朝、からりと晴れわたった空の下を、金雄はまず博報堂、それから日本電報通信社を訪ねた。銀行閉鎖によるやむを得ない事情を訴え、新聞広告料入金の一時繰り延べ、また、ポスターや幟など他の宣伝活動にかかる費用についての借金を申し込む。幸いに、これまでの信用が効いたのだろうか、二社は快く便宜を図りましょうと確約してくれた。雄山閣は、昨日、蒼ざめ、凍えていたけれど、たった一日で息を吹き返したのだ。何が何でも『風俗史講座』を売り抜いてやると、前にも増して金雄の胸はぼうぼうと燃えさかっていた。

＊

「小説や講談だけでは物足りない　進んだ知識の人々の為に」

「時代の要求に適し　空前の大盛況」

「明日廿八日締め切り」

三月下旬を皮切りに、金雄は新聞各紙に、段階的に広告を打った。全面広告や、二面続きに横長に枠を取るというこれまでにどの社もやったことのなかった斬新な見せ方で、文面にも工夫をこらしている。もちろん、書店に向けた宣伝活動にも走り回った。早朝からトラックの荷台に乗り込み、内容見本、チラシ、ポスター、幟、アーチ門を載せて東京市内と郊外の書店を回って行く。トラックの側面には『日本風俗史講座』の横断幕を張り、道行く人の注目を集めた。車そのものを宣伝に使うなど、これも今までに誰も試みたことのない手法だった。

トラックの荷台には、取次の栗田書店店主、栗田確也君が隣りにどかっとあぐらをかいて座り込んでいた。長坂さんの挑戦に僕も加勢をしようと言って、早朝から一緒に乗り込み、久留米絣の肩には動きやすいようにと赤いたすきを掛けている。彼のところは社会主義関係の本を多く扱い、特に左でも右でもない金雄とは主義を異にしていたけれど、人間としての友情は思想を越えて熱く脈打っていた。

＊

予約申し込みは好調だった。四月二十八日、第一回の予約締切で一万部ほどに達し、更に二千部を刷って書店に入れることを決めた。

「栗田君、やったよ。特大級の大成功だ。これもみんな支払いを猶予してくれた代理店や、先生方、そして君の助けのおかげだよ」

『風俗史講座』はこれから、十八巻を出す。一冊の定価は二円。それが十八冊掛ける、一万部分入金されるのだ。

「とんでもないことですね」栗田君は言った。「これは、長坂さん、ビルヂングが建ちますよ」

「ビルヂング……」

そう、確かにそうなのかも知れない。それだけの成功を金雄は手にしたのだった。『考古学講座』の配本もまだ一年近く続き、更にこれからこの『風俗史講座』が始まる。その他に『中央史壇』も、毎月のように単行本の発行もあった。まさかこれほどの成功が自分に転がり込んで来るとは……金雄にとっては都合の良いことに、日本は長く続く不景気からまだ当分抜け出せそうになく、土地の値段は大きく下落を見せている。

「もしも今僕にそれだけの金が入ったら」栗田君は言った。「必ず土地を買いますよ。長坂さん、是非決心なさった方がいい」

確かに今は最良の時のようだった。金雄は土地を探し始めた。

三

そして、もうこれ以上は、社の仕事を自分一人で回して行くことは不可能だった。慎重な金雄は『中央史壇』の編集こそ人に任せていたものの、それ以外は配本や雑用を手伝う助手のような小僧だけを入れて、これまで手堅く経営を進めて来た。けれど、いよいよ編集にも業務にも本格的に社員を雇い入れ、事業を更に発展させて行く時が来たようだった。

実は、その『中央史壇』の編集長には、あの浅野さんを迎え入れていた。思えばこの人とのつき合いは、もう十五年以上になる。手取り足取り編集を教えてもらった人を後には自分が雇うことになるとは当時は思いもよらなかったことで、また、そんな過去の面子になどこだわらない、浅野さんのいかにも学究の徒らしい恬淡な身の処し方も嬉しかった。

この彼の下に、大学出の編集部員を二人。配本や、取次との交渉を担当する業務部には大学出を一人と専門学校出を二人、思い切って雇い入れることを金雄は決断した。更にもともとの小使いと女中もいるのだから、震災後に急ごしらえで建てた所帯は一気に手狭に感じられる。

「なに、もうすぐきっと新しい社屋を建てるのだから、あと少しの辛抱だよ」

社員にも家族にもそう言うのが口癖になっていた。

＊

「おい、長坂君、聞いたかい。朝日が値上げを言って来たよ」

年が明けた昭和三年三月の朝、七日会の同志、大明堂の神戸文三郎氏から電話があった。

「いや、うちにはまだだが、何と言って来ているんだい？」

「いや、それがまったくふざけた話で、一行二十銭の値上げをすると言うんだよ」

「二十銭、それは高いな。朝日って言うのは東京なのかい？　大阪かい？」

「両方だよ。まったくふざけた話じゃないか。不景気だからって広告料で儲けようって魂胆かね。紙代でも何でも安くなっているはずなのにけしからん話だ」

「まったくだね。よし、ここは七日会で断固として戦おうじゃないか」

「異存ないよ」

それが、業界人としての金雄の実質的な初陣となった、広告料金改定問題の始まりだった。これは同時に結成一年程の七日会の存在を業界に知らしめる好機でもある。その夜、会員全員が料亭に集まり、一同の士気は高かった。

本や雑誌の売れ行きは、新聞広告に大きく左右される。これは業界にいる者なら誰もが知る、一つの定理とさえ言える事実だった。良い本を作っても、それが人に知られなければ売り上げは見込めない。何曜日の何面にどれくらいの枠で広告を打つか、それは出版人にとって企画を考えるのと同じくらい重要な仕事だったし、もちろん新聞社の側もそのことをよく知り抜いていた。今回、一方的に料金改定を通知して来たのは、どうせ自分たちに従うしかないだろうという傲慢な見通しがあることは明らかだ。しかし――と金雄たちはその夜鼻息も荒かった。当たり前のことだが、新聞社も広告収入あってこそ経営が成り立つのであり、双方の立場は完全に対等なはずだ。値上げに際し交渉の余地があるならまだしも、こんな一方的なやり方には我々七日会は断固反対する――そう記した決議文をその場で書き上げ、翌日、金雄が代表で東京朝日新聞と博報堂に単身乗り込んで行った。

この情報は出版界に、火の手のように広がって行った。東京出版協会、日本雑誌協会など、大手の業界団体も後を追うように声を上げ始める。結局、大手だろうが老舗だろうが新興だろうが、広告が出版販売の生命線であることに変わりはない。しかも朝日だけではない。東京日日も大阪毎日も同様の通知をして来ており、出版人の誰もが強い危機感を持っていたのだ。

ところが、数日すると、急に情勢が変わり始めた。

「おい、敵もさる者だぞ」

厚生閣の岡本正一氏から連絡があった。

「連中は出版協会の切り崩しに入って来たよ。大手さんには割引率を多くしましょうと持ちかけて、早速協会は、大手と中小で足並みが乱れ始めているらしい」

「畜生、こういう時こそ業界全体で団結しなきゃいかんのになあ」

「まったくだよ。しかし大手は汚いな。自分さえ良ければそれでいいのかね。出版業界全体を底上げしようという気概はどこにもないんだからな」

「まったくだ。しかしここが踏ん張りどころだよ」

「うむ、その通りだ」

金雄たち七日会は断固として丸め込まれず、持久戦に出ると決めた。七日会以外の中小出版社で、新聞社の作戦に動揺してあそこがなびきそうだという情報があると出掛けて行って、

「今離脱するとは腰抜けです！」

と、金雄は社長や役員の机をたたいて大演説をぶつこともあった。なあに、大手が離脱して心棒を失えば、中小も雪崩を打って降参して来るに違いない——そう、甘く見ていた節のある新聞社側も、

どうやら七日会とその周辺は言いなりにならないと気づいたようだった。

数ヶ月の押し問答の末、結局、七日会会員社に関してはよく協議して値上げ率を決定する、という玉虫色の結論をもぎ取ることが出来た。完勝とは言えないが、全面的に値上げを呑まされる羽目にはならなかったのだからまずまずの勝利と言える。この事件をきっかけに、金雄と七日会は新聞、広告関係者、そして出版業界全体から一目置かれるようになり、やがて翌々年からは最大の業界団体、東京出版協会の理事選挙に徒党を組んで打って出ることになった。次第に業界内に一定の勢力を張り、販売や広告をめぐる揉め事に発言権を持って行く。七日会の発足から二年半ほどで、なかなかに上首尾の成り行きだった。

四

こうして業界での地歩を固め、また『風俗史講座』の成功に気を良くしながらも、金雄はひと時も商売の手をゆるめる気はなかった。たった一つの成功くらいで浮かれているのでは、そこら辺の成金と変わらない。なあに、この後も二つめ三つめの大当たりを出してやる——そういう心構えだった。

その中で、次の一手として、いつからか、書道はどうだろうと目をつけるようになっていた。自分自身はこれまで書を学ぶ余裕などなく、ろくな字も書けない無粋者だったけれど、一体、東京市内だけでもどれだけ書道人口があるだろう。そう言えば、以前尾上柴舟という書家の研究書を頼まれて自費出版で出したが、あれも思いもかけぬ売れ行きだった。そんなことを考え合わせると、もう商売心が騒いで止まらない。今や手元に資金の余裕があることでもあり、思いついたらためらわずに実行に移すことが出来る。「雄山閣代理部」という販売部門を新たに立ち上げて、半紙や墨など書道道具を扱って文具店に納品する。その営業に新人たちをあてることに決めた。

法政大の文学部を出た小沢滋は、歴史書籍の編集をするつもりで雄山閣に入社していた。専門学校出の志水松太郎と東帰《とうき》一郎は本の営業をするつもりで入社したのに、この金雄の思いつきで、来る日も来る日も自転車に半紙を積んで文具店へ納品に行かされることになった。社に帰り着くのはいつも夕方で、固くなった弁当を三人並んで食べる。

「まったくなあ、こんな仕事をするとは思いもよらなかったなあ」

「本当だよ。今日行った文房具屋に憎たらしい小僧がいてさ、この間も断られたのにまた来たのを知ってるんだ。墨なんかいらないよと言いやがった」

「大変でしたね、さあ、どうぞ」

「ああ、まつや、ありがとう」

女中が淹れてくれた温かいお茶で弁当を流し込むのもいつものことだった。

「だけどなあ、この不景気だもの。仕事があるだけでありがたいのかも知れないぜ」

「そうだよな。学校の友だちでもまだ仕事が決まらんで、土方をやっているやつがいるよ」

「土方か。それに比べれば自転車外交の方が何倍かましか」

「まったくな。そう言えば今度『大学は出たけれど』という映画がかかるらしいぜ」

「くわばらくわばら」

そんな若手たちの働きぶりを後ろで見守りながら、金雄は、大型全集『書道講座』の企画に頭を巡らせていた。うちは本屋なのだから、もちろん道具を売るだけでは終わらせない。入社一年目の若者に一々説明はしなかったけれど、書籍と道具の販売が一体になった事業をその先に構想していた。

鍵になるのは、言語学者の後藤朝太郎先生だった。先生は当代随一の支那通として有名で、雄山閣でもこれまでに『支那の社会相』『支那の風景と庭園』の二冊の支那事情本を書いてもらい好評を博していた。しかし先生の本職は書の研究であり、協力を仰げば当代の一流書家に声を掛けてくれるだろう。それに例の尾上紫舟先生も力になってくれそうだった。

体裁は、思い切って和紙を使い、和綴じ本にする。古今の名筆を掲載し、著名な書家の解説をつけるのはどうだろうか。これまでにもばらばらと名筆集は出ていたが、数千年の時代をまたいで日本と支那の名筆を網羅的に集めた全集は前例がなかった。この全集もまた、売れる、という例の予感がぴくぴくと動いていた。

金雄は、早速、歴史書を作って来たこれまでと同様に、書家の先生方を回って協力を取りつけ始めた。一方で、名筆の写真版もことごとく集めて行かなければいけない。この全集には長い準備期間が必要だった。

＊

その頃、ビルヂング建設について動きがあった。紹介してくれる人がいて、

「麹町区飯田町六丁目に土地の出物がありますよ」

と言う。行ってみると、そこは大神宮の近くの高台で、集金係をしていた頃、立ち止まって富士を眺めたあの坂の上の台地にあった。そう言えば震災の夜、炎の中に焼け落ちて行く下町を眺めたのもこの場所だった。

東京と、富士とを、悠々と視界の中に収める土地。金雄はこの百五十六坪の土地を購入することを決め、契約書を交わした。ビルヂングの設計は、早大の吉田享二教授に依頼する。秋、いよいよ、鉄筋コンクリート三階建ての雄山閣ビルヂング建設工事が動き出した。

昭和5年に落成した雄山閣ビルの正面玄関

第八章

黄金時代

金雄、四十四歳から五十一歳　一雄、八歳から十五歳

一

「長坂さんなら、やるだろう」

「いや、さすがのあいつでも無理だろう。何しろしょっちゅう段組みが変わるややこしい本なんだぜ。その上挿図が山と入るんだからな、あんなもの、出来る奴はいないよ」

「まあ一般にはそういうことだが、でも、長坂君ならやるんじゃないかな」

業界内にそんな噂が流れているという話が、昭和四（一九二九）年の春、金雄の耳に入って来た。それは、『大日本地誌大系』という全集についての噂話で、文化書籍の出版に携わる者には難物として知られていた全集だった。何しろ江戸時代に編まれた日本各地の様々な地誌を復刻して集めるという壮大な企画で、例えば武蔵国なら武蔵国、伊勢国なら伊勢国、江戸時代の各藩内の主要な街道、宿場町、それから辻々に立つ市の絵図や、土地土地にまつわる挿話が書かれた和本、こういったものを数十冊、数百冊と集めて復刻し、新しい武蔵国や伊勢国の地誌として編もうというのだ。これまでに日本地理学会が監修して、三省堂が製版印刷を手がけるというかたちで刊行されていることは金雄も聞き知っていた。

ところが、例えば書誌を集めるだけでもめっぽう金がかかる割に、内容が専門的、或いは好事家向け過ぎて思ったほどは売れない。資金繰りに窮して三省堂は途中で手を引き、当初から編集の中心にいた蘆田伊人《あしだこれと》という歴史学者が引き受けて続きを出して来たものの、ついに力尽きて出版先を探しているというのだった。

「どうだい、長坂君、やってみないかい。先週の集まりで、君ならやるんじゃないかと噂になっていたよ。蘆田という先生は、今は市ヶ谷の酒井伯爵の所で酒井家の史料編纂所長をしておられる。一度会ってみるのはどうだい？　君より前には冨山房に話を持って行かれたらしいんだが、先方は怖気づいて断ったそうだ」

金雄の心にまた闘志が湧き上がっていた。あいつでも無理だろうなどと言われると、無条件にやってやろうという気がして来る。何しろ『風俗史講座』で入った金はビルヂングに回しても新しく書道部門を興しても、それに郊外の方に土地を買ってもまだ余剰を残していたし、これほど格の高い書籍を出版するということが雄山閣自体の格を押し上げてくれることになるのは間違いなかった。

こうして引き受けて始めてみると、しかし、他社が尻込みをしたのもむべなるかなと思わせる、予想以上の難事業だった。とにかく組版が難しい。ほぼ毎頁ごとに図版が入る上に、割注、頭注を方々に入れ、更に漢文が入ると一段組になったり二段組になったりする。あまりの複雑さに印刷所からは度々泣き言が入りなだめすかして組ませてはいるものの、普通の作業の何倍もの時間がかかってしまう。何しろ総て刊行が終われば四十冊にもなる大事業だから、このままでは十年以上もかかるのではないかと思われた。しかし、一旦引き受けた以上何としてでもやり遂げるのだ。この全集も、世に出すまでには長い時間が必要だった。

＊

それでも、この年の暮れ、とうとう『書道講座』の第一冊目が出た。売れ行きは好調で、やはり書道に目をつけた自分の勘に狂いはなかったとほくそ笑む。この先、書道は、歴史に続く雄山閣の二枚看板になるはずだ。いや、きっとそうしてみせるのだ。

それにしても文字の見分けには苦労させられていた。『書道講座』はこれから毎月発行する予定でいるが、各巻の執筆の先生から続々と原稿が上がって来るものの、編集部の誰も書の心得がない。先生が解説で書いている字や句が、対応する写真版の一体どれを指しているのか、なかなか判別がつかないのだ。写真の横に出典をつけるという、ごく基本的な作業にも四苦八苦する有様だった。

「まったくまいっちまうな。おい、代理部の中には誰か字が読めるヤツはいないかな」

金雄が声を掛けると、新入社員の志水がおずおずと声を上げた。

「僕は学生時代に五、六年字を習っていましたが……」

「ほう、そうか。じゃあこれを読んでみろ」

「ええと、則知天子、別有……鏡。不是……揚、これは……州かなぁ」

「ふうん、なかなか読めるな。よし、『書道講座』は貴様が担当しろ」

「え、僕が……でも編集のことはな、」

「俺だって何も分からないまま始めたんだから、貴様にも出来るさ。この間俺の駆け出し時代の話をしただろう。実践で覚えて行くのだ」

「へえ」

「へえじゃないよ。しっかりやってくれよ」

「へえ」

こうして志水は突然編集に組み替えになった。専門学校を出たばかりの若干二十一歳の若者が、それもただちょっと字を読めるというだけで恐る恐る書界の重鎮を訪ねて原稿をもらって来る。割付のこともよく分からないまま、先生方と一緒にあれこれと配置を考える無謀さだった。

一方、同じ頃に入った東帰は、

「お前、なかなか写真が上手いな」

と見込まれ、突然写真担当に任命された。『風俗史講座』や『造園叢書』『東洋史講座』などの企画が次々と動き、美術品、寺院、庭園など、多くの写真図版の撮り下ろしが必要だった。

「まったく滅茶苦茶だな、うちの大将は」

「たまったもんじゃないよ」

「だけど面白いな」

「そうだな。俺たち二人とも、澄ました会社に入ってたらこうはいかなかっただろう」

「まったくだよな」

＊

昭和五年三月、こうして若手たちがそれぞれの奮闘を始めた頃、二年をかけた工事がようやく終わり、雄山閣ビルヂングが姿を現した。鉄筋コンクリート三階建て、外観は石造りの洋館建築は町内でひときわ目立ち、遠くからでも見つけられると言われる。五月、金雄たちは今川小路から荷物を運び入れた。

一階は、営業部と在庫保管用の小倉庫にあてることにした。二階には編集部と社長室、三階には出版社の生命線とも言える紙型や、写真原版などの保管庫を置く。一階の廊下の先に付けたドアを押すと住居部分につながり、こちらは最上級の檜を使った瓦葺二階建ての純和風建築を建てた。庭は雄山閣の執筆陣の一人である、当代一流の造園家龍居松之助先生の手になっている。五月二十八日、完成披露の祝賀会を開き、学界、業界から二百人の招待客にビルヂングを披露した。

祝宴の翌朝、金雄は新しい檜と畳の匂いのする部屋で目を覚ました。思えば生まれてすぐから人の家を転々とした自分が腕一本だけで世間を渡り、東京は宮城のすぐお膝元に家と土地を持てたのだ。我ながら一巻の夢物語のようだった。

その朝、仕事の前に、ビルヂングの三階に上がって窓の外を眺めた。思った通り、晴れてさえいれば、これからはいつもこの場所から富士の山が見えるのだ。富士は今日も変わらずそこに立っていた。これまでと同じように良い時も悪い時も、自分を無言で見下ろしている――

＊

社屋を手に入れて、金雄はいっそう経営に身を入れるようになった。人生も四十代半ばに入り、我ながら気力も体力も編集人としての経験も、最高潮に達しているような気がする。

経営に当たって、心に決めていることは三つあった。

一つは、どうやったら売れる企画が出来るかということで、これは、「雑誌を観測気球に使い、反応の良かったものを大型全集化して行く」という、例の金雄一流の、一見大胆に見えて慎重な編集方針が図に当たっている。

同様に大切なのが広告で、こちらはふだんから代理店や新聞の担当者と良好な関係を築き、ほしい時にほしい枠を取る下地を作って置くことが重要だった。そのために――もちろん、広告だけではなく、出版業界の横や縦の社交にも役立てるために――金雄は最近では無粋で押し通していた看板を掛け替えて、幾つか趣味の稽古を始めていた。謡、狩猟、囲碁、そして仕事上の実益も兼ねた書道。どれもそこそこの腕前になってだんだんとどこの宴会に行ってもとにかく場が持つようになっている。何しろこの頃は芸事熱が盛んで、誰もが謡や踊り、長唄、常磐津、義太夫など何かしらこっそりと稽古を重ねている。芸事は商売の必須道具だった。

こうして日頃から社交の地ならしをして良い時に良い面の広告枠を確保出来たとしても、「東洋は今や世界注視の活火山だ、東洋史理解の鍵は此處にある」「公方様も人間であった。著者は豫ねて唯物史観に対する唯性史観の興味を持っておられ……」「手習は精神統一の基礎、書道は職業生活の根本」と、世間の気を引く文句をひねり出すのには一種の霊感のようなものが必要になる。これは、ただ歴史を知っているとか、文章が上手いというだけで出来ることではないのだから、どれだけ人を雇っても、広告だけは金雄は他の者には触らせなかった。

そして、もう一つ、心を砕いたのは、人をどう使って行くかということだった。これまではほとんど独力でがむしゃらに道を切り拓いて来たが、ここから先はそうは行かない。企画の方向性を出すのは自分であることに変わりないものの、その後は上手く人に任せるということをしなければ、これ以上会社に発展はないはずだった。

金雄が決めていたのは、所謂ポーカーフェイスを貫くということだった。例えば或る企画を任せて、それがたとえ上手く行ったとしてもあまり一人を褒め過ぎると、周りの者の心が落ち着かなくなる。反対に失敗した場合でも、本人はたいていの場合は奮闘したにも関わらず結果が出なかったのだから、あまり強く叱り過ぎると心が折れてしまう。軽々しく褒めないし、軽々しく叱らない。この態度が恐らく若い社員たちにとっては一種の重みになって見えているようだった。

＊

この年、早稲田の英文科の足立勇という学生が、雄山閣に関わるようになった。歴史に詳しく、数年前には雑誌の文芸コンクールで入選も果たした文章家だという触れ込みでやって来て、やらせてみると確かにどんな時代でもどんな偉人についてでも、上手く資料を調べて読ませる文にまとめ上げる。

ちょうど金雄は、『異説日本史』という新しい歴史全集の企画を思いついていた。例えば、忠臣の誉高い楠正成は実は意志薄弱の武将だったのではないか。浦島太郎や因幡の白うさぎ、安珍清姫といった伝説をはたして荒唐無稽と片づけてしまって良いのか。はたまた、日本音楽と西洋音楽の優劣論まで、諸説が対立して容易に決着の着かない歴史の議題を、公平に討論する全集を構想していた。かつて『国史上問題の人物』号が売れた時のように、『中央史壇』ではこういった異説渦巻く課題を採り上げた号が最も反響が大きいことが分かっていたから、それならば、異説という対立形式そのものを全集にしてしまう。いかにも金雄らしい、歴史を娯楽のように楽しもうとする、そして商売っ気のある思いつきだった。

この新全集で、それぞれの異説は史学の先生方に書いてもらうとしても、例えば巻頭で問題提起をぶち上げる序の文や、時には異説の幾つかも足立に書かせてみてはどうか。まだ角帽をかぶった学生ではあるけれどどこの男はどうも掘り出し物の書き手に思えた。金雄は思い切って足立を『異説日本史』の主筆へと抜擢した。

＊

その頃、もう一人、絣に袴姿の学生が面接にやって来た。帝大国史学科の四年生、湊元克己は、辻善之助教授の紹介状を携えていた。ちょうど金雄が少し前に、今ではもう旧知ともなった辻先生に学生を一人紹介してもらえるように頼んでいたのだった。

昭和六年正月、世間ではまだ不景気が続き、帝大の学生でさえ就職口は簡単に見つからなかった。会ってみて、金雄は、この学生の活きの良さが気に入った。何しろ湊元は帝大国史学科でこの数年大きく勢いを増して来ている、平泉澄助教授に睨まれているというのだ。
平泉先生の歴史学は、日本という国を天皇家と一体とし、その形を守ろうとした人々と危機に陥れた人々の相克として、日本史を捉えようとしていた。所謂「皇国史観」と言われるその歴史観は、対立する諸説をぶつけ合い、庶民の生活風俗の生命力を丹念に見つめて来た雄山閣の歩みとはどこか相容れないものがある。同じように相容れないとする湊元はつまるところ、雄山閣や、雄山閣と気脈を通じて来た辻先生たちの一派と同じ空気を吸っているということなのだろう。こうして雄山閣入りが決まった湊元は、その年、結局帝大国史学科で最も早く就職が決まった学生だったという。金雄は最初の仕事として『異説日本史』の校正を任せた。この全集は発売早々、好調な売れ行きを示していた。

そして、その年の九月、満州の奉天郊外で、南満州鉄道の列車が支那軍によって――と、この時誰もが信じていた――爆破された。日本人が日清日露の戦役以来、苦難に苦難を重ねて切り拓いた満鉄線を爆破するとは一体何たることなのか。支那への怒りがごうごうと渦巻き、関東軍が破竹の勢いで進軍して広大な満州の地を制圧すると国民は快哉を叫んだ。軍靴の時代の始まりだった。

二

明けた昭和七年秋、雄山閣は『歴史公論』を創刊した。長年の発行でややマンネリズムに陥っていた『中央史壇』を浅野さんの退社とともに一旦廃刊にして、今や金雄の中に一つの思想のように根を張った「歴史の大衆化」という精神はそのままに、新創刊した雑誌だった。

この『歴史公論』の編集長に、金雄は入社わずか二年目の湊元を抜擢した。企画にも、割付にも、執筆者の選択にも一切口を出すつもりはない。例えば表紙絵に、湊元が雑誌や広告でよく見かけてしゃれた絵を描く人だと気に入っていた関本有漏路という画家を使ってみたいと言うと、それで行けと承認した。大学院に残ったかつての帝大の同窓生を執筆陣に起用するという提案にも、どんどん連れて来いと賛成する。大学を出たての人間にここまで任せてもらえるということで、湊元の士気は大いに上がっていた。もちろん、帝大の少壮の学者たちにとっても、不景気の時代に原稿料は良い小遣い稼ぎになると歓迎された。

こうして活きの良い原稿が集まり、『歴史公論』の売れ行きは好調だった。満州での事変以来、国民の間にはことに愛国心が高まっていて、国史の本は全体に売れ行きが良かったということもある。ただ、だからと言って、『歴史公論』としては国粋主義を鼓舞するつもりはなかったし、またその反対に、共産主義唯物史観を支持するつもりも毛頭なかった。あくまで実証的に、学術的な態度で歴史の事実を探究する。これは湊元が学んだ帝大国史学科の本流の精神だったし、わざわざ口に出すまでもなく、金雄と湊元との間の暗黙の編集方針でもあった。そしてその公平で、説教味のない、純粋に歴史を愛する『歴史公論』の精神が、熱心な読者を全国に産み出して行った。

特に売れたのは『豊臣秀吉』号と『日本海軍史』号だった。ふだんは六千部くらいで終わるところを再版して、一万部、一万二千部と刷ってもまだ売れる。そして、金雄と同様、湊元も読者の関心事をすぐさま特集に取り入れることを心がけていた。

例えば、五・一五事件が起こって国民の間に「首謀者の士官は愛国精神で行動したのであり、極刑に処すべきではない」という世論が巻き起った時は、これになぞらえて「赤穂浪士は忠臣か乱臣か」という特集を組んだし、昭和九年の帝国議会で中島商工大臣が、叛臣であるはずの足利尊氏を「政治家として有能だ」と評価したと攻撃された時は、翌月に早速足利尊氏を採り上げて特集にした。

後になって思えば、これらの特集は、歴史学の徒が時代の主潮に対してなし得た最後の良心の発露だったのかも知れない。このような特集を組むことさえ許されない時代が、すぐ首筋の後ろまで近づいて来ていたのだから。

＊

そして同じ頃、国が一つの時代から次の時代へとむずかりながら移り変わって行くように、長坂家でも古い世代が舞台を去り、新しい世代がその手足を若木のように伸ばし始めていた。

昭和七年、流浪と挫折を繰り返した父、斎木伊三郎が死んだ。この謂わば不肖の父は、金雄が事業に成功してからは時折り東京に顔を見せに来ることもあり、人生の落伍者ではあっても親子の縁に見放されなかったことは、そこそこに幸福な人生だったと言えるのではないだろうか。一方、これも不肖の親族である織三郎叔父はその後何とか立ち直り、東京で金雄を真似て教育関係の出版社を興したのは意外な成り行きだった。この会社はまずまずの成功を収めていた。

ともかく、父や叔父の負の血はもう完全に断たれたようだった。長男の一雄は昭和八年、地元の西神田小学校を卒業して慶応の商工学校に進学し、明朗な性格で友人も多く、今は剣道に熱中している。二人の娘たちも菊枝の監督のもとでどこへ出しても恥ずかしくない令嬢に育ち、そろそろ縁談のことも考えなければいけない年齢にさしかかっていた。自分の青春時代のような暗い影が子どもたちの上に一筋も落ちてはいないことを、休みの日など、畳に座って庭を眺めているとしみじみと誇りに思う。その庭には植木屋が手を入れ、松の木が形の良い枝を伸ばしていた。

＊

牧原へは折々、親族の法事や年始の挨拶のために帰郷することがあった。村は相変わらず野良仕事に明け暮れていて、今や成功者と目されている金雄は度々寄付を持ちかけられる。これまでに防火用のガソリンポンプや、神社の能舞台さえ贈ったことがあった。むやみやたらと金がかかるが、これは人生の必要経費というものなのだろう。

或る時、法事のついでに古い友人を訪ねに行くと、その道の途中の神社の石段に、驚くほど汚い格好をした子どもがぽつんと座っているのを見かけた。何日も風呂に入っていないことが一目で分かるくちゃくちゃの髪に、破けて穴の空いたチョッキを着て、靴の底は両足とも剥がれてぶらぶらしている有様だった。

「てっ、さっき神社で恐ろしくみすぼらしい男の子を見かけたが、あれは一体どこの子だい」

友人に訊ねてみると、

「ああ、あの子か……」と友人は言葉を濁した。「あれは朝鮮人の子じゃん」

「朝鮮人？　そんな子が牧原にいるずらか」

「ほうよ、何年前だったかなあ、労働であの子の親が国から引っ張られて来たじゃん。父親がトンネル工事をやっておったが、まあ、疲れ死にしてしまったんだな。そのうちおふくろも死んでしまった」

「じゃあ、全くの天涯孤独か」

「まあ、そうだな」

「それでどこに住んでるんだ。まさか神社か？」

「いや、神社じゃないが、裏山の方の……まあ、納屋の中じゃん」

「学校は行ってるのかい？」

「一応は行ってはいるが、弁当もないし、あまり出てはいねえんじゃないかな」

「どうやって毎日食べているんだろう？」

「近所の田んぼを手伝って、ちょっとばかし握り飯をもらったりだなあ」

　気になって、帰りがけに神社へ寄ってみると、男の子の姿はもうなかった。その足で、友人に聞いた納屋まで遠回りをして訪ねてみる。次に台風でも来たら崩れてしまうのではないかと思うような小さな小屋の前で、男の子は野良猫を撫でて遊んでいた。

「てっ、坊主。かわいい猫だね。だけどどうだい、お腹がすかないかい。おじさんの家に遊びに来たら美味しい饅頭を食わしてあげるよ。あっちの街道の角から三番目の家だから遊びに来いし」

「……行かないや」

「どうして？」

「行きたくないから行かない」

「そう言わないで遊びに来いし。おじさんは東京から来たんだけども、昔はこの村に住んでたずら」

「行かないよ」

結局、その日は、男の子は何をどう誘っても家に来ようとはしなかった。恐らく自分の汚い身なりに気が引けているのだろうと無理強いはよすことにして、ひとまず帰宅して、後から夕食だけを届けに行く。翌日も、その翌日も届けるのを兄たちは酔狂だと言ったが、母だけが、

「ほうだねえ、かええぎな子だねえ。朝鮮人だろうが日本人だろうが、みなしごで友だちもいないなんてねえ」

と握り飯を作ってくれた。

「おまんには人一倍、あの子の気持ちが分かりなさるんだろう」

結局、金雄はその子を東京へ連れて帰ることに決めた。新しい家にはまだ部屋の余裕があるし、倉庫番の小僧として雇ってやればいい。聞けば、名前は金村三郎というのだという。

「三郎、昼の間は小学校に通って、帰ったら会社の手伝いをするし」

頭を撫でてやると、今は素直に、

「うん」

と頷いて、男の子は列車で金雄の隣りに神妙な顔で座っていた。金雄はその子、三郎の頭をもう一

度撫でた。

＊

満州事変の後、日本の景気は軍需景気で有卦に入った。本もよく売れ、中でも書道はもう完全に雄山閣の稼ぎ頭に成長していた。『書道講座』ですっかり書道本の編集を自家薬籠中のものにした志水は、重鎮の巌谷小波先生と二人三脚で月刊誌『書道』を創刊するまでになっている。今では書家の各先生に顔の利く、いっぱしの書道編集者だった。しかもその『書道』があまりに売れ行きが良いのを見て、書道系の泰東書院という出版社が売ってほしいと申し出て来た。志水は、一体社長はどうする気だろうと見ていると、あっさり売ってしまって、

「君、また新しい書道誌を作ってくれ」

と言うのには呆れかえったが、考えに考えて、好景気だとは言っても円本以来人々は安い本に慣れているのだから、一つ、低価格の雑誌を作ったら更に売れるのではないか、と、五十銭の書道誌を思いついた。昭和八年に創刊したこの『書道学習帖』は、その狙い通りすぐに軌道に乗った。更に十年には『書之友』に看板を掛け替えて、これは新たに入社した宇塚一郎という若手に担当させると、流行の婦人雑誌風にグラビアの多い雑誌にしたのが当たって、驚いたことに会員数は二万人にものぼっている。これには金雄も笑いが止まらなかった。

同じ頃、金雄は刀剣にも目をつけた。きっかけは『歴史公論』で「日本刀の研究号」が四万部ものバカ売れをしたことで、恐らくこれは満州事変以来、刀が日本精神の象徴と見つめ直されるように

なったことが追い風になったのだろう。この機を逃してはならない。大々的な全集を出す時だった。

湊元の先輩の帝大国史学科の岩崎航介氏が日本刀の歴史を、工学部の俵国一教授が刀の科学分析の項を執筆して、室町時代以来の刀剣鑑定家である本阿弥家の当代光遜氏、鍔職人の小倉惣右門氏、研師の平井千葉氏も健筆を振るう。右翼の大立者の頭山満や内田良平までが影の支持者となり、全国の名刀所蔵者に写真撮影に協力するよう促してくれた。『考古学講座』を始めた時と同様、この国の日本刀をめぐる重要人物がほぼ総て関わっていると言って良い陣容だった。

「おい、紙は、鳥の子紙を使うぞ」

金雄は編集部に号令を掛けた。

「ええ？　それは贅沢ですね」

「ここは金を惜しんじゃいかん。何から何まで最上級でやってやるんだ。何しろ正倉院御物まで撮らせてもらえることになったんだからな、縮小版じゃだめだ。紙をつないじまって、原寸大で折り込みにしようじゃないか」

こうして制作された『日本刀講座』は昭和九年に発売され、各巻一万部を刷る莫大な売れ行きを記録した。

＊

思えばこの頃から太平洋戦争前夜まで、金雄は人生の絶頂にいたのかも知れない。

翌昭和十年には日本の名陶器を解説する『陶器講座』、十一年には『仏教考古学講座』、『食物講座』、『物語日本史』を発行して、どれも売れ行きは好調だった。

「世にない、世のための、世に残る本を作る」

社の人員が増えたことでもあり、金雄はそんな標語を掲げて雄山閣の本作りの精神を伝えることにした。人から長坂さんは広告の文章が上手いとおだてられることがあるが、この標語もなかなか悪くない出来ではないかとひそかに自負している。実際、出版とはこの三つを真面目に追究することに尽きるのだ。もちろん、社業の全体を見渡せば時には捗々しくは売れない出版物もあるものの、内容に遜色がある訳ではない。良心的な本作りをして、経営は要所要所を引き締め、社は順風満帆に昭和という新しい時代を生き延びていた。

そして、出版の、謂わば本業だけではなかった。東京出版協会でも内部の各委員会で要職を占め、大阪、福岡の二大都市で書籍の販売網を強化するべく新組織設立の動きが起こると、その中心委員の一人として大車輪の働きもした。十三年には、慢性赤字に陥っていた業界紙『日本読書新聞』の会長職を無報酬で引き受け、みるみるうちに収支改善に向かいつつあることが評判を呼び、この労を讃えるべきだと、今では旧知となった業界の友人たちが「長坂金雄君激励会」を開いてくれるという。会場の上野精養軒に到着してみると、何と出席者は二百人にも上るのだから驚くばかりだった。

「長坂金雄君、万歳、万歳、万歳！」

二百人の出版業界人が自分一人のために、声を揃え手を上げてくれる。上野の空には丸い月が昇っていた。

昭和10年頃の雄山閣

（左より）
縁側にしゃがむ金雄、後ろに菊枝、右が千代子、その前が東帰。
菊枝の右が湊元、志水。
（右端より）
一雄、足立、菊池、宇塚、前にしゃがんでいるのが細川。

第九章

戦禍

金雄、五十二歳から六十歳　一雄、十六歳から二十四歳

一

昭和十二（一九三七）年七月、北京郊外の盧溝橋で日支両軍が衝突した時、この紛争がその後八年にもわたって長引くと予想した人は金雄の周りにはいなかった。六年前の満州事変の時と同じように、皇軍はたちまちのうちに支那の要衝の地を制圧して蒋介石はこらえ切れず降参するだろう。事実、日本軍は破竹の勢いで上海、南京へと進軍を続けていた。金雄や湊元が知己を得ていた軍人の意見も同様で、或る日、湊元が会合に出掛けた先で偶然旧知の将校に会って立ち話をすると、その将校は、

「なに、君、南京が落ちて支那軍の士気ももうがたがただよ。間もなく講和となるだろう」

と鼻息も荒かった。

『歴史公論』では、三年前、帝国陸軍、海軍を歴史という切り口で解剖する「日本陸軍史号」と「日本海軍史号」を出して以来、軍の広報部門につながりが出来、その後は特集によっては軍内の歴史愛好家に寄稿してもらうことがあった。士官学校で合戦の陣形を研究するためだろうか、特に戦国時代や武家の研究をしている将校が多く、既に歴史書を何冊も出版している人もいる。原稿では特に軍人勅諭めいた精神論などを開陳する訳でもなく、ごく真っ当な歴史の論稿や随筆が寄稿さ

れていた。

その後、支那との事変に入ってからは、陸軍報道部発表の情報やその他入手出来る限りの情報をまとめて「支那事変の歴史的記録」と題し、毎号、編集部編で前月までの進軍状況を詳しく掲載することにした。今回のこの事変は、日清、日露の戦役が維新後の日本を世界の舞台に押し出す契機となったように、この国の歴史に大きな画期を成すに違いない。そういう、歴史屋の予感めいたものが働いていた。同時代の歴史雑誌として詳細な記録を掲載して行くことは、十分意義ある行為だろう。

一方で、雄山閣がつき合いの深い歴史学者は、帝大の辻先生や中村孝也先生など、史料を可能な限り客観的に検証する所謂「実証系」と呼ばれる学派に属していて、この数年でますます力を持って、最近では軍人にも影響力を発揮していると噂のある平泉先生の一派に押される一方になっていた。『歴史公論』に軍人による害のない論稿を載せておくことは、こういう風潮に対する一種の安全弁でもあったのだ。

それにしても、事変は、いっこうに終わる気配を見せなかった。蒋介石は連戦連敗でも決して降参したとは言わず、降参をしないから講和の始めようがない。日本の支配地域が広がって貿易が盛んになり、ますます景気が良くなるのではないかといった皮算用も聞こえたが、確かに軍需物資を扱う会社は特需に沸いているものの、半年ほどが過ぎた年明けには木綿製品が手に入りにくくなったのには首をかしげるばかりだった。

「奥様、このスフ入りとかいう足袋は、あっと言う間に破けてしまいますねえ」

女中が台所で菊枝に文句を言っていた。

「スフというのは、要するに人造のものなんですか？　何だってこんなに弱いんでしょう。まだ買ったばかりだというのにもうここがこんなに裂けて来てしまって」

「だけどこれからは兵隊さんのもの以外は、このスフ入りじゃなきゃ売ってはいけないんですってよ。この間洋品店のご主人が言ってたわ」

「まあ、そうなんですか。じゃあ私はデパートに行けば純粋の木綿が買えるのだと思っていましたけど、もう売ってないんでしょうか？」

学校から帰宅した後一風呂浴びて、茶の間を通りかかった一雄が口を挟む。

「あのなあ、まつや、今は事変で、戦車とか鉄砲の弾がいるだろう？　事変に関係のない物資は輸入を後回しにすることに、お偉いさんが決めてしまったんだよ。木綿だって原料の綿は外国から輸入して作るんだからね」

「お国がそう決めたんですか？」

「そうだよ。民間用の木綿はスフを三割混ぜること、って先月だかそういう法律が出来たんだぜ」

「まあ、法律で決まっているんですか。まつやはそんなことはちっとも知りませんでした」

「だけど確かにこのスフってやつは弱いな。靴下だってすぐ破けちまうもの」

「本当に、早く支那をやっつけて、事変が終わってくれないものでしょうか」

事変か、と一雄は一人ごちた。しかし、「事変」と言っているが、これはれっきとした「戦争」ではないだろうか？　去年の夏、盧溝橋からドンパチが始まった時には軍はすぐに終わらせるつもりで事変と呼ぶことにして、けれどその後今日までもう半年以上も長引いているのにまだ事変、事変で宣戦布告もしないのは、正式に戦争だと認めると中立国のアメリカから石油やら何やらを売ってもらえなくなるからその方便のためらしい。しかし、本当のところは、これは戦争だ。続々と俺たち若者は徴兵されて最前線へ送り込まれて行く――自分も戦場に立つ可能性がある分、一雄の時局を見る目は実際的だった。

それにしても、ひ弱な綿はまだ我慢出来るとしても、徐々に紙が出回らなくなりつつあることに出版業界は頭を抱えていた。いくら良い本の企画を持っていても、紙がなければ印刷は出来ない。印刷が出来なければ商売にならない。これも原料になるパルプに輸入制限がかかっているためと言われていたが、じりじりと、紙の値段が上がり、それどころかこれから割当制になるのではという不穏当な噂も聞こえて来た。仕方なく、雄山閣は、例えば『歴史公論』の頁数を減らすなどの工夫をして何とかしのいでいるが、いつまでこんなことを続けられるだろうか。それより一体、事変はいつ終わるのか――

二

一雄にとっては、事変の息苦しさは、街を歩いていれば束の間忘れられた。放課後や休日に友人と連れ立って銀座へ出かけて行き、何をする訳でもない、ぶらぶら店を冷やかしていると、美しい女子学生の瞳がぶつかって来る。もちろん、たいていは親と一緒に来ている良家の子女なのだからそこで何かが起きる訳でもないのだけれど、ただ異性の視線を集めることが無性に楽しかった。慶応の制服はどこへ行っても女子学生の憧れの的だったし、それに一雄は誰もが認める美男子でもあった。

そして、銀座より、浅草や学生街の神保町、それよりも家からすぐ歩いて出掛けられる神楽坂には、もっと手の届く誘惑が散らばっていた。大通りには夕方から両側にびっしりと屋台が並び、蓮っ葉な女たちが腕を組んでそぞろ歩いている。数年前から学生がカフェに入るのは法律で禁じられているが、喫茶店と名を変えて中には艶っぽい女給を置いている所もあった。それに、この街は毘沙門様に守られて震災にも焼け残ったのだから、一本奥の通りへ入れば黒塀の料理屋がぐねぐねと軒を連ね、夕方、いっぱいに抜いた衿から白い首を出した芸者たちが店へ急ぐのとすれ違う。一雄たちが冷やかしに声をかけると芸者たちはふっとはかない笑顔を浮かべて黒塀の中へ姿を消した。

＊

結局、翌年の十四年に入っても、事変は収束する気配を見せなかった。金雄は考えた末に、三月、『歴史公論』の休刊を決めた。この頃では中立客観を旨としたこの雑誌にも、軍や皇国史観派の目を意識して特集によってはかなり国粋がかった論稿を載せることも多かった。かと言って、節を貫いて実証主義を通せば筆禍事件に発展する可能性もある。昨年辻先生が定年退官されて以来、平泉先生の一派はますます勢力を増していた。用紙制限の通達が来たことをしおに、三年前に創刊した『古典研究』に一本化すると宣言して、しばらくは古典籍の山に立てこもって時流が変わるのを待つ腹づもりだった。

それにしても、なくなってみれば胸にがらんどうが空いたような気がした。改めて、『歴史公論』は自分の理想、「歴史の大衆化」という夢を、そのまま心の中から取り出して形にした雑誌だったことを思い知らされる。

その日、紙型室に入って、積み上げられた紙型の中を金雄は一人歩き回った。紙型は今は薄っすらと埃をかぶって積み重ねられ、静かに長い眠りを眠りながら次の登場の時を待っているように見える。ここには、出版人として生きて来た自分の歩みの総てがある。なに、『歴史公論』はまた必ず復活させてみせるさ。これまでだって何度も危ないところを切り抜けて来たじゃないか。どんな戦だって十年と続くことはないし、講和が成れば人の気分だって思想だって自然と潮目を変えて行くだろう。事変中だからと言って本の売り上げも、これまで営々と築いた銀行の貯蓄も目減りした訳ではない。ただ少し不自由が増しただけだ。そう思っても、足元から冷気のように立ち上って来る得体の知れない不安はどうしても消え去らなかった。

そして、この不安は、ただ時代や事業の先行きに対する漠然とした予感だけではなかったのだということを、そのすぐ後に金雄はつくづく思い知ることになる。不安はもっとずっと自分の肌の近いところにも、ちょうど事変が始まったのと同じ頃から宿っていたのだ。そしてその病巣をぬくぬくともう決して食い止めることが出来ないところまで押し広げていた――

この年の秋、菊枝の胸に乳癌が発見された。医師は気の毒そうに、これは相当に進んだ段階のもので、どうしても手術が必要だと言う。金雄はあちこちに手を尽くして当代最高と言われる医師に執刀を頼み、手術は一度では終わらず転移した先との二度にもわたったけれど、既に何もかもが後手に回っていた。一年ほどの闘病の末、翌十五年十二月、菊枝は帰らぬ人となった。

葬儀は寺ではなく、最近の町名改正で飯田町から富士見町と呼ばれることになった、その富士見町の自宅で執り行った。思えば、四畳一間の自分のところに訳も分からず嫁に来て、不平も言わず上手くやり繰りして家を守ってくれた、最高の妻だった。この家は、菊枝と二人で建てたようなものだ。昔の社員や、今川小路で近所づき合いのあった人たち、出版界の古くからの友人が次々と会葬に訪れ、すすり泣きの声があちこちから聞こえていた。黙々と、刷り上がった本を紐で括って台車に載せ、小僧を送り出していた姿。取次からの注文の電話をはきはきと受ける声が、つい昨日のことのように思い出された。

＊

年が明けて、一雄は二十歳になった。慶応大学に進学して校舎は日吉から三田に移り、文学や哲学好きではあったけれど、専攻は、将来社を継ぐことを見据えて実用的な法学を選択していた。

母の死は、一雄の胸の中にも埋めようのない空洞を穿っていた。二十歳にもなった男が女々しいと笑われても、自分の拠って立つ世界ががらがらと崩れてしまったような気がしてならない。明治生まれの父は、後継者を育てるという気負いもあるからだろうが、どんな時も厳しい態度で自分に接して来た。毎日の食事でさえいつもぴんと背筋を伸ばして、まるで口頭試問でも受けるように父の出した話題に適当な答えを返さなければいけない。もちろん口答えなど、ただの一度も許されたことがなかった。

けれど、その父が、廊下を通って会社へと出て行き、ばたんとドアーが閉まれば自分も二人の姉も母の周りに集まって思い切り伸び伸びと笑い合う。それが、この家のなつかしい子ども時代の風景だった。恐らく、二十歳になった今でも、その心のあり方は大きくは変わっていなかったのだろう。一雄は毎朝必ず位牌を磨き、母に語りかけることを日課にするようになった。

＊

大学に移ってからも、一雄は時々友人と連れ立って出かけて歩いていた。大学と言っても今では軍事教練がほとんどで、期待していたような高度な学問や教授との談論風発は望むべくもない。湧き上がる知的興味を語り合う場は、軍事教官の目の届かない学課外の時間に求めるしかなかった。

事変から四年が経って、今では綿製品だけではなく生活必需品の幾つかが配給制度に変わっていた。贅沢に眉をひそめる空気が街に広がり、料理屋も十二時には門を閉める窮屈な時代に入っていた。ただ、それでも、東京のあちこちでまだ息をひそめてカフェや喫茶店は開いていたし、神楽坂の花街も消滅してしまった訳ではなかった。中でも時々見かけるとびきり美しい芸者がいて、一雄は、何しろ家を出て道を二つ曲がって橋を渡れば神楽坂に着いてしまうのだから、夕方になると当てずっぽうにさまよって首尾よく坂の途中で出くわした時に声をかけて、二人は瞬く間に恋仲になった。

　もちろん、真面目一方の父に芸者の恋人のことなど打ち明けられる訳がない。それに料理屋に上がる小遣いをせがむ訳にもいかなかった。それでも、芸者の方では、店で客に見せる顔の裏側では若く美しい男と恋をすることが生きがいなのだから、女同士、助け合って使う秘密の待合が用意されていて、学生の身で今では一雄はそんな所にいっぱしの情人のように出入りしているのだった。

　その日、待合で、眠ってしまった恋人を布団にそのままにして、一雄は、窓からしもた屋や料理屋がごみごみと続く花街の屋根瓦をぼんやりと眺めていた。どこからか三味線を爪弾く音が聞こえ、けれどそこに重なるように兵隊ごっこをする男の子たちの声も聞こえて来る。一雄はふと今日ここへ来る前に、学校で友人と交わした会話を思い出していた。

「終わらないよ、支那との事変は絶対に終わらない」

　とその友人は、運動場のスタンドから一人立ち上がってまるで討論会の演者のように熱弁を振るっていた。

「俺は今年、親父の支那の工場を参観に行って悟ったね。支那人の中には日本への抵抗が熱を持って渦巻いている。どんなに我々がやつらを叩きのめしたって、その思想を根絶やしにするなんて出来っこないんだよ。軍人はあと少しだと言う。だけど支那人は未来永劫、日本人が疲れ果てて退散するまで抵抗を続けると俺は思う。何と言ったって支那と日本では人口が違う。連中は叩いても叩いても蟻のように湧いて来るんだから」

「おいおい、物騒な話はやめてくれよ」別の友人が言った。「教官に聞かれたらどうする。やつら、そこの椅子の下に隠れているかも知れないぜ。しかし本当に嫌になっちまうな。俺は大学に進学したら哲学や法学の論戦を先生や仲間と戦わすものと楽しみにしていたのに、毎日毎日このざまだ。まったく兄貴の時代が羨ましいよ」

「しかしこのまま本当にアメリカと戦争になるだろうか？　おい、長坂、お前は黙ってばかりいるけどどう思う？」

「どうだろうか」一雄は言った。「俺は近衛さんの手腕に期待しているが……例えば蒋介石と電撃的に講和して、その足でアメリカに飛ぶような」

「ふん、さすがの近衛さんでもそれはどうかな。俺は、アメリカは、日本が一兵たりとも支那に残ることを認めないいんじゃないかと思っているよ」

別の友人がため息をついて空を見上げた。

「それじゃあ、もう、戦争するしかなくなるという訳か。そして俺たちは卒業したら即戦場送りだ。どこへ行かされるんだ。アメリカか？　支那か？」

「さあ、どうなるかね……」

一雄は静かに障子を閉じた。食事の時間までに帰らなければ、父がきっと訝しむに違いない。それに女だってそろそろ店に出る時間だった。それにしても、自分たちが召集される。そんな日が本当に来るのだろうか。何とか卒業までに総てが終わってくれることを祈らずにいられなかった。

三

それから数日が過ぎた秋の初めの日だった。父の口から、再婚の話が一雄に打ち明けられた。実は、その気配を、一雄はもう大分前から感じとっていた。或る時父の旧い友人が休日に遊びに来ていて、まだこの年で男やもめでは不自由だろうから、人を紹介しようかなどと話すのを偶然廊下から立ち聞きしてしまったのだ。母の死からまだ一年も過ぎていないのにこうも急に後妻を娶ることを、本当のところ納得出来る訳がなかったが、しかし、いくら長く勤めている女中がいるとは言っても姉二人が嫁に出てしまっている今、女主人のいない家は確かに細々としたことが行き届きにくい。父が生活にひどく不便を感じていることは分かっていし、それに、どうせ自分が父に反抗することなど出来る訳がないのだ。十一月、父は後妻に道《みち》を迎えた。

その再婚から一月もしない日のことだった。師走に入ってすぐ、金雄は珍しく風邪を引いた。一日二日寝ていれば治るものと気楽に考えていたのに熱はまったく下がらず、みるみるうちに四十度まで上って次第に呼吸までが苦しくなる。枕元では、もらったばかりの道が心配そうに氷嚢を取り換えてくれていた。

「お義母さん、お世話をかけます」

嫁に出た二人の娘たちが慌ただしく駆けつけて来ていた。

「急性肺炎だとかって」

「ええ、それがもう、とても危ないので入院しなければいけないって今さっき先生が」

「えっ」

「今、一雄さんがそこの、警察病院に入院の手続きに行ってくれています」

「まあ」

この言葉を聞いているうちにも金雄の意識はぼんやりと薄れて行き、次に目を開いた時にはいつの間にか運ばれて病院のベッドの上に寝かされていた。枕元に、東京の親戚や、社の者たちまでが駆けつけて覗き込んでいるのが見える。ああ、菊枝が逝く時も、こんな風に俺たちの顔が見えていたのかも知れない、そんな縁起でもないことをぼんやりと思ったその風景もまたすぐ朦朧として消えて行き、その晩から、金雄は完全な昏睡状態に陥った。

「一雄君、ちょっと」

二日目に入った夜、小太郎伯父が一雄を廊下へ呼び出して言った。

「店のことがあるから今晩はどうしても帰るが、様子が変わるようだったらすぐに電話を寄越しなさい」

「はい」

「悲しいことだが、これは、もう、覚悟を決めないといかんようだ」

「はい」

「もともと君だっていずれは社を継ぐはずだったものが、少し時期が早まっただけだ。そう思って気持ちをしっかり持たなきゃいけないね」

「はい」

「幸い社にはしっかりとした者が幾人もいると聞いておるし、この間には姉婿さんも入ったのだから、言ってみれば家臣団は盤石だ。もちろん、まずは大学を終えなきゃいけないが、もうこれからは無責任な学生気分ではいられんぞ」

「覚悟は出来ています」

「そうか、それならいいが、私もこれからはいつでも相談に乗るから、遠慮なく話しに来なさい」

「はい。ありがとうございます」

一雄はふらふらと病室に戻った。こんなに早く、あっ気なく、父は逝ってしまうのだろうか。経営の心得は、日頃から何かと話題にのぼることがあった。けれど実践についてはまだ何一つ薫陶を受けていない。もう少し長く生きていてはくれないか——病室で、父は紙のように白い顔をして眠っていた。義母と姉が涙をぬぐう、この風景は本当に現実のことなのだろうか。

「姉さん、今日は僕が看ていますから、少し家に帰って休んで下さい」

それでも、一雄は精一杯口を開いた。十二月の夜は長く、暗く、ストーブに置いたたらいの湯を何回も取り替えに行かなければならない。その間に切れ切れの短い眠りがやって来た。何回目かに目を覚ますと窓の外がようやく白み始め、誰かが声を上げて廊下を走り過ぎるのが聞こえる。

「始まった、とうとう始まった」

その声は言っていた。

「我が国はアメリカに宣戦布告したよ」

＊

それからは、毎日のあらゆることが戦いを優先して回転するようになって行った。その最も尊いものは戦場へ応召される命であり、その他のあらゆること、食料も、衣類も、もう数年前からぽつぽつと配給制に変わっていたものが、更に乏しく、更に質を落として、総ての国民に犠牲を強いていた。今のところ日本軍は快調に前進を続けているが、しかし予断はまったく許されないはずだった。

この大きな変動を、金雄は病み上がりの床からただじっと見つめていた。真珠湾攻撃から数日後、奇跡的に意識を取り戻し、それと同時に憑きものが落ちたように体温も平熱へと落ち着いて行ったのは、突然に高熱に見舞われたのと同様に不可解な成り行きだった。しかしとにかく命を取りとめたのだ。枕元で誰かが、菊枝さんが再婚に怒って呼びに来たのよなどと話すのをうつらうつらと聞いていた日もあったが、本当にそんなことがあるのだろうか。あるのなら菊枝は一度だけこらしめにやって来て、そしてもう許してくれたのだろうか。いずれにしろ病後の体力だけは思うようには回復が進まず、少し前に役員として入社していた長女千代子の婿、斎藤幸蔵や編集部の者に時々指示を与えながら、嵐のような世相の変転をただ傍観しているしかなかった。

戦時体制への突入は、出版界を大きく揺るがして止まらなかった。政府の発表では、今後出版に限らず、総ての業界で「総動員体制」なる新体制に向けた再編が行われるのだという。要するに、百社、二百社と林立する各業界の競合企業を代表的な企業何社かに吸収統合し、社会の効率化を図る。新しく「企業整備」という用語を政府は使い始め、順々に各業界ごとに、どの企業を残しどこを吸収される側とするのか、審査に入るということだった。しかし、そうなると、「整備」される側の屋号は消えてしまうことになるし、また、必ず余剰となる人員が出るはずで、その者たちの受け皿は一体どうなるのか。社会は騒然としていた。

この新しいうねりの中で、出版業界の企業整備は戦争二年目に入った昭和十八年二月、具体的に動き始めた。「出版事業令」が交付され、全国でおよそ二千五百社強ほど存在する出版社を、二百社ほどに整理するという。手順としては、まず政府の命令を受けて新しく設立された「日本出版会」が資格審査を行い、二百社前後の「世話人」企業を選定する。「世話人」に選ばれなかった出版社は廃業するか、世話人企業のもとに四社以上で集まり、「新事業体」を結成する。その上で新事業体を申請するようにという通達だった。

この決定を受け、金雄は、雄山閣はまず間違いなく世話人に振り分けられるだろうと楽観視していた。これまでに出して来た出版物の点数、そしてその出版内容は単純な娯楽ではなく、人々の教養の上昇に大きく貢献し、業界団体長としての手腕も誰もが認めるところだった。審査は、正にこれらのことを総合して行われるというのだから、雄山閣は世話人の資格を十分に備えているはずだった。

ところが、十一月、世話人発表に雄山閣の名はなかった。一体どういうことなのだろう。博文館や実業之日本、大日本雄弁会講談社といった規模の大きい会社が世話人に指定されたことは、まあ納得が行く。しかし、中には規模と言い出版物の内容と言い、明らかに雄山閣より格の劣る出版社が幾社も選ばれているではないか。三十年間、人生の総てをそそいだ会社をたった一つの命令で人に明け渡すなど、そんなことはいくら国のためとは言え、出来る訳がないではないか。

「長坂さん、僕はどうにもこの決定には承服しかねるよ」

出版界の旧友が、家を訪ねて来て我がことのように気焔を揚げていた。

「今度ばかりは長坂さんも少し下手をやったなと、僕は実は憤懣やるかたなくてね。いや、出版業界だけに限ったことじゃないんだが、今度の企業整備では軍に袖の下を贈ってだよ、上手くやった所も星の数ほどあるのが実際なんだから」

「いや、そうだと言うね。僕もすっかりうっかりしてしまっていたよ」

「まあ、今度のことは、君は病み上がりだし半引退状態だったのだから仕方がない。だけどこの間情報局の若い課長と話したがね、こんなことだから彼らも今回の決定が何もかも正確だとは思っとらんと言っていたよ。つまり、まだ見込みはあるということさ。雄山閣ほどの会社が世話人に入らんのは、私は俄然おかしいと思う。どうだい、その課長と一度会ってみるというのは」

新事業体の申請受付までには二ヶ月ほどの準備期間が設けられていた。よくよく条項を読んでみると、たとえ世話人に指定されていなくても四社以上が集まってその事業内容が有意義であれば、新事業体に認定すると書かれている。金雄は病み上がりの体に鞭を振るって、その鞭の空を切る音で病の残りまで一滴残らず振り落としてしまう心意気で、同様に世話人からこぼれ落ちた出版社の間を訪ねて回った。特に交渉したのは歴史関係の小出版社と書道関係の出版社で、これらの社は今いずれも、廃業か、他社に統合される運命にある。しかし、同じ統合を受けるのなら、出版物の内容を理解し合える者同士が共同した方がその後の活動はよっぽど精神衛生上快適に進むはずではないか。そう力説して、雄山閣を代表として結集しようじゃありませんかと説得に回っていた。三十年前、名士録の外交で時の蔵相や頭取の懐に飛び込んで行った――その人たちも次々とテロリズムの凶弾に倒れてしまったが――あの頃の情熱が再び帰って来たようだった。

年が明けた昭和十九年二月、歴史関係の四社が統合して雄山閣を新事業体とすること、また、全国の書道出版会社を統合して「大日本書道出版株式会社」を興し、代表に金雄が就くことを願い出た新しい申請が認められた。雄山閣の屋号は残ったのだ。

四

こうして金雄が企業整備問題に走り回っている同じ頃、昭和十八年秋、一雄は慶応大学を卒業した。けれどこれが本当の卒業と言えるのか――そう自嘲したくなるほどに、それはまったくの欺瞞に満ちた卒業だった。ほとんどが軍事教練に明け暮れていた大学生活は更に繰り上げられて、要するに、戦線に連れ出すためにむりやり卒業させられたようなものだった。待ちかねていたように召集令状が届けられ、卒業からわずか三十日後にはもう雄山閣ビルヂングの前で人々に取り囲まれている。長坂一雄君の出征を祝って、万歳、万歳、万歳！　――佐倉の営倉、そして支那へと続く軍隊生活の始まりだった。

もちろん、召集されたのは一雄一人ではなかった。編集部からも営業部からも、次々と若手社員が戦線へ送られて行く。残ったのは、斎藤幸蔵を含めた営業経理関係の三人と新たに編集長に迎えた小林正彰、そして倉庫番の、あの三郎少年だけだった。これでは新企画を出すのは難しいが、そもそも紙の配給は極端に乏しくなり、また、雑誌も書籍も検閲の厳しさが増して、出版活動への制限は開戦前の比較にならないほど大きくなっていた。無難な内容の書道や刀剣、食物学、そして全集ものでは皇国史観の総本山である平泉先生を敢えて監修に取り込んでしまって、「日本学叢書」を企画していた。四月、山鹿素行、本居宣長など武士道、国学の聖典と言える書誌を学問的に解説するこの全集を刊行したことが、戦局悪化前、歴史出版社としての最後の大型全集になった。その後は紙の配給がほとんど途絶え、事実上、出版活動は停止状態に追い込まれたかたちだった。

それでも、皮肉なことに、会社の経営はすこぶる順調だった。本を作れないのは何も雄山閣だけに限ったことではなく、軍部に取り入った一部の出版社以外どこも新刊を出せないのだから、人々はすぐさま活字に飢えるようになった。倉庫に積まれていた在庫本が次々とはけて行く。もう、本でさえあれば何でも人々は争って金を出すようになっていた。その対応を金雄は斉藤に任せ、後妻の道と、道との間に新しくもうけた娘との生活に、しばらくは落ち着いて過ごす時と思えた。けれど戦況はそれを許さなかった。

＊

昭和十九年十一月、郊外の中島飛行機製作所への空襲を皮切りに、アメリカ軍の東京空襲が始まった。麹町区では、三月十日の大空襲で近所の富士見小学校が焼け落ち、またいつＢ29がやって来るか分からないと町は不安の中に暮らしていた。いつの間にか世の中では以前は聞いたこともなかった「疎開」や「学童疎開」という言葉が日常的に使われている。金雄は妻と新しい命とを守るために、牧原への疎開を決断した。

ただし、家族の誰かが東京に残る必要があった。ビルを全くの無人にしてしまうのはあまりに不用心過ぎたし、それに、細々と全国から来る在庫の注文に応える必要がある。結局、会社には斎藤幸蔵と三郎少年の二人が残って留守を守り、斎藤は自宅から出勤し、ビルと住宅は一人三郎が寝起きして番をすることになった。今では家族同然の三郎を金雄はもちろん一緒に連れて出るつもりでいたのに、つらい思い出の多い牧原にはどうしても帰りたくない、ここで死んでもいいからビルを守ると言い張るので、仕方なく置いて行くことにしたのだ。

四月十日、飯田橋駅の上空に米軍機が飛来した。三郎は毎晩国民服のままで寝ていたから警報が鳴るとすぐに飛び起きて町内会の防空壕に走り込んだ。Ｂ29が、町のすぐ上の低い空を我が物顔で飛び回っている。しゅーっと音を立てて焼夷弾が流れ星のように空を走る音が聞こえ、その少し後に地面が激しく揺れて町のどこかで破裂したのが分かった。防空壕の中で、誰かが震える声で般若心経を唱え続けている。やがて爆弾を落とすだけ落としてＢ29が去って行くのを確認してから夢中で飛び出し、いつもの坂道まで駆け上がると、十字路にビルは何も変わらない姿で立っていた。

「ああ、無事だったか。良かった……」

へなへなと膝の力が抜けて行く瞬間、

「危ない、早く大神宮さんの方に逃げなさい！」

誰かが声を掛けながら西の方へ走って行った。

「もうそこまで火が来ているぞ！」

振り返ると、雄山閣ビルヂングの向こうに橙色の炎が上がり、めらめらと、隣家が焼けて崩れ落ちて行く。その火の粉がまるで小さな赤い虫のように、いくつもいくつも塀を飛び越えてビルの上に降りかかっていた。

「畜生、燃やしてなるものか」

逃げるどころか三郎は門へ飛び込んで庭を全力で走り抜けた。

「この家は……親父さんの家は、俺が守るんじゃ！」

池にも、風呂場にも、用心のためにいつも水をいっぱいに張って備えていた。火の粉が降りかかる度にその水をバケツに汲んで、庭を、家中を走り回って降りかかった瞬間に消し止めてしまう。こんな時のために、これまで誰よりも熱心に防火演習に参加していたのだ。一時間後、炎は収まり、雄山閣はビルも家も無事に焼け残った。後から見ると家の屋根には大きな穴が空いていたが、幸運なことに不発弾に終わって助かったのだ。その穴から白み始めた空を見上げて、三郎は一人げらげらと大笑いをした。

五

その頃、牧原で、金雄たちは実家の兄夫婦の世話になっていた。軍需工場もなく、ただ山と田畑が広がるだけの牧原では、戦争など嘘のようにのどかな景色がどこまでも続いている。昔坊主に出された実相寺では今年もまた桜が満開に咲いていていて、一体この木はこれまでに幾つの戦乱を見て来たのだろうかと、金雄はしみじみと一人立ちつくした日もあった。

それでも、世話になるばかりでは悪いと、空いていた土地を貸してもらって暇つぶしに野菜を作ることにした。夏の収穫時期が来て畑に村の誰よりも大きな実がついたことを人々はしきりに感心してお追従を言う。

「なあに、昔取った杵柄だよ。これでも村の青年の顔役だったからな」

冗談めかしていると、もうこのまま会社は斎藤に任せ、この村で残りの人生を過ごすのも悪くないように思えた。菊枝を亡くして以来、自分の中で何かが大きく変わってしまったことをこの頃金雄は思うようになっていた。中年を過ぎて大病を患ったこともあるが、これまでは、どんな時でもなにくそと腹の底から自分を動かして来たあの力は、もう自分の中から永遠に飛び去ってしまったのかも知れない。夕方、畦道を歩きながら見上げると、富士が、しみじみと悲しく見える。そう、もうどうせ息子は、この世に生きてはいないのだろう。支那に渡った一雄からは、その後一通の便りも届いてはいなかった。

＊

その同じ時、一雄は、中支戦線で毛沢東の八路軍と戦っていた。召集以来、北支那方面軍第十二軍第一一〇師団の一員として主に河南省の農村地域の防衛に当たり、「幹候」と呼ばれる下級将校選抜試験に合格したため、今では少尉として小隊を率いている。蒋介石配下の部隊と激戦を繰り広げたこともあったが、転戦を命じられ、目下の敵は八路軍だった。

スポーツマンで、物怖じしない一雄は、支那の地でよく斥候に出された。こちらの農民の服を着て付近の村や市を歩いて回りながら、情報を収集する。共産兵はやはり農民のふりをして村々にひそんでいることが多かったから、偵察は簡単なようでいて命がけの任務だった。

その日は、しかし、軍装のまま五人で斥候隊を組むことが命じられた。河南省の商水という村に置いた駐屯地点付近の、更に小さな村を偵察する。このところこの村の周辺にしきりに八路軍のゲリラ兵が出没していて、拠点がどこにあるのか探り出す必要があった。

じりじりと、真夏の太陽が支那の黄色い土の上に照りつけていた。蟬の声がうるさく耳につき、時々首筋を汗が伝って行く。村にはほとんど人の気配がなく、嫌な予感が胸をかすめた。それでも、村中を一通り回って何の異常も認められず続いてすいか畑に入った時、後ろから共産兵がまるで土の中から湧き上がって来たように声を上げて武装した姿を現した。こちらが周りに逃げ込むもののないすいか畑に出るまで、彼らはじっと息をひそめていたのだ。

一雄たちは無言のまま一斉に走り出した。敵は中腰で構えながら銃を撃って来る。その時、斜め後ろに、大人の背丈ほどもあるコーリャン畑が広がっているのが見えた。

「こっちだ！」

怒鳴りながら方向を変えると、全員が自分の後をついて来ているようだった。至近弾がピシッピシッと地面を撃つ音が、丸めた背中の後ろに聞こえる。この弾が、いつ自分に当たるのか、当たるのか、当たるのか――コーリャン畑に飛び込むと長い葉がまとわりつくように顔にかかり、はっ、はっ、はっという自分の息の音だけをやけにはっきりと聞いて走り続けた。腰の上で銃や雑嚢や刀が跳ね回るのを両手に抱え、銃弾が、コーリャンの根元に被弾してすぐ横で突然長い茎が倒れ視界が開けて行く。そうだ、敵も今ではこのコーリャンの迷路の中に入り込んでいるのだ。

その時、突然、畑が切れて、土饅頭と呼ばれる支那の田舎の墓が幾つも姿を現した。しめた！　素早く饅頭の後ろに伏せて、銃を構え照準を合わせる。追いついた兵長がすべり込んで来て隣りで新しく弾を込め始めた。今度はこちらが待ち伏せをする番だ。連中が畑を抜け出て来た瞬間、一斉に撃ち返すと、何人かが草の上にもんどりうって倒れ込んで行くのが見えた。

広い、広い支那の大地の上で、この時、一雄の命は運命という大きな手のひらの上に拾い上げられていた。五人は、目の前にいる支那兵たちは知らなかった。その一時間ほど前、ラジオから雑音とともに終戦の詔が流れ、戦争はもう終結していたことを。支那の黄色い大地にじりじりと太陽が照りつけていた。

昭和５年に落成した雄山閣ビルの庭園の一部

昭和 26 年秋、飯田三郎夫婦の結婚式

第十章

挫折

金雄、六十歳から六十六歳　一雄、二十四歳から三十歳

一

終戦後、金雄が東京へ戻ったのは、世の中が少し落ち着きを取り戻した十一月終わりのことだった。飯田橋駅を降りると東京は瓦礫だらけの平らな街になっていて、遠くお城の方まで見渡すことが出来る。すれ違う人は皆あり合わせのちぐはぐな服を着て歩き、にぎやかだった神楽坂はぺしゃんこになって黒塀も灰の中へ姿を消していた。ここは本当に東京なのだろうか？　散々苦労して作った「企業整備」の統合会社は解散になり、雄山閣はまた元の単体企業に戻されるのだという。兵どもが夢の跡、と金雄は一人坂道を歩きながらつぶやいた。

その雄山閣は、これからおいおい斎藤に任せて行くつもりだった。相変わらず一雄からは何の報せもなかったから、おおかた支那のどこかで骨になってしまったのだろうとあきらめをつけていた。幸い、戦争中と同様、人々は芯から活字に飢えていてまだ在庫が売れ続けていたし、小林編集長も、昔編集部にいた足立勇も戻って来て、これからは若い世代が新しい企画を立ててくれるだろう。

こうして、敗戦の年が暮れて、また春が巡って来た。瓦礫だらけだった街に少しずつバラックの家が建ち、長い間首根っこを押さえられていた社会主義者たちが息を吹き返して言論界に躍り出てい

た。子どもたちは街角で紙芝居屋にむらがり、お濠端の法政大学では空襲で割れたままになったガラス窓から吹き込む風も、雨も、土埃も意に介さず学生たちが小さな輪になって教授を囲み、講義に耳を傾けている。日本人は春の光にもぞもぞと体を動かす虫や木の芽のように、全身で、新しい時代を生き抜こうとしていた。

その春の日、一雄は東京へたどり着いた。終戦の日に河南の地で拾われた命はその後部隊ごと上海へ移送になり、数ヶ月の待機の後、復員船で博多に上陸して祖国の土を踏んだ。けれど帰国の喜びは束の間だった。東へと上って行く列車の窓から眺める傷ついたこの国の姿は、一雄たち復員兵を一様に沈黙させるばかりだった。広島も、大阪も、名古屋も、まるでここにかつて繁栄を誇った街があったことなど夢のように瓦礫の下に消え失せている。噂では、東京も空襲で壊滅的な打撃を受けたというが、だとすれば自分たちの家もきっと焼け落ちているに違いないし、家族の命は……誰もがそのことを思って口をつぐんだ。それでも、一雄は膝に置いた戦友の遺骨にそっと手を触れて、自分はまだ生きている、と思う。隣りや向かいの席や、同じ車両に陣取ったかつての同部隊の仲間たち十人も、こうして息をして祖国の春の陽を浴びている。たとえ家族が全滅していたとしても、皆で助け合って生きて行けるはずだ。

東京が近づくと、十人はまず全員で都心に最も近い一雄の家を訪ねてみようと話し合った。もしも家が残っていれば万々歳。家も、家族も見当たらなくなっていたら他の仲間の家にしばらく寄宿すれば良い。電車を降りて飯田橋駅のホームから祈るような気持ちで富士見町の方へ顔向けると、一棟だけ、平野のようになった街に抜き出て建つ石造りのビルが見えた。

「うちだ、あの洋館がうちだよ、焼けてなかったんだ！」

「何、あれか。そうか、良かったなあ、長坂、これはお前の所はきっとみんなご無事だよ」

十人は足をもつれるようにして富士見町の坂を上った。なつかしい、茶色の大きな正門が春の夕もやの中に浮き上がって見える。

「お父さん、一雄です。お父さん！」

玄関で声を張り上げると、突然の騒ぎに驚いて金雄がひょっと顔を出した。

「ご心配をかけました。生きて、帰って来ました」

「生きて……たのか」金雄は幻でも見るように立ちつくしていた。「お前、生きてたのか……！　お……い、みんな、おい！　一雄が、一雄が帰って来たぞ！」

金雄の大声に驚いて、家族があちこちから顔を出して玄関に集まって来た。今、この家に暮らしているのは、義母の道、まだ小さい妹の周子と弟の雄二、そして三郎、牧原から出て来て大学に通っている従弟の正己と女中見習いのタミだった。皆、最初は幽霊でも見るように髭だらけの一雄の顔を見つめて、そして次の瞬間にぱあっと顔をほころばせた。金雄は最初こそ大声で皆を呼んだもののその時にはもう何も言うことが出来なくなっていて、ただ、一雄の肩に手を置いたまま、もう片方の手でしきりに涙をぬぐっていた。親父さんが、泣いている！　三郎がその横でぽかんと口を開いて金雄を見つめていた。親父さんが、親父さんが、親父さんでも泣く時があるのか――そして気づいた時には三郎も泣いていた。一雄はそんな家族の歓喜の渦の中に立ちつくしていた。

＊

数ヶ月間、戦場の疲れを休めてから、一雄は正式に雄山閣に入社した。跡取り息子が帰って来たのだから社長としての入社であり、これまで次期社長と目されていた義兄の斎藤は業務部長として一雄を支えて行くことになった。ちょうど一雄の復員の少し前から、雄山閣はぽつぽつと出版を再開していた。ともかくまず手始めは、戦前戦中に好評だった書籍の再版から出して行く。幸いビルが焼け残ったおかげで紙型はまるまる保存されていた。金雄も、いきなり一雄に総てを任せる気はなく、経営にも編集にも要所要所は目を光らせるつもりだった。歴史、書道、刀剣……雄山閣をこれまで発展させて来た執筆陣の人脈は金雄が持っているのだから当然のことではあり、これから数年をかけてしっかりと一雄を鍛え上げて行くつもりだった。

……そんないささか重苦しい軛の下で、一雄は、仕事の後寄席に通うのが楽しみになった。再建されたばかりの新宿末廣亭へ、駅からの道をぶらぶらと闇市を冷やかしながら、これから自分はどんな本を出して行こうかと考える。親父は、やれ歴史だ、やれ書道だと口やかましく言うが、それだけではなく自分はもっと違う分野、今の時代にふさわしい、新思想についての本を出して行きたい。もちろん歴史も書道もこれからも続けて行くが、どうもそれだけでは飽き足らない気がするのだ。一体、そこにもここにも転がっているこの瓦礫の山は、どうして出来上がったと言うのか。親父たちが作り上げた大日本帝国が、訳も分からぬうちに俺たち大正生まれを戦場へしょっ引いて、命からがら銃弾の下を走り回らされた。挙句の果てが負けも負けの敗戦国じゃないか。

これからこの国は、傷だらけのこの真っ平らな地面から、完全に新しく建て直されなければならない。そのための指針はどうあるべきなのか。出版屋の仕事はその新しい指針を世の中に提供することじゃないのか——こうしてたどり着く末廣亭では、寄席の他にもう一つ心躍る時間が待っていて、それが揺れ動く一雄の心を潤わせた。「末廣会」という会員倶楽部が組織されていて、月に一度近くの料理屋に集まって酒を飲むのだ。もちろん、酒の流通などまだ到底おぼつかない物資不足のこの敗戦国では、それはどこかの闇ルートから調達されて来る貴重な闇酒だった。この酒を囲んで、会には今をときめく噺家が軒並み顔を出し、その他に末廣亭主人も著名な大衆演芸評論家の正岡容《まさおかいるる》もいれば、神田神保町の古書店主たちも座に加わり、ちょっとした文化サロンの趣だった。見渡せば、中には落語好きの学生も出入りして大人たちの話に耳を傾けている。後に著名な芸能家、脚本家となる小沢昭一と大西信行はこの時まだ角帽の大学生と中学生だった。

やがて一雄は末廣亭の楽屋にも自由に出入り出来る馴染みになり、やはり闇市から手に入れて来た酒を手土産に振る舞いながら或る時正岡氏と話し込んでいると、神田生まれでチャキチャキの江戸っ子である氏は空襲で焼けてしまった明治大正の東京を懐旧した随筆を書きためているという。

「先生、それはぜひ拝読したいものですな。どうでしょう。うちからその本をご出版頂くというのは」

そう頼み込むと、考えてもいいが少し手を入れたいと言う。今か今かと原稿を待つその間に一雄の頭の中では、思想書だけではない、自分が深く愛し親しむ落語や講談などの諸演芸、そして先生がこれから活写されるような江戸東京の暮らしぶり、そんな雑多で味わい深い読物を多く出して行きたいという夢が膨らんで行った。

こうして、父子は時に微妙な食い違いを抱えながらも、ともかくも一歩一歩瓦礫の東京を歩き始めていた。一雄は新たに二人、編集部員を迎え入れることを父に承諾させて、旧友の佐藤静夫と大沢未知之助が雄山閣に入社していた。二人とも同世代の文学青年で、佐藤は軍隊時代の戦友、大沢は、慶応の親友で今は国会図書館に勤務する中島陽一郎の紹介だった。それにしても東京は建物という建物が焼けてしまって極度の住宅難が続いていたから、二人はただ入社しただけではなく富士見の家の空き部屋に住むことになった。こうなると夜には中島も図書館からやって来て、四人で未来の出版物について語り合う。真ん中にはここでも、方々の闇市を回って手に入れた酒が置いてあった。

もちろん、朝になれば、どんなに遅くまで飲んでいても一雄は二人を軍隊式で叩き起こす。朝食を終えるとすぐに意中の書き手の家へ精力的に執筆依頼に歩き回っていた。哲学、そして文学。新しい時代の精神を涵養し、潤わせる書物。雄山閣新時代を切り拓くべく、若い企画が動き出していた。

二

そんな一雄を横目に見ながら、金雄はもう一つの関心事、その伴侶探しにやきもきと気を揉んでいた。これまで何人か見合いをさせたものの、何かと気に入らないところを挙げつらっては断ってしまう。なかなか自分とは違って女の好みがうるさいことに辟易としていた。

それでも、この間親戚の紹介で見合いをした矢萩好江という娘さんのことはどうやら気に入ったようで、その後何度か食事に出掛けているようだった。男は自分と同様、早くに身を固めれば集中して仕事に取り組むことが出来る、というのが金雄の持論だった。幸いにも仲介に立ってくれている親戚に裏から問い合わせてみると、好江さんはすっかり一雄に首ったけらしい。食事から帰って来ると「一雄さんが」「一雄さんが」を連発して家族から「また一雄さんの話？」とからかわれているというのだから、どうやら上手くまとまりそうだった。我が息子ながら一雄は美丈夫で、慶応に入れたせいか女性にもいっぱしの紳士然として接しているのだろうか。とにかく、好江さんと結婚するつもりがあるのかどうか、そろそろ心のうちを問いただそうと考えていた

その若い二人は、実はただ会うだけではなく何通も手紙を交わし合っていた。文学青年の一雄は日々細かく日記をつけていて文章を書くことも不得手ではなく、手紙には、ただ美しい文と言うだけではない、その時その時の真情を綴った実のある言葉が書き連ねられていた。好江はその一通一通を大切に文箱にしまって会わない日は取り出して読み返す。家族はその姿も目ざとく見つけ出して、微笑ましい、からかいの対象にしているのだった。

こうして、昭和二十二（一九四七）年十月、二人は結婚した。二人の出会いは見合いという旧式な

かたちから始まったものだったけれど、この結婚は恋愛の結果なのだと、そう思っていた。

そして、この結婚を機に、金雄は富士見の家を若い二人に明け渡すことにした。東京の大分西側の杉並区に、以前、『風俗史講座』が大売れをした時に買っておいた土地が余っていた。そこに新しく家を建てて二つの世帯は別々に暮らす方が、かえって一族は円満に回るだろう。住み慣れた家を出ることに一抹の淋しさは残ったけれど、なに、明日からだって毎日ここに出勤するのだから、別に永遠の別れという訳でもない。それでも、出て行く日、縁側に立って庭を眺めると、菊枝と二人、初めてこの家に入った日のことがしみじみと思い出された。あれから戦争まで、打つ手打つ手が図に当たる得意満面の日が続き、そして菊枝を失い、戦争をくぐり抜けた。自分ももう還暦を過ぎて、これからは数年かけて社業を一雄に譲り渡すことが、人生最後の仕事になるはずだった。

＊

同じ月、一雄の初めての企画『哲学叢書』の刊行が始まった。これから来年にかけて、社会主義文芸批評の旗手として焼け跡に頭角を現している岩上順一氏、小原元氏、小田切秀雄氏に続々と著書、編著を出してもらう契約が出来上がっていた。岩上氏の著書は『階級芸術論』、小原氏は『批評の情熱』、小田切氏の編著は『プロレタリア文学再検討』という題で出版する。末廣亭のサロンをきっかけに最近ではつき合いが広がった神保町に並み居る書店店主や取次に説明に回ると、良い企画だと太鼓判が出たのが嬉しかった。

もちろん、こういった新機軸の出版物の他に、小林編集長や足立の企画で、戦前までの路線を継承する歴史書や書道書籍も続々と刊行していた。戦時中も実証主義史学を貫いた中村孝也先生の『新国史観』や、絵巻物、食物学の復刻本、書道書……幸い、出版界は引き続き好況だった。戦争で言論の自由を奪われ、空襲で本そのものを失ってしまった日本人は、まだ活字への激しい飢餓の中にいたのだ。

＊

翌年、昭和二十三年に入ると、一雄は新しく別会社を興すことを父に了承させた。酒を酌み交わしながらの毎夜の文芸談義の中で、特に佐藤から童話をやってみたいという話が持ち上がり、一雄もその企画に心を動かされたものの、さすがに童話はあまりにもこれまでの雄山閣のカラーと違い過ぎる。だったら別会社を興してそこから出せば良いじゃないかということになった。新会社の社長には下の姉典子の夫、吉田篤二が就く。映画会社の東宝に勤めてやはり文学青年肌の吉田は、いつからか一雄たちの夜の酒席の輪に加わるようになっていた。思い切って東宝を辞め、社名は好江の名から取って「好江書房」とする。童話に限らず、例えば今原稿を待っている正岡容氏の随筆のような文学芸術系の本は、ここから出して行こうと話し合っていた。

「上海から復員船に乗って、日本の土を踏んでからもうすぐ三年だよ」

一雄は好江に語りかけた。

「長いとも言えるし、あっと言う間だった気もするな。あれ以来毎日毎日思い描いて来た俺の理想が、これでようやく布陣を整えたことになる。これからを楽しみにしていてくれよ」

「ええ。でも、私の名前を社名にするなんて本当に驚いたわ」
「ちょうど柔らかな、良い名前だもの」

＊

こうして息子たちが新しい分野へと乗り出して行く様子を、金雄は黙って見守っていた。正直に言うならば、今まで三十年かけて築き上げて来た雄山閣の路線と大分横にそれた道を歩き始めていることに、違和感も、不満もある。ただ、世の中は変わったのだ。その変化は旧世代には分かるまいと言われれば、返す言葉は持ち合わせていなかった。もちろん息子は常に礼儀正しく自分に接し、そんな直接的な言葉を投げかけて来る訳ではなかった。けれど世の中の若者全体に前世代に対する反抗の機運があったし、それに確かに新時代にふさわしい本を出して行くことも必要ではあるだろう。息子だってもう一人前の男なのだ。いつまでも一挙手一投足に口出しすることは慎むべきだった。

そんな時、業務部長の斎藤から新しく会社を興したいという相談があった。

「一雄君もうすっかり出版経営の要領を呑み込んで、今後は立派に社長業をこなして行けるでしょう。これを機に、自分は独立して食物学や栄養学の本を扱う出版社を作ってみたいんです」

金雄はこの事業に資金を援助してやることにした。一雄には復員と同時に一も二もなく雄山閣を継がせていたが、菊枝との間に生まれた三人の子のうち、決して男子の一雄だけを贔屓しているのではなかった。これまでにも千代子と典子が結婚する時にそれぞれ家を与えていたし、千代子の夫である斎藤が新しい志を持つのなら応援してやりたい。これからも、道との間に生まれた子も含め、全員を平等に扱って行く。それが、幼い頃に祖父の偏愛に苦しんだ自分が絶対と定めている人の親としての掟だった。

こうして同じ年の五月、斎藤は「雄圖社」を旗揚げした。住所は千代田区富士見二丁目。雄山閣ビルの一角に間借りして始めることになるが、それは好江書房も同じことだった。戦後三年目、雄山閣ビルでは、三つの出版社が同時に活動を始めていた。

＊

そしてこの年の秋、一雄は長女晶子《まさこ》を授かり、好江書房は壺井栄の『おみやげ』を皮切りに、続々と童話の出版を開始した。どの本にも腕のある挿絵画家を起用して、上質な童話集に仕立て上げてある。ラブレーの『巨人パンタグリュエル』の翻案童話には青木繁画伯の絵を使ったし、佐藤が翻訳した『シンデレラ姫』は人気画家の長谷川露二の挿絵が受けて、プレゼント用によく出て行った。

一方、末廣亭の人脈がいよいよ花開く時がやって来ていた。正岡氏に依頼していた「失われた東京もの」は、二冊の随筆集『荷風前後』『東京恋慕帖』へとまとまって行った。戦前、第一線に立って社を率いていた頃以来、ポーカーフェイスを貫いてめったに社員の仕事を褒めたりはしない金雄が、この二冊には思わずいい本だなと感想を洩らす。思えば、金雄の出発点にも三田村鳶魚氏の江戸ものがあった。大正の三田村氏は失われた江戸を追慕し、昭和の正岡氏は明治大正の東京を恋慕する。時に食い違いを見せることもあった金雄たち父子の編集人としての視点は、けれど、東京の東を流れるあの墨田川のように、とうとう同じまなざしをつないでいるようだった。

＊

こうして新軌軸の本が順調に滑り出して行く一方で、もう一つ、特大級に大きな企画が動き始めていた。それは月刊誌を創刊するというもので、小説、漫画、座談など、気軽に楽しめる読み物を集めた大衆雑誌の計画が、いつものように酒を囲んだ座談で持ち上がり形を成して行ったのだった。編集長には、慶応の先輩で、落語や推理小説に明るい阿部主計を招き、誌名は『毎日読物』とする。編集部には風船のように夢が膨らんで、目も回るような忙しさで沸き立ち始めていた。

「やはり創刊号には、何としても人気作家の原稿を載せたいね」編集部のソファで思案顔に腕を組んで阿部が言った。「新しい雑誌だからこそ表紙に人気作家の名前があるのとないのとじゃ、手に取ってくれる人の数が変わるだろう」

「それは確かにその通りですね。誰かいい伝手を持っていないか……そうだ、僕らの知り合いの神保町の本屋に訊いてみますか。作家連中と大分つき合いがあるらしいんです」

「それなら、」佐藤が言った。「山本周五郎が今、横浜の旅館で缶詰めになっていると聞いたな。一つみんなで一か八か押しかけて、原稿を頼み込むというのはどうだろうか」

よし、とばかりに一雄たちは横浜へ乗り込んだ。全く面識のない若い編集者たち、しかもこれから創刊する雑誌で実績など何もないところへ書けというのだから、山本氏にとっては話を聞くだけでも執筆を中断されて迷惑千万のはずだが、それでもこの人気作家は丹前の腕を組んでふんふんと興味がない訳でもないような風で耳を傾けてくれる。しまいには、

「若い君たちの元気は羨ましいくらいだね。どうです、腹もすいたでしょう。ここで食事を取って帰りなさい」

といくら固辞しても夕食までご馳走してくれる。けれど、肝心の原稿の話となるとのらりくらりとして確約をくれないのだから、人気作家は一枚も二枚も人間が上手だった。

それでも、その後、子母澤寛氏、長谷川伸氏、徳川夢声氏、そして正岡容氏の原稿を取ることが出来た。或る日には当代人気噺家の座談会を企画して、志ん生、小三治、桂文楽、春風亭柳好という面々が、雄山閣の会議室に一同に集まったこともあった。とにかく編集部には人手が足りない。末廣会の伝手からアルバイトの誘いをかけてみると、小沢昭一が早稲田の角帽をかぶったまま編集部に出入りするようになって、実に上手い原稿をものすのには助かっていた。

＊

そうやって創刊した『毎日読物』は、けれど思ったほどには売れなかった。神保町中の書店を回ってポスターを張ってもらっていたが、やはりそれだけでは宣伝が足りなかったのだろうか？　或いは好江書房という出版社名になじみがないのがいけないのか？　毎日読物どころか毎日返本だと恨み言を言いたくなるほどに、返本が続々と倉庫に積み上げられて行く……

もちろん、この事態に金雄は大きく眉を曇らせた。『毎日読物』はむろんのこと、ひそかに危惧していた新しい傾向の出版物にますます不信の念はつのって行く。要するに、戦前の、自分の代の雄山閣は専門家向けの本を出していた訳だ。純然たる研究書もあったし、そうではないものでも歴史愛好家に向けた謂わば準専門書的な書籍を出して、それはつまり多少高額な値段設定でも買ってもらえるものだった。しかし息子の出すものを見ていると、これは専門書ではなく一般大衆に向けた書籍であって、専門書と同様の値段設定では買い控えられる。息子もそれを分かっているから常識的な価格をつけているのは良いとして、そうなれば相当数を売らなければ商売としては成り立たないところをどうするつもりなのか？　親の贔屓目ではなく出版物の内容は決して悪くないとは思うものの、そこまでの売り上げには結びついていない点が大きな気がかりだった。このままではじり貧になって行くのではないだろうか？

最近では息子の顔を見るたびについつい小言が出る。それでも、一雄当人は腹を据えてまだ闘いを続けて行くつもりだった。親父だって最初から成功した訳ではない、という話はこれまで散々聞かされて来た。幸い、会社にはまだ相当の金の余剰がある。新しい時代の精神を手探りして行くには時間が必要だ。俺の代になってまだたった三年しか経っていないじゃないか。

けれどその新しい時代は、とてつもない負債を一雄たちに押しつけて来た。

三

「長坂君、どうやら日配の閉鎖が決まったらしいよ」

事態の始まりを、雄山閣では、金雄が知人から受けた一本の電話で知ることになった。

「そうか、色々噂はあったが、とうとう本決まりになったかい」

「うん。先週だか、ＧＨＱから日配に突然通達があったらしい」

「なるほど、まあ、やっとというところだな。これでようやく取次も平時に復帰するということか」

「そういうことだな。一社寡占は持たないことは、ここへ来て皆感じておったものな。栗田君も大橋さんも張り切っていると言うよ。すぐに動き出すだろう」

「いよいよ大正まで時代が巻き戻って来た気がするな」

「まったくだ。大いに楽しみだが……しかし、差し当たっての書店在庫がどうなるのかが……」

「そこだな。解散と言ったって、一体後はどうやって進めるのか、何か情報はあるのかい？」

「いや、まだそれはこれからだ……」

日配こと日本出版配給株式会社は、戦時中の企業整備で出来上がると、巨大取次会社だった。今になって振り返れば随分乱暴な話だったと呆れるしかないが、支那事変前まで全国に三百店近くもあった取次会社を、総動員体制という錦の御旗のもとにたった一つにまとめ上げてしまったのだ。そしてその巨大組織が敗戦後三年経った今でもまだ続いている。出版社の方はすぐに統合が解けて個々に活動を始めているのに、日配の解散は影響が大き過ぎることもあって、手つかずのままになっていた。

それにしても、どんな業界でも、一社独占は怠慢と停滞を生む。巨象のような日配は小まめな配本が出来ず、特に小書店の間で不満の声が高まっていたし、「一社で日本中の書籍を独占している」「手数料を自分たちの都合良い額に決めている」と、戦後鼻息荒い労働運動の側からもごうごうと非難を浴びていた。

だから、閉鎖決定は、基本的には歓迎すべき施策のはずだった。これからは戦前のように、全国に跨る大取次店と地方を細かく扱う中小の取次店、また、芸術、社会学など得意分野に徹した専門取次店が立って、健全な競争が生まれるだろう。事実、三月二十九日に出た正式な閉鎖命令を受けて、三社分割案、四社分割案、あの人が社長に就く、いや、あの人だろうと、様々な試案や憶測が持ち上がっているようだった。

ところが、事態は、金雄たちが最初にぼんやりと危惧した方向に進み始めた。全国各地の書店が一斉に、日配に返本を始めたのだ。ああ、思った通りだ、と、この動きを見て金雄はため息をついた。書籍の販売について、日本の出版業界は完全委託制度を取っている。出版社は刷り上がった本を取次に預け、その本を取次がまた書店に預けて本が全国の店頭に並ぶ。だから、本は書店から見れば自分たち自身が買い入れたものではなくあくまで「預かりもの」で、日配閉鎖のニュースを受けて、「一体、この預かりものの本はこの後どうなるのか」「特に売れそうもないこの本とこの本とそれからこの本、これらをもしも将来引き取らねばならなくなったら一大事だ」と、書店主たちは一種のパニック状態に陥って一斉に日配に返品を始めたのだ。その返品が更に出版社へと返って来る。もともと『毎日読物』の在庫が積み上がっていたところに更に返本の山が増え、一雄たちはうめくようにため息をもらした。

＊

「『毎日読物』は、もうならん。廃刊だ」

四月、金雄は引導を渡した。これ以上金食い虫を放置すれば社の屋台骨に関わることは一雄にも分かっていたから、この決定を黙って呑み込むしかなかった。たった四号での廃刊。その夜、一雄たちは苦い酒を飲んだ。

それでも、まだ希望はあった。金雄からの強い勧めもあってそろそろ雄山閣の王道である歴史分野に進出する時期だろうと、新歴史雑誌の創刊準備を進めていた。戦前、若手の学究に機会を与える金雄の方針のもと『歴史公論』で活躍した遠藤元男先生が、今では明治大学助教授になって史学界に頭角を現している。一雄も大沢も正直に言って歴史方面にはそれほど知識は持たなかったけれど、

「とにかく遠藤先生の所へ行ってみろ」

金雄に尻を蹴飛ばされるようにして自宅まで相談に上がると、先生はじっと話を聞いて、あの雄山閣ならと全面的な協力を約束してくれる。「学問の成果を分かりやすく大衆に伝える」という『歴史公論』の精神を、新しい時代に不死鳥のように蘇らせる——企画会議が始まり、先生の紹介で新進気鋭の学者たちが執筆陣に集まって来た。誌名は思い切って英文の『ニューヒストリー』とする。日本の新時代と歴史を新しい目で見つめることとをかけた誌名を掲げたこの新しい歴史雑誌の編集方針は、議論の末、敢えて特集主義を採らないことに決めた。例えば創刊号では、日本の元号の歴史から千姫の伝記、毛沢東を採り上げたかと思えば「戦争は偶然か必然か」「現代思想の展望」のように、哲学に寄った論稿も掲載する。時代もテーマも垣根を取り払い、言ってみれば、毎号、歴史そのものがテーマである雑誌にするのだ。歴史を愛する人々が座右に置いて、一流の書き手の論稿を味わい、

知識思考を深められる。縦横無尽な間口が売り物だった。

＊

一方、その年の秋、一雄の周囲には新しい友情の芽が育まれつつあった。戦前、父が同世代の仲間と結成した業界団体、「七日会」。戦時中の企業整備騒動で解散に追い込まれたこの会を、息子たちの世代で再結成しようという話が持ち上がったのだ。

準備のための会合に出掛けてみると、ほぼ同世代の顔ぶれは、まだ先代が健在で親子で経営に当たっている所もあれば、早くに先代を亡くし、完全に独り立ちして経営に当たっている者もいた。考えてみればこれまで編集についてはは大沢や佐藤たちとわいわいと話し合って方向を決めて来たけれど、一方で自分は彼らに給料を払う側であり、用紙の調達や、印刷、在庫管理までも含めて利益を出すための苦心、つまりは経営者という立場での迷いや不安を彼らに打ち明けることは出来なかった。この会がもしも本格的に動き出すのなら、これからは思う存分経営の悩みを分かち合い、時に助け合い、そして学び合うことが出来るのかも知れない。何しろこの面々と来たら今日会ったばかりだと言うのに、

「君もあそこで用紙を仕入れているのかい。だけどそれでさっきの本の原価率が三十パーセントというのはおかしいな。担当者は誰だい？　少しぼられてやしないかな」

と随分と突っ込んだ話が始まっている。この調子なら、単に集まって酒を飲むだけの会に終わることはなさそうで、本当の意味での同志会が出来上がるかも知れない。一雄は新生七日会に加わること

を決めた。

＊

けれど、この時、雄山閣の屋台骨が大きく揺らぎ始めていた。七日会結成の少し前、昭和二十四年度の納税額が決定して、金額は例年通り、前期末に取次へ委託した見かけ上の売上額に課税された。もちろん、委託制度の中にいる限りこれはあくまで見かけ上の額であって、実際には配本した書籍が総て売れることはそうそうないのだから、実売額が後になって書店から取次へと支払われる。そこから今度は取次が運送料などの手数料を差し引いて、出版社に売上額が入金される――このやり繰り全体をこれまで雄山閣がしのいで来られたのは、委託に出した本がある程度売れて、見かけ上の売上額と実売額がそれほどかけ離れてはいなかったこと。そして、もう一つ、日本では取次が一種の金融機関の役割も果たしていることが背景にあった。新刊を委託に入れさえすれば、取次はその何割かをここでも見かけ上の金額として出版社に支払ってくれる。出版社は雄山閣に限らずどこでもその金を見込んで経営資金に充てていた。ところが日配が閉鎖になったことで、一気にこの分の入金が見込めなくなったのだ。更に大量の返品騒動で実売は滞り、税額がはかり知れない重荷になってのしかかって来る。

悪いことに、期待をかけていた『ニューヒストリー』も全く動かなかった。開放的に間口を広げたつもりの編集方針は結果的に焦点が定まらない印象となり、固定読者をつかめなかったのもかも知れない――今になってそう思い至っても後の祭りだった。翌夏の七月、雄山閣は、とうとう創業以来初めて不渡りを出した。

いよいよ最後の手段に出る時だった。金雄は長いつき合いの取引先を訪ね、支払いを延期してもらうよう依頼に回り始めた。

「いや、まったく恥ずかしいお話です。本当に面目ない」

「まあまあ、長坂さん、世の中がこうも大きく変わりましたから」

なじみの製版会社の社長が、気の毒そうにお茶を勧めてくれる。これまではこちらが仕事を出す側で、向こうが腰を低くして納品にやって来たのに。金雄は膝に置いた自分の手をじっと眺めて苦い時をやり過ごした。

好江書房はもう、倒産させるしかなかった。『シンデレラ姫』以外には大きく動くものがなく、新しい本を出す余力がどこにも残っていない。更に頭が痛いのは税金の滞納が続いていることと、斎藤が興した雄圖社も創業以来売り上げが捗々しくないことだった。雄山閣からの支援が途絶えた今、この会社も風前の灯火にある。時代の逆風は金雄が金庫に営々と蓄えて来た金を、すっからかんに食いつぶそうとしていた。

＊

秋になって、税務署員が社を訪れ、雄山閣、好江書房、雄圖社の在庫の七割ほどと、事務所の備品類を差し押さえて行った。これでとにかく税金の滞納分だけは清算されたことになる。取引先への支払いはビルを売却して捻出しようと考えたものの、不景気で大分値を下げても買い手が現れず、熟考の末金雄は雄山閣を一旦解散することにした。自分個人の貯金を取り崩し、折々何とはなしに集めて来た書画骨董、菊枝や道に買ってやった宝石類までも処分して何とか未払い金の始末をつける。創業以来築き上げたものが、これでゼロに戻ったという格好だった。

総ての精算が終わった日、金雄は三階に上り、これだけはまだ手に残されているもの、紙型棚の間をこつこつと歩き回った。二十五で東京に出て来て、誰にも頼らず腕一本で建てたビルが、四十年後の今、働く人のないがらんどうになってしまった。窓の向こうには今日も平野の向こうに富士の山が空に浮かぶようにして立っている。総てが順調に動いている時にはまぶしく目に映る雄大な山肌が、今は、厳しく冷たく見える。

それでも、もう一つ、残されていたものがあった。思いついて空っぽになってしまった事務室に賃貸の募集をかけてみると、すぐにでも入居したいという問い合わせが次々と入って来るのだ。しばらくは――思いもかけない成り行きではあるけれど――貸しビル業で生計を立てて再起の時を待つのが最上の策かも知れない。雄山閣の屋号をこのままで終わらせる気はなかった。

昭和 27 年頃の出版七日会設立メンバー

新婚当時の
長坂一雄・好江夫婦

第十一章　再　起

金雄、六十六歳から七十八歳
一雄、三十歳から四十二歳
慶子、零歳から十二歳

一

わが春としたきものかな今年こそ

正月の朝、そう、一雄は日記に書きとめていた。多難続きだった一年がようやく行き、新しい年、昭和二十六（一九五一）年は、すっからかんの気軽さでせいせいと迎えられる。少し前から何とはなしに始めていた川柳をひねる筆も調子良かった。

それに、もう一つ、一雄の胸を弾ませていることがあった。今、好江の中には小さな命がこの新しい年の中へ生まれ出て来ようとむずかっている。出来るなら、今度は男の子であってほしいが、さて、どうなるか――めでたい新年の酒を一息に飲み干した。

その酒は、昨年までなら社員であり苦楽をともにする親友だった大沢や佐藤たちと、わいわいと酌み交わしていたものだった。今、二人の姿はなく、好江書房代表を務めた義兄吉田と次姉典子は離婚し、斎藤の雄圖社も倒産して長姉夫婦は三軒茶屋の自宅を改装して小さな貸本屋を営むことになった。一連の倒産騒動は関わった人々に深い傷跡を残して行ったけれど、それでも、小林編集長――と一雄はつい言いたくなるが今となっては元編集長なのだった——と足立氏とが年賀に訪ねてくれていたのが嬉しかった。

昨年、負債を総て処理した後、一雄と金雄の手元には紙型の他にいくらかの在庫が残った。出版を待つだけになっていた預かり原稿も数点あったから、大谷書店という急場用の会社を興してこれらの出版と在庫の販売で細々と食いつなぐことを始めていた。幸い、貸しビル業の方が順調だったから、その不動産収入で印刷費など制作経費くらいは十分工面出来る。手堅く商売を続けながら必ず雄山閣の名で歴史書の新刊を出す——それが、父子の描く復活への里程標だった。

＊

一月十六日、夜七時十分、新しい命がこの世に誕生した。力強く泣くその赤ん坊の性別は待ち望んだものではなかったけれど、全身をばたつかせて生まれ落ちたばかりの生を生き抜こうとする小さな小さな手をそっと握ると、しみじみと愛しさがこみ上げて来る。夫婦はその子に慶子という名をつけたけれど、この新しい命はそのわずか四日後に思わぬ波乱に巻き込まれることになる。一月二十日の朝、まだ好江と慶子は病院に入っていて、一雄は晶子と二人だけの朝食に向かっている時だった。

「今日も夕方に病院へ行こうね。それまでタミさんといい子にしてるんだぞ」

そう話しながら晶子の頭を撫でていると、何とははっきりとは分からないけれど家の中にただよう冬の朝の空気の中に、ちりちりとした、人の神経に障る細かい埃のようなものが浮かんでいる感覚があった。

「お父ちゃまはパンパンよ」

晶子がパンを取ろうとして手を伸ばしたその時、ビルの方で誰かが叫ぶ声が聞こえた。

「火事だ！」その声は言っていた。「火が出てるぞ！」

「こっちじゃない、家の方だ！」

「おい、そちら、危ないぞ、誰かいるのか？　聞こえるか？」

「早く消防を呼べ！」

一雄は廊下に飛び出して家の中を見渡した。どうやら奥の女中部屋の方から煙が出ているようだが、これなら万が一こちらまで火が回るとしても相当時間がかかるに違いない。茶の間に戻って晶子の肩をしっかりと押さえ、言い聞かせた。

「いいかい、晶子、ここを絶対に動いちゃいけないよ。お父さんはすぐに戻るから待っていなさい」

晶子が頷くのを見届けて二階へ駆け上がり、権利書や株式関係の書類を引っ張り出していると、三郎も気がついて手を貸しに来てくれた。すぐ茶の間に戻って晶子を連れて外へ飛び出すと、ビルの店子が一一九番を呼んでくれていたのだろう、間もなく消防がやって来てとにかく火は消し止められた。幸いにもビルへと延焼することはなかったものの、家の半分は一階から二階の天井裏まで火が抜けてしまっている。泣きじゃくる晶子を抱き締めながら一雄はその無残な様子を呆然と見つめているしかなかった。火元はやはり女中部屋だろうということだった。

数日後、好江が慶子を連れて家に帰って来た。本当なら生まれたばかりの赤ん坊と産後の好江を暖かに迎え入れるはずの家は、消火の時の放水が冬の寒さで乾き切らずにどこもかしこもが何とはなしに湿っている。それでも浸水を免れた畳を集めて居間に敷きつめ、家族は固く抱き合って眠りについた。壁の一部が焼け落ちてしまった廊下に、雪が吹き込んでいる。この子はもしかしたら波乱の中を生きる運命なのかしら……好江は一人つぶやき、慌ててその思いを打ち消した。

やがて消防署と保険会社の調査がまとまり、原因はやはり女中部屋の漏電ということで決着がついた。少額の火災保険しか掛けていなかったため、家を建て替え出来るほどの保険金は見込めそうにない。せいぜい補修の一部に充てられるくらいの額しか出ないと言われ父子は肩を落とした。何とか今年中くらいには新しい出版物をと見込んでいたが、ぐっと遠のいてしまったかたちだった。

二

それから昭和三十一年までの五年間、一雄はひたすら再起を期して黙々と働き続けた。五年間で新しく出版出来たのは、大谷書店名義で栄養学や歴史関係の手持ちの原稿を数点と、同じく手堅い栄養学の本を、これは雄山閣名義で年に数点出した。その他には、過去在庫への注文に細かに対応して取次や書店に本を発送する。自ら箒を使って社の周りの掃き掃除をするところから一日を始め、黙々と歴史分野の本に目を通して来るべき日の企画に思いをめぐらせていた。

そんな日々の中、何より楽しく、そして羨ましくもあったのは、時々顔を出す七日会の集まりで、今ではすっかり気心が知れた仲間たちがあれこれと新しい出版の話をするのを聞くことだった。けれど羨しいと思うそのすぐ後から、なに、数年の辛抱だ、また必ず雄山閣を復活させるさと思えるのは、軍隊で鍛えられたしぶとさのせいなのか、けれど考えてみれば軍隊生活の激しい後輩いびりにもへこたれずすぐ一目置かれるようになったのは、一雄という人間の根本のところに前向きでしなりの良い、生まれながらの大らかな性質が備わっているからなのかも知れなかった。

毎日毎日続く「品出し」と呼ばれる地味な発送仕事の傍らには、いつも、三郎がいた。火事の後、焼けた部分に継ぎを当てるようにして補修した富士見の家に三郎は変わらず住み込んでいて、今では妻を娶り赤ん坊まで同じ屋根の下で暮らしている。どこまでもどこまでも何があっても三郎にとっては金雄が父であり、一雄が兄だった。これからも一生涯雄山閣に仕えて、拾ってもらった恩返しをして行くつもりだった。

そして、もう一人、品出しを手伝ってくれる人がいた。好江は主婦として家事と子育てに忙しく働きながら、その合間に社の仕事にいとわず精を出していた。今では「短冊」と呼ばれる売上伝票を本に挟むしぐさも手慣れたものになっている。つまるところ、雄山閣は今、父金雄の創業時と同様夫婦と三郎だけの最小限の零細企業に立ち返ったかたちだった。最盛期には編集部だけで七、八人、業務や小使いに十人ほどの社員がいたことが一場の夢のように思える。

時々、好江は仕事の手を休めてふと狐につままれたように部屋を見回した。私の嫁ぎ先は決して大出版社ではないものの、経営基盤のしっかりとした優良出版社だったはずなのに。あれよあれよと言う間にたった三年で落ちぶれてしまった。当時は無我夢中だったから言われるままに手渡して来たけれど、親が用意してくれた嫁入り道具のきものはみんな質草に取られてしまった……

それでも、出会った日に一目で心を奪われた、少し垂れ目がちに潤んだ一雄の瞳と洗練された物腰――つまりは男性としての魅力と底の底のところで明朗で真っすぐなあの人の性格が、腹が立ちもするけれど結局のところ私には憎めないのだから、と、今ではあきらめと愛情がない交ぜになった気持ちでそっとため息をもらす。やがて少しでも家計の足しになるようにと、名取を取っていた中村流の日本舞踊教室を家で開くことにした。苦労知らずに育ったはずの好江は、いつの間にか力強く逆風に立ち向かう女性に生まれ変わっていた。


もちろん、一家の希望を支えていたのは細々とした出版業だけではなかった。おそらくそれだけでは何年かかっても再起にかかる資金を蓄えることは出来ないだろう。貸しビル業から上がる家賃収入が、新規巻き直しを図る父子の大切な虎の子だった。火事の後、保険金で改築をした時に一階は思い切って貸し事務所に変えてしまい、机一つ、棚一つきりの小さな会社も入っていたから、ビルと併せれば合計で二十社ほどから細かく家賃収入が上がる。毎月毎月のこの金をほとんど総て、再起のために蓄えていた。

一方で、金雄は杉並で薬局の経営も始めていた。後妻の道がたまたま薬剤師免許を持っていたので、店を持たせることにしたのだ。道との間には新たにもう一人子をもうけて生活費もそれなりに必要だったものの、店が繁盛したおかげでやがて食べるのに苦労はなくなって行った。菊枝や好江に劣らず、道もとびきりの賢妻だった。

＊

雄山閣ビルの店子の中には、同業の出版業者もいた。文字通り小出版社の中の小出版社で、廊下と廊下が折れ曲がるその踊り場の所などに、机と棚を置いて事務所を構えている。それでもそんな小出版社の中から、ベストセラーを出す会社が現れたことに一雄は目を見張った。元は製本業をしていたという榎本保造氏が興した富士書房は、戦記物の『憲兵』が大ベストセラーになって、続く一連の戦記物も好調だった。

「榎本さん、また料理屋ですね。景気が良くて結構だな」

夕方、いそいそとハイヤーに乗り込んで行く榎本氏に声を掛けながら、さすがに一雄も湧いて来る苦い思いを噛みしめる日もあった。出版社としてはよっぽど格上の自分たちがやむなく貸しビル業で雌伏を強いられているのに、その店子からベストセラーが出るとは随分と皮肉な星回りじゃないか――けれど、この湯水のように金を使う贅沢暮らしが災いして、榎本氏が瞬く間に倒産してしまったことにもまた驚かされた。他にも経営不振に陥った出版社の店子が出たのを見るにつけても、つくづくと出版業の難しさを教えられたような気がする。結局、本を作るというこの仕事は企画の当たり外れの見極めが難しく、当たったとしても浮つくとあっと言う間に足をすくわれてしまうのだろう。慎重の上にも慎重を期すことを忘れてはならない。そう、胸に刻んで自戒した。

＊

五年後、昭和三十一年に入り、いよいよ本格的に出版活動を再開するだけの資金が蓄えられつつあった。ただし金雄は単純に出版業だけに取りかかるつもりはなく、そのことを一雄とも何度となく話し合っていた。

実際、ただ本を出すだけなら、もっと早くに始めることは出来た。それを敢えて五年という長い準備の時をかけたのは、出版と併行して貸しビル業を営む、そのビル経営の基盤を盤石にするためだった。もともとは生きて行くために成り行きで始めた貸しビル業を、今では金雄は出版業と並ぶものとして重要視していた。出版というこの不安定な事業がたとえ順調に立ち行かない時でも、家賃収入さえあれば何とか生きて行くことは出来る。日配閉鎖から始まった倒産騒動を手痛い教訓にして、この道筋だけはしっかりとつけて社を息子に譲り渡したかった。

そのためには、ここで思い切ってビルを建て替えるべきだというのが、金雄の下した新しい決断だった。このビルには数限りなく思い出はあるけれど、今では大分老朽化も目立っている。いさぎよく取り壊して最新式の五階建てのビルを建て、貸せるだけ貸して家賃収入を確保するのだ。設計は今のビルと同じく、早大の吉田博士に依頼する。五階建てのうちの一階を雄山閣が使い、他の階は総て賃貸に出し、新しく買い足した隣地には一雄一家の住居が併設されるという計画だった。こうして経営基盤を固めた上で、いよいよ雄山閣らしい、歴史企画の新刊を出して行くのだ――

編集部には、大沢と足立が戻って来ていた。議論に議論を重ねた末、最初の一冊は『大日本地誌大系』の復刊から始めることに決めた。江戸時代史の基礎史料として不滅の重要性を持つこの全集は、全国で多くの蔵書が空襲で失われ、過去の出版物の中でもとりわけ復刊要望の高いものだった。金雄が初版を出した二十八年前、苦労に苦労を重ねたあの複雑な組版は、他社が新しく真似ようと思ってもまず上手く行くはずがない。その紙型が焼けずに残っているのだから、組版の必要がなく制作費は非常に安く上げることが出来、部数の読みさえ間違えなければまず損の出ようのない企画だった。

それでも、一雄は、慎重に慎重を期して全国の図書館、大学、研究団体、歴史作家など見込みの購入先にアンケートを送って感触を確かめた。今回は、絶対に失敗の許されない敗者復活戦だ。目の色を変えて取り組むその姿を金雄はじっと見守っていた。

こうして昭和三十二年二月、『大日本地誌大系』の第一巻『新編武蔵国風土記一』が出版された。これからこの全集を、毎月一冊発行して行く。用心を重ねただけあって印刷部数と注文の実数は上手く折り合いを見せていた。この事業は成功だ。順調に上がる利益を見て、二人はまずはほっと一息をついた。けれどこれはほんの手始めに過ぎない。

＊

同じ頃、家族には悲痛な別れがあった。

戦中戦後と雄山閣に籍を置いた斎藤幸蔵は、妻である長姉の千代子とともに変わらず三軒茶屋で貸し本業を営んでいたが、日々華々しい売り上げがある訳ではないものの食べて行くには困らない暮らしの中に一つだけ大きな苦しみがあった。子宝に恵まれず迎え入れた養子とどうにも折り合いが悪く、結局その子が家出して行方知れずになってしまったのだ。

もともと喘息がちだった千代子はこの別離の悲しみが体に障って、ここ数年は特に肺を悪くして家に臥せっていた。一雄はそんな姉を気遣って度々三軒茶屋を見舞いに訪ね、その日も外出のついでに何の気なしに立ち寄ってみると、一人で家にいた千代子が座るとも寝るとも知れない姿勢で柱にもたれかかっている。驚いて駆け寄るとひどく息が荒く、大変なことになった、とすぐに救急車を呼んだ。

「千代子、千代子、頑張ってくれ。もう一度元気になってくれ」

それから数日間、千代子は死線をさまよい続けた。一族が駆けつけた病室で金雄は人目もはばからずぽたぽたと涙を流している。

「親より先に逝くやつがあるものか……千代子、お願いだ、頼むから目を開けてくれ」

この子の幼かった頃のことが頭に浮かんで離れなかった。まだ独立して間もない頃、何としてでも会社録を成功させてやるのだと街中を駆けずり回って夜八時九時にようやく家に帰り着くと、暗い茶の間で菊枝がいつもこの子と二人、ぼんやりと自分の帰りを待っていた。思えばこの子は男だったらきっと成功したはずの利発な子で、実践の女学校でも実によく勉強が出来た。けれどそんな風に育ったせいだろうか、思ったことを腹の中に呑み込み、斎藤の事業の失敗にも養子との別離にも一言も愚痴を言わず耐え抜いて来た。ただ身体だけは嘘をつかないのだ。一体何故運命はこの子にだけこうもつらく当たるのだろうか。

結局千代子は目を覚まさなかった。この薄幸の長女は四十四歳ではかない一生を閉じた。

三

『大日本地誌大系』復刻の成功を受けて、金雄と一雄が次に目論んだのは、オリジナルの新しい企画を出し、いよいよ本格的に雄山閣復活ののろしを上げることだった。そのための企画として何がふさわしいのか――何ヶ月も話し合った末に決断したのは、風俗史全集の発行だった。それは戦前からの雄山閣の伝統を継承するものであるのと同時に、落語や文学、山の手言葉、しゃれた身だしなみ、つまりは人を愛し人に好かれ生活全般を楽しもうとする、一雄という人間自身の関心の発露でもある。

実は、一雄には、この全集の監修を依頼したい意中の人がいた。東京教育大の和歌森太郎先生は、戦後、民衆史の分野で次々と優れた論文を著わして史学界の新しいリーダーの一人と目されつつある。オーソドックスな史学者でありながら、これまでとかく傍流とされがちだった生活史、民俗学の分野に光を当てている。再起を期した五年の間に歴史学の本を読み込んで、この人こそ今度の企画で手を組むべき相手だと見定めていた。編集長に据えた大沢を伴って思い切って監修のお願いに上がると、いい企画だと快諾を頂き、続々と門下の若い研究者を執筆陣に引き入れて下さっている。芳賀登、藤野保、阿部猛……皆、後に歴史学界を牽引して行くことになる精鋭たちだった。

もちろん若手ばかりではなかった。家永三郎先生など戦前から活躍する研究者にも参加を依頼し、旧知の遠藤元男先生には職人史の項を書いて頂くことになった。土地土地に伝わる祭りなど地域の風俗習慣も詳しく採り上げようと話し合っていたから、大沢は全国の郷土史家へ執筆依頼に走り回っている。一方、一雄は芳賀先生と何か馬が合い、いつしか誘い合って酒を酌み交わす仲になっていた。恐らく、雄山閣が芳賀先生や和歌森先生を必要としているように、今、伸び盛りにある民俗学の先生方もその思想を理解する編集者を求めていたのだろう。幸福な出会いはその後一生絶えることのない親友関係に発展して行った。

全集の題名は、『講座日本風俗史』に決まった。大沢の下で動く若手の編集部員を四人雇い入れ、新築のビルの一階に陣取った新生雄山閣編集部には、瞬く間に出版屋らしい活気があふれ出していた。

そんな夫たちを後ろから支えながら、妻の好江も小さな事業を始めていた。ビル建て替え時に一階に道に面した窓を一つ開けてもらい、この辺りで働く会社員に向けて手作りサンドウィッチを売るスタンド店を始めることにしたのだ。だから新しい家で晶子や慶子の朝は小学生ながらに忙しかった。顔を洗って制服に着替えるとまず食事の前にお使いに出る。「今日は卵を十個買って来て」「煙草をお願い」、好江に言われた通りに近くの市場まで小銭を握りしめて走って行った。

やがて界隈で、好江が心を込めて作る卵サンドウィッチと温かなコーヒーは大きな評判になった。お昼まで客が引きも切らず結構な商売になる。傍目には飯田橋駅のすぐ前にビルを構えていいことね、と羨ましがられることも多かったけれど、建設費の全額を現金で払えた訳ではないから月々返して行かなければならない額がある。そもそも出版業はそうそう当たりの出る商売ではないし、当たったとしてもまた次がどうなるかは分からない、ということを今では好江もよく理解していた。夫におんぶにだっこで生きるのではなく、自分の出来ることはして行きたい。それに娘たちに踊りやお花を仕込んでおきたかったから、金はいくらでも必要だった。好江は何より日本の芸事を愛していた。

＊

そしてこの頃、『講座日本風俗史』を通じて、二人の素晴らしい在野の研究者との出会いがあった。和歌森先生から「雄山閣が是非知り合っておくべき人だ」と紹介を受けたのは田村栄太郎という民間の歴史学者で、いつも渋いきものを着流しに着てどこか下町の植木屋とか運送業者とか、そういった職人たちの元締のような風貌をした人だった。

実は一雄は、田村先生の論稿はこれまでに何本か読んだことがあった。確かどこかの史学科を出たという訳ではなく、それどころか大学さえ出ていない人のはずで、けれど全くの独学で日本中の村や町に残る古文書を読み込み、特に江戸時代の生活史に関して独自の視点を切り拓いている。高名な史学者や作家でも記述に間違いがあれば舌鋒鋭く批評し、島崎藤村の『破戒』を俎上に載せたことでもよく知られていた。

先生は原稿の束を風呂敷に包んで編集部にやって来た。掘り下げて研究しているテーマは幾つもあったが、一雄たちは、先生以外まず手をつけている人のないやくざの歴史についての論稿を最初に出版したいと提案した。噂では、先生はとかく侠客が出ることが多い上州の、それも花街の真ん中で育ったのだという。『やくざ考』と題したその本ではこのやくざの生態を江戸時代中期の起源から書き起こして解説し、少し前まで存命だったという有名な上州の侠客との問答まで載せていた。正に先生にしか書くことの出来ない論考であり、発売後たちまちのうちに史学界と読書子の注目を集めることになった。

この上は、『講座日本風俗史』でも是非田村先生に執筆を依頼するべきだった。担当してもらうのは江戸時代の火付など無頼の者と、逆にその取り締まりをした同心などについての項が良いだろう。何しろ日本中で田村先生以上にこの項を書くのにふさわしい研究者はいないはずなのだから。いよいよ全集は面白いことになりそうだった。

*

また或る日は、別の在野の研究者が売り込みにやって来た。髙橋雅夫というその人はもともと化粧品会社の宣伝部出身で、仕事の傍ら日本の化粧史や服飾史の研究に取り組んで来たという。

「こちらで『風俗史講座』の準備をされていると聞いて、一も二もなくやって来ましてね」

髙橋氏は訴えるような視線を一雄に当てて来た。

「どうか僕に鉄漿《おはぐろ》の項を担当させてもらえないでしょうか」

鉄漿について、白粉について、江戸時代町民の縞模様の好みの変遷について、髙橋氏の弁舌は止まることを知らず「この人は本物だ」という確かな予感がする。その場で『講座日本風俗史』への参加を依頼して、それだけではなくこの髙橋先生にはその後も化粧史や香道史の研究解説書を何冊も執筆頂くことになり……更におよそ四十年後、雄山閣が大きな窮地に陥った時にその危機をしのぐ窮余の一助をもらうことになるのだが――もちろんこの時、先生も一雄もそのことを知る由もなかった。

こうして、昭和三十三年十月、『講座日本風俗史』の刊行が始まった。表紙は風俗史にふさわしく粋な縞模様の布張りにして、戦前の『風俗史講座』と同様、ふんだんに図版や写真を入れて構成する。毎月一度の配本でどの巻も初版は完売する勢いを見せ、父子はまたほっと胸を撫で下ろすことになった。ただ、二刷、三刷が出るまでには伸びて行かず、金雄は内心ひそかに戦前『風俗史講座』でビルが建ったほどのベストセラーを夢見ていたものの、そこまでに届くことはなかった。それでも、まずまずの成功と言えそうだった。雄山閣は何とか危なげなく、復活の軌道に乗り始めていた。

＊

その後、昭和三十六年まで、一冊一冊の本や全集に売れ行きのでこぼこはありながらも、まずまずの経営状態が続いて行った。年間の出版点数は三十点ほど。そのほとんど総ては歴史関係の書籍で、すっかり信頼関係を築き上げた田村栄太郎先生とは、著作全集の発行も引き受けさせてもらっていた。

三十五年には貸しビル業の管理会社として「雄山閣不動産」を新たに興して、金雄が社長に、出版業務は「雄山閣出版」として、一雄が独り立ちして経営して行くことを親子の間で取り決めた。もちろん金雄は週に一、二度は出社して出版にも睨みはきかせるし、出版物についても相談は受けるものの、基本的には今後は一雄一人の力で経営する。手痛い挫折と雌伏の時を経て出版業の難しさを知り、息子もどうやら手堅い経営ということを体得したように思える。独り立ちさせても大丈夫だろう。この年、金雄はもう七十五になっていた。

けれど、こうして一人になってみると、一雄の胸の中に再び文芸の香りが立ちのぼり始めるのを抑えることが出来なくなっていた。この頃は仕事が終わると神保町に出かけることが多い。まず一風呂を浴びて背広をさっと脱ぎ捨て、黒の結城などしゃれたきものに着替えて出かけるのだ。会っていたのは、この界隈の同世代の古書店店主や小出版社の社長たちだった。

中でも、同成社という小出版社を経営する岡崎元哉氏と特に親しくなっていた。元々は好江書房で随筆を書いてもらった正岡容氏の関係から知り合った人で、歴史も文学も哲学ものするが特に推理小説に造詣が深く、その気鋭の書き手たちと始終つるんでいた。この人たちとの交際が一雄の胸に再び文芸の灯を点したのだ。鮎川哲也、角田喜久雄、佐野洋、高木彬光、大河内常平……皆、綺羅星のような才能ある若い書き手たちだった。この人たちを著者に据え、自分のところから筋の良い推理小説を出版出来たら……そんな夢が膨らんでいた。

「お前は『毎日読物』の失敗を忘れたのか、単価の低い一般書の出版は、小出版社では難しいと学んだじゃないか」

もちろん金雄からは猛反発が出たし、そもそも金雄の言うようなことは一雄だって疾うからよく分かっていた。だけど勘違いしてもらったら困るのは、歴史分野を全く棄て去るという訳ではないのだ。『大日本地誌大系』の続刊を筆頭に、今も風俗史や地方史の良書を出し続けているし、しかもこの後には『生活史叢書』の名で、新しい風俗史ものの企画も動き出している。皆、『講座日本風俗史』で得た人脈を発展させたもので、しっかりと歴史分野の道筋を継続させている。推理小説は年にほんの数冊出して行くだけですよ――そう言って何とかかんとか納得させてしまった。

それでも、やはり金雄が危惧したように、これらの本の売り上げは捗々しくなかった。毎週、金雄が出勤する度に売り上げについて厳しく問いただされ、罵倒や苦々しい視線を浴びなければならなかった。結局二年ほどでこのミステリものの出版はあきらめざるを得なくなった。

＊

ただし、この再びの苦い挫折も全くの無駄という訳ではなかった。伊達男の私立探偵が活躍する『夜光獣』というミステリを書いた大河内常平氏は、百キロ近い巨体に博識を詰め込んだ、一見して常人とは違う空気を辺りに放っている人物だった。先祖は江戸幕府の書院番を務めた旗本だということで、名だたる軍服コレクターであり日本刀の研究家でもある、一種の時代の奇人だった。

ちょうどその頃、雄山閣の編集会議では、戦前の持ち味の一つだった刀剣ものを復活させてはどうかという話が持ち上がっていた。ただ、そこには心配もあって、当時『日本刀講座』が売れたのは、軍国主義の時代に刀が日本精神の象徴として憧憬されたという一面があったのだから、今この平和の時代にそんなものを持ち出すと、お前のところは国粋主義を復活させたいのかと非難を浴びるのではないか、そんな議論も繰り返し戦わされていた。

「とにかく一度、大河内氏に現在の刀を巡る状況を教えて頂こう」

一雄は、大沢と、岡崎氏も誘って大河内氏の原宿の家を訪ねた。訪ねてみるとこの人の家もまた本人と同じく異彩を放ち、刀や軍服や徽章などのコレクションの他に、熱帯魚の水槽が積み重なっている。その中に巨漢を埋めて座りながら、大河内氏はぽつぽつと現在も全国に純粋に刀を愛する多数の好事家が存在すること、日本刀の全体像を網羅する入門書があれば良いこと、そして、現在一番の目利きは刀剣商の柴田光男氏だと貴重な知恵を授けてくれた。

そこで今度はその柴田氏を訪ねてみると、この人も大河内氏に劣らない独特の人物だった。店は雄山閣のすぐ近くにある一坪ほどの小さなもので、その店先に毎日端然ときもの姿で座っている。けれど一たびどこかの没落した華族の家にいい刀が出たなどと聞くと、電光石火のごとく金を借りて買い取ってしまう、その眼はずば抜けて正確で、良いものだけを見抜いて買うということだった。だからすぐに三倍四倍の値でもほしいと言う人が現れる。瞬く間に銀座の鳩居堂裏に、堂々とした店を構えるようになった。

会って話をすると、柴田氏は若い頃に『日本刀講座』で刀の勉強をしたと言い、「あの雄山閣なら」と新しい日本刀解説書の執筆を快諾してくれた。ただ、知識はあるものの文章にして書き著わすことが不得手だと言うので、それならば、と、柴田氏の話を大河内氏がまとめることにして、昭和三十八年三月、二人の共著『趣味の日本刀』に結実して行った。

＊

この本は、待ち望んでいたものを雄山閣にもたらしてくれた。特殊な内容だから爆発的な売れ行きとまでは行かなかったものの、じわじわと刷った分を必ず売って、重版がかかりまた重版がかかる。

紛れもなく、戦後雄山閣にとって初めてのヒット作だった。

同じ頃に始めた「生活史叢書」の一冊目、進士慶幹先生の『武士の生活』も、二冊目の山口正之先生の『忍者の生活』も好調だった。「生活史叢書」は要するに『講座日本風俗史』で採り上げた大量のテーマから脈のありそうなものを一つずつ抜き出して、一冊の単行本にして送り出して行く企画だった。まるで虫眼鏡で拡大するように一つ一つのテーマをつぶさに見つめることになる。

例えば一体、「武士」「忍者」と漠然と一括りに歴史書に書かれて来た人々は、実際は日々どのように寝起きしどこへ出向き何を心にかけて暮らしていたのか。その実体を『忍者の生活』では忍者の暗号法から一族に代々伝わる誓約書、戦いの時の攪乱法、日々の鍛錬など詳細にわたって解説していた。一雄たち編集部がまず争ってページを繰りたくなるテーマ設定は、確実に読書子の興味も誘ったのだ。

「生活史叢書」はこれからも『香具師《てきや》の生活』や『遊女の生活』『やくざの生活』を送り出して行く予定だった。香具師は明治の演歌師の元祖添田唖蝉坊の子息で、演歌や大道芸を研究する添田知道氏に、遊女は性風俗研究家の中野栄三氏に、そしてやくざはもちろん田村栄太郎先生に書いて頂くことが決まっている。好評の『忍者の生活』の山口先生をはじめ、皆、『講座日本風俗史』の執筆者を求めて一雄や大沢が奔走した、その人脈から見つけ出した書き手たちだった。

一体こういった町の史家とでも言うべき人々は、正統の研究者が見向きもしない香具師なら香具師を一たび対象に思い定めたなら絵巻物から講談もの、裁判記録など古文書類にほんの少しでも香具師に関する記述が現れたものを丁寧に拾い上げ、一つ一つパッチワークでつなぐようにして全体像を描き出して行く。対象に対する強い愛着がなければ出来ない仕事で、こうした研究に光を当てることは今では一雄自身の大きな喜びになっていた。

復員から十八年、倒産から復活して五年。初めて読書界から強い手応えを得て一雄は俄然気を良くしていた。ただ一つ気がかりなことがあって、ここまで苦楽をともにして来た大沢が折角軌道に乗って来たというのに、家庭の事情で退職せざるを得なくなったのだ。自分一人で経営と編集を兼ねることも出来ないことではないが、仲間と話し合って企画をまとめて行くやり方が一雄の好みだった。誰か後に座る適当な人物はいないだろうか――この時、一人の男の人生が雄山閣に交わろうとしていた。

（長坂一雄画）

第十二章

野武士登場

金雄、七十八歳から八十一歳
一雄、四十二歳から四十五歳
慶子、十二歳から十五歳

一

大手町のビルの一室で資料の山に埋もれながら、芳賀章内《はがしょうない》は煙草をくゆらしていた。書きかけの原稿用紙に鉛筆が転がり、灰皿にたまった吸い殻の上にまた一本吸い殻を重ねる。隣りの席では同僚の編集者が延々と電話で話し込んでいた。

「ええ、ですから、そこは我々にお任せ頂ければ……ええ……ええ、実際に書くのはもう、一流の作家ですよ……ええ……そうです。芥川賞作家にお願いして……ええ……え……」

芳賀は鉛筆を取り上げて頭に浮かんだ言葉を途中まで書きかけて放り投げた。机の両側には雑多な資料が小山のようになって積み重なっている。冬山登山、堤康次郎、アフリカ諸国の独立、宇宙開発競争……とりとめのなさが、今、飯の種にしている仕事をそのまま表しているようだった。このまま続けて行くか、思い切って鞍替えするか——

「ちょっと出て来ます」

背広を肩にかけて、大手町のビルとビルの間を芳賀は探し物をするように歩き回った。

＊

財界人向けの雑誌を発行する小出版社に勤める芳賀は、詩人でもあった。早大の仏文科時代から詩を書き始めて、けれど詩では食べて行けないことは分かり切っていたから、卒業後は日々の糧のために映画雑誌社に入社した。詩を書くのは、退社後の夜の時間。そういう生活を続けて六年が過ぎていた。雑誌では新作映画評をものしたり流行作家に連載小説の依頼をしたり、撮影現場の取材に出掛けることもあった。「御殿」と呼ばれる美空ひばりのプール付きの邸宅でインタビューをしたこともある。

けれど三年ほどでその雑誌はつぶれてしまい、代わりに財界上層部に向けた読み物雑誌を出すことになった。折々の時事の話題や教養的な話題を載せるのだから、ありとあらゆることが対象になる。面白くないとは言えないけれど、三年も続けているとAからB、BからCへと飛び移って書くことに何とはなしに精神が摩耗して行くようにも感じていた。そんな時に文学仲間の先輩から、歴史、それも日本史の専門出版社に編集長として入らないかという話が降って来たのだ。

歴史か――と芳賀は悩んでいた。実は芳賀の父親は中学で歴史教師をしていた。だから普通の編集者と比べれば歴史に対する勘のようなものは備えているかも知れないが……しかし専門家と渡り合えるような知識がある訳ではない。

「そんなものは追々仕事をして行く中で身についていくものだよ」

そう、仲介者の古書店主山崎一夫氏と岡崎元哉氏は言っていた。

「中途半端に知識があると変な解釈が入って、かえって始末が悪い」

何より心動かされたのは、まだ四十代だという、言わば戦後派の社長と自分との実質二人体制で、編集の自由度が高いということだった。歴史という大きな器は男が一生をかけて取り組む価値がある。伸るか反るか、やってみるか——芳賀の決心は固まりつつあった。

二

こうして昭和三十八（一九六三）年十月、芳賀は雄山閣に入社した。毎日、埼玉の自宅から飯田橋まで、片道一時間半ずつ電車に揺られて出社する。その時間を必ず歴史書の読書に充てることにした。戦前から現在までこれまでの雄山閣の出版物にも目を通したし、企画会議でこのテーマはどうだろうかという話が出れば、関係する書籍を片っ端から読み込んで行く。史学界で注目を浴びる気鋭の若手の論文や研究書にも幅広く目を通すようにしていた。ただし、夜、帰宅してからは詩を書く。詩を止めるつもりは毛頭なかった。

社長の一雄とは、上手くやって行けそうな気がしていた。自分より一回り上のこの人に初めて会った時に感じたのは、何と言うのだろう、大きな人格の人だということで、相手の良いところを見てそこに真っすぐに信頼を置く人と思えた。もちろん、出版人らしく学問や芸術を愛し、古書街のうるさ方の岡崎氏や山崎氏が一目置くだけあって、底の深い趣味と、一種の眼力とを備えていると思える。ただ、随分としゃれ者なのか、昼休みを挟んで午前中と午後とで服を替えて現れたりするのには面食らったが、つい歯に衣着せぬ言い方になる自分とは違って柔らかいあの物腰が、正反対だからこそむしろ上手くやって行けそうに思えていた。

同じ時、一雄も芳賀に何となく馬の合うものを感じていた。紹介者の山崎氏たちから鼻っ柱の強い男だよと聞いていた通り、まあ、ぽんぽんとものを言う。引き合わせだということで神保町で飲んだ日に文学から哲学、映画まで縦横に語り合ったが、自分の認めない映画監督を誰かが褒めようものなら相手が年長者でもお構いなしに机を叩かんばかりにして論陣を張る。けれどそれは彼という人間の本当に真率な感覚であり思想であって、自分を大きく見せようという虚勢も、そして追従ももちろんないのがすがすがしかった。ひとまずあの男に任せてみよう。一雄はそう腹を決めていた。

＊

こうして芳賀の史学編集者生活が始まっていた。まず手始めに大沢の代から引き継いだ企画を担当して仕事の流れを覚えつつあるが、そんな新米編集長のもとへ、或る日、誰の紹介状もなく一人の在野の歴史家が訪ねて来た。笹間良彦というきもの姿のその人は史学の学歴もなく、鎧兜など、武具の鑑定で生計を立てているという。一方で絵描きの勉強もしていたのではないかと思わせるほど玄人はだしの絵を描き、その日持ち込んで来たのも原稿ではなく大量の絵の束だった。それも、古代から江戸時代まで、あらゆる型式の鎧、兜、刀を描いたもので、これに解説を付けて甲冑図鑑を出したいと言うのだ。まったくすさまじい量の紙の束で、総てを発行するとなったら三冊組ほどにする必要があるが、有名どころの先生でもなく、しかも内容がここまで好事家向けのもので、さて商売になるだろうか？　一まず原稿を預かったものの芳賀は悩んでいた。

それでも、ここまで徹底的に情熱を傾けたものを見捨てるのは惜しいという思いが日が経つうちにだんだん胸の中で膨らんで行く。これこそ、在野の研究者の中の研究者。天晴ではないか。少部数でも出してはどうだろうか――そう、編集会議で力説すると、一雄社長もよしと心を動かしてくれたようだった。そもそもこの笹間という人が雄山閣に企画を持ち込んで来たのは、戦前から今日まで一貫して風俗史を扱う姿勢を見て、「ここなら出してくれるだろう」と期待をかけているのだ。これをつぶしてはならないはずだった。

結局、芳賀の提案が通り、『日本甲冑図鑑』は三冊組で発行されることになった。ただし、部数は八百部。上製の装丁にして全国の図書館や金持ちの武具愛好家に売ろうという方針だった。

「とは言うものの、あと一押しがほしいな」

企画が了承された後もまだ芳賀は一人頭をひねっていた。もともと映画雑誌にいたからだろうか、売るための策を考えるという癖がどうも体に染みついているのだ。もちろんこれはベストセラーを狙うような本ではないけれど、刷った分は完全に売り切りたい。思いついたのは、誰か、学界の権威者の推薦文を付けてみたらどうかということだった。調べてみると、橿原考古学研究所の末永雅雄という先生が甲冑研究の第一人者らしい。早速ゲラを送るとすんなり序文を送って来てくれた。

「末永先生が推薦文を？……僕にとってみたら雲の上の人ですよ」

笹間氏は目を潤ませて喜んでいる。ああ、良かったと刷り上がった一冊目を早速先生にお送りすると、何故か激高した声で編集部に電話がかかって来たのだった。

「芳賀君、あれは何だ」先生の声は震えていた。「笹間という男はけしからん。あれは俺の原稿じゃない！」

そう怒鳴りつける先生の話を一体何がいけなかったのかと恐る恐る訊ねてみると、序文の中にあった「論攷」の「攷」という字が一般にはなじみのないものだったため、芳賀の判断で振り仮名を付けたことを怒っておられるのだった。芳賀はすぐさま大阪の先生の自宅へすっ飛んで行った。

「先生、誠に申し訳ありませんでした。実はあれは笹間さんではなく、僕がやったのです」

そう正直に謝ると、

「そうか、笹間君ではなかったか。しかしそれでは俺は君に怒らねばならん。いいか、この件で君は俺を使って『この字は読めないだろう』と読者の知識程度を見下したことになるのだぞ。それを俺はこの間から怒っているのだ。え、君にはこの意味が分かるか」

芳賀は頭を低く垂れてひたすら詫び続けた。

「全く先生の仰る通りです。私の考えが浅はかだったので……誠に、誠に申し訳ないことを致しました。笹間さんは先生に申し訳ないと言って、八百部、総ての振り仮名を剃刀で削ると言っています。実はもう編集部で削り始めています。もちろん僕も帰ったら手伝いますから、どうか、どうか発行をお許し頂けないでしょうか」

そう、詫びると、素直に過ちを認めたことが良かったのだろうか、次第に先生の怒りも収まって行った。それどころかその後芳賀は、先生の大の気に入りの編集者になる。折々に雄山閣から著作を出して頂くだけでなく、多くの企画の相談に乗って下さるまでになるのだが、始まりは飛んだ大活劇だったのだ。

　こうして、明けた昭和三十九年二月、注意深い人なら目を留めたかも知れない、序文一頁目にかすかに削り跡のある『日本甲冑図鑑』が発売された。学界、武具界に反応は上々で、無名だった笹間良彦は注目の――遅れて来た――新人になる。そしてこれが芳賀の初の大仕事だった。

三

　この頃、芳賀は金雄と二人きりで話す機会があった。ふだん、金雄は会社に週に一、二度ほどは顔を出すのでもちろん挨拶は済ませていたが、会社では一雄をはじめ周りに人がいるから二人だけで話す機会はない。その日は、杉並の金雄の自宅の隣りに作ってあった倉庫に在庫を取りに行く用事があって出た帰りがけに、自宅に寄りなさいと呼ばれたのだった。

「実はね、芳賀君、私は、君を入れるのには反対しておった」

　しばらく世間話をした後に金雄は意外なことを口にした。

「君も知っての通り、出版業というのはなかなか簡単には成らん仕事だよ。うちは幸いビルを持っておるから、普通に暮らすには十分な家賃が自動的にあそこから入って来る。ちょうど大沢が辞めたのをしおに、何も好き好んで苦労をしなくてもいいじゃないかと言ったのだがね、あれはどうしても出版をやりたいんだ。君を入社させた」

「……それは知りませんでした」

「どうだ、歴史は面白いか？」

「ええ、面白いですね。まだ駆け出しも駆け出したばかりですが、おかげさまで夢中になってやっています」

「そのようだね。君の仕事ぶりはあれから聞いているし、私もまあ蔭から見ておったよ。鉄砲玉のように先生の懐に飛び込んで行くところはまったく感心だ。君には才能があるかも知れん」

芳賀が何と言っていいか答えに窮していると金雄の方が先に口を開いた。

「君と二人で組むなら、雄山閣は上手く行くかも知れんな。私はそう思っている。しっかりとやってほしい。男が一生をこの仕事に賭けるのだと、そういう気持ちで取り組んでほしい」

「はい、私も、そのつもりで仕事に向かっています」

芳賀が自分の話を本当に骨身に染み込ませて聞いていることが、金雄には分かっていた。大正の空の下で出版に乗り出して行ったあの頃の自分の写し絵を、金雄は芳賀の上に見ていたのかも知れない。

＊

雄山閣の出版は好調だった。昨年から準備していた『香具師の生活』と『やくざの生活』は発売すぐからよく出て行き、驚かされたのは、両冊ともやくざの分析に役立つと言って、警察庁の担当者が五百部も直接買い入れに来たことだった。全国での研修に使うのだという。

追い風が吹いているのを感じて一雄も芳賀も気が張り詰めていたし、世の中も秋にオリンピックを控えて浮足立っていた。次の一手に何を出して行くか、編集会議は侃侃諤諤と盛り上がった。

その中で決まったのは、評判の良かった『趣味の日本刀』の第二弾を出そうということだった。ところが何しろ大河内氏が酒を飲み歩いてばかりでなかなか原稿を書いてくれない。仕方なく、市ヶ谷の駅前のホテルに部屋を取って、見張っていないと書かないから芳賀も一緒に泊まり込むことにした。制作経費が予定外に高くついて仕方がないが、背に腹は代えられない。何とか書き上げてもらって出した『日本の名刀』は苦労の甲斐あって好評だった。

もう一つの企画は甲冑の笹間先生からのもので、或る日いつものようにきもの姿で、また大量の紙束を抱えて編集部に現れた。聞けば、先生の興味の対象は武具だけではなくそれを身につける武士のあり方そのものにまで広がっていたようで、その時持ち込んで来たのは江戸幕府御家人の組織図から一つ一つの職種の解説、更にその勤務の様子を得意の絵筆で描き出した膨大なものだった。例えば同心なら同心が、どの町に住んでいたのか地図との照らし合わせも出来れば、外出時のお伴の人数はこう、職場である奉行所の様子はこう、と、およそ一千種と言われる江戸幕府御家人の職掌ごとに、総て絵と解説文とで働きぶりと暮らしぶりとを見渡せる。手間がかかり過ぎる上に普通の人にはそれを描き出す画力もないのだから、正に先生にしか出来ないとんでもない企画だった。

「先生、これはものすごいものですが」芳賀は唸り声を上げた。「一体解説原稿の方は何枚くらいお書きになっているんでしょうか?」

「まあ、千七百枚ほどだろうか」

「千七百枚！　それではとてもとても高くなってしまって残念ながら誰も買いませんよ」

「しかしこれは私が三十年間こつこつと調べ上げたことの成果ですよ。削れる所は一つもない」

「うーん……そう言われましても……それでは、ちょっと原稿を私どもに預けてもらえませんか。一度こちらで編集してみますから」

そこから芳賀を筆頭に編集部総出で原稿を読み込み、あちこちを削って五百枚ほどに縮めてしまった。先生は大いに不満そうにしていたが、この本は出したとたんに全国の図書館、大学研究室から江戸好きの読者まで、次々と引き合いが来て江戸文化を研究する人の必携書のようになって行く。

「うーん、どうも芳賀さんに縮めてもらった方が良いものになるのは不思議だな」

笑って許して下さるのは先生の鷹揚なところだった。雄山閣はその後、笹間先生の著書を武具ものから江戸の生活史まで、二十冊以上出版することになる。

＊

そして、もう一つ、大型全集の企画が動き出していた。『趣味の日本刀』と『日本の名刀』の好調ぶりから一雄と芳賀は「日本刀は行ける」と読んでいた。これからも柴田氏を中心に、例えば鐔に焦点を当てたもの、一人の名鍛冶に焦点を当てたものの、時代ごとの名刀集など、日本刀ものを積極的に打ち出して行こうと話し合っていた矢先、大河内氏からひそかな耳打ちがあったのだ。

「徳間書店が戦前の雄山閣と同じ『日本刀講座』のタイトルで、全集を出そうとしているという噂ですよ」

芳賀と、そして一雄は気色ばんだ。『日本刀講座』は幻のバイブル的書物として、初心者から通と呼ばれる人まで、現在、刀剣愛好者にその名は広く知れ渡っている。それを勝手に使うというのはどういうことだろうか。

「著作権法的には問題ないのかも知れないが、この題は謂わば雄山閣の専売特許とでも言うべきものですよ。それをいけしゃあしゃあと使い回すなんて男のすることじゃない」

それでも、更に入って来た伝聞によれば、監修に当たる本間薫山先生と佐藤寒山先生が、さすがに『日本刀講座』の題をそのまま使うことは止めた方が良いと諫めたという話だった。この両先生は『日本刀講座』の発行当時は新進の研究者として、図版解説など全集の多くの部分の執筆を担当していた。今では日本刀剣界の重鎮として君臨している。

「向こうがそう出るなら、ひとまず『日本刀講座』の新装版を出すのはどうだろうか」

憤懣やるかたない二人に最近では監査役として何かと相談に乗ってくれている岡崎氏が言った。

「刀の世界の人たちは、何しろ自分が刀を買ったり売ったりする時の鑑定資料がほしくて本を買うのだろう？　だったら『戦前の名著『日本刀講座』が今度復刊されましてね、どうです、戦前のこの時代から、この刀は名刀と認識されていた訳ですよ』と、そういう風に復刊版を鑑定書代わりに使ってもらうという需要があるんじゃないかね」

「なるほど。それなら確かに復刊本でも大いに意味があるし、とにかくここで刀の大型全集を出しておけば、『刀の雄山閣』のイメージを徳間に奪われることはない訳だ」

「そういうことになるよ」

「よし、それで行こうじゃないか」

芳賀はまず本間先生の自宅を訪ねて復刊版発行の監修をお願いに上がった。ところが先生は頑として出来ないと譲らない。

「だって君、同時期に二つの刀剣全集を同じ人間が監修するなどということは、それは読者に対して道義上許されることではないよ」

「そこを何とかお願い出来ないでしょうか。雄山閣は今、刀剣を社の柱にしようとしています。ここで徳間に先を越される訳にはいかないのです」

「その思いはよく分かるし雄山閣には恩があるが、しかしそれは道義上やはり出来ないことです」

堂々巡りが続いてついに芳賀は駄々っ子のようになり、

「分かりました。それならうちは勝手に復刊版を出させてもらいます。写真も原稿も版権は総てうちで持っているんですから、法律上は何の問題もないはずですから」

そう、つい啖呵を切っていた。

「佐藤先生に相談してみなさい」

疲れ果てたように先生から、最後の望みをつなぐ一言が残されたのだった。

＊

数日後、一雄と芳賀は上野の東京国立博物館に向かっていた。今ではこの日本一の博物館で美術工芸課長と刀剣室長を兼任する佐藤先生は、書棚に囲まれた刀剣室で、徳間書店編集長と一雄たち二人とを対面させることを提案された。その書棚にはもちろん、若き日に先生が参加した『日本刀講座』も並んでいる。先生の目論見は恐らく、この場の話し合いでどちらかが全集を引き下げることなのだろう。けれど今や潜在的な読者の存在がはっきりとしている刀剣全集企画を引っ込める気など、出版屋としてどちらの側も持ち合わせていなかった。互いに一歩も譲ろうとせずまた堂々巡りの時間が続いて行く……突然、黙って聞いていた先生が口を開かれた。

「雄山閣は、」先生の低い声が刀剣室に響き渡った。「専門書籍の出版社なのだから、大学生以上の大人向けの全集として、『日本刀講座』の新装版を出す。そして徳間さん、あなたの所は雑誌も出すような大衆志向なのだから、刀剣好きの少年を育てる入門的な全集にする。そうやって棲み分けたらどうですか」

結局話はそれで一件落着して、

「正に大岡裁きだったな」

と、帰りの道々一雄と芳賀は佐藤先生に感謝せずにいられなかった。そしてその後すぐに始まった編集作業では両先生とも、「今から見れば昔の全集にはあちこち直したいところもある。機会を与えられて嬉しいよ」と、楽し気に校訂に当たって下さったのだった。

昭和四十一年三月、配本が始まった『新版　日本刀講座』は予想通り好評だった。噂では徳間の全集も売れているという。両社の好調ぶりを見届けてのことなのだろう、良い機会だとばかりに柴田先生が一雄と徳間書店社長とを会食に招待して下さった。日本刀は大和魂の象徴と言うが、それを扱う人々はやはり清々しい武士の道義の心を保っているのかも知れない。この日をきっかけに、一雄と徳間氏は良い友人になった。

＊

芳賀が雄山閣に入ってから二年半が過ぎていた。この年、まだ芳賀の入社前に一雄が担当して出した江頭恒治先生の『近江商人中井家の研究』が、日本学士院賞に決まったという特大級のニュースが雄山閣に届けられた。学問の道を歩く者にとって最高に名誉ある賞を、自社の出版物から出せるとは！　これには金雄も手放しの喜びようだった。

そもそも先生との縁は、『忍者の生活』の山口先生の紹介がきっかけだった。一人一人の著者を大切にすることが有機的に結びついて、新しい果実を産む。芳賀はこの仕事に大きな手応えを感じ始めていた。

第十三章

新しい血

金雄、八十二歳から八十八歳
一雄、四十六歳から五十二歳
慶子、十六歳から二十二歳

一

枯葉のような笑いで
一日をすごした
文明はいつでも朝のように笑っている
といったのは　だれ？
核実験をつづけているひと？
涙を、手術台にころがしたら
ロートレアモンが　笑いころげて
世紀末の「れもん」のような顔をした

芳賀は今でも詩を書き続けていた。雄山閣に入社したからと言って詩作のペースが落ちることはなく、夜、埼玉の自宅で家族が寝静まった後の書斎にこもって、昼間、打ち合わせから打ち合わせへと向かう電車の吊り革につかまりながら、時には出張先のホテルの机に向かって黙々と詩を書き続けていた。作品は詩の専門誌や文芸誌で発表され、休日には詩の仲間と語り合うことも多かった。

二十代の頃、芳賀は『時間』という詩の雑誌の同人だった。敗戦後、多くの知識人が精神の荒廃に落ち込み、その動揺がようやく収まりつつあった昭和二十五年に創刊されたこの雑誌は独特の理念を掲げていて、それは、言葉遊びの城に立てこもるのでもなく、かと言って政治的メッセージに重きを置き過ぎるのでもない、謂わばその両方を統合しながら刻々と過ぎて行く今を人はどう生きるのか、その存在の状態を詩の言葉に結実することを命題としていた。だからそれは究極的には過去を含む現在であり、未来へと向かって行く現在でもある。

今、雄山閣に参画して歴史書の編集を生業とするようになって、芳賀は、この『時間』の精神はそのまま歴史書編集の思想に当てはめられるのではないかと考えるようになっていた。歴史を扱うからと言って過去の中に立てこもっていてはならず、現代の生と歴史とがどう切り結ぶのか、そこから発想を始めるべきなのではないか。例えば、今、江戸趣味について本を企画してそれが売れるとするならば、江戸を知ることが現在の暮らしに欠けている何かをわずかでも好転させてくれる——大袈裟に言えばそういう一種の希望のようなものがあると感じた時に、人は江戸趣味の本に手を伸ばすのではないだろうか？　それは歴史でありながら、現在でもある。自分はこれからそのような、現在と切り結ぶ歴史書を作って行かなければならない——

そして、そのように歴史書について考えれば考えるほど、雄山閣をたった一人で築き上げた先代金雄の大きさが分かって来るような気がした。あの人は別に学歴があった訳ではなく、自分たちがついこねくり回しがちな小難しい哲学用語などは今になっても一言も知りはしないだろう。けれどただどうすれば人の心を振り向かせる書物を作り出せるかをひたむきに考え抜いた結果、インテリなどと呼ばれる自分たちが考えることと同じ結論にたどり着いていたのだ。

過去でありながら現在を生きる歴史。そのことを常に芳賀は念頭に置くようになっていた。

＊

そしてそのような眼を歴史の上に当てながら、芳賀は、刀剣に続く大型企画で新局面を切り拓きたいと考えるようになっていた。「生活史叢書」と『近江商人中井家の研究』、そして刀剣ものは一雄社長から発した企画で謂わば芳賀のために地ならしをつけてくれたようなものだった。編集長として、自分の発想で次にどんな弾を撃つか。笹間先生はたまたま向こうから飛び込んで来てくれたまぐれ当たりに近いようなものだったから、次こそが自分が企画を構築して送り出す最初の本になるはずだった。江戸を扱うのか、或いは中世なのか。企画を立てて先生方を回ってもどうも乗り気になってもらえず、思いが空回りするばかりで芳賀は深い迷いの中にいた。その時、ふと思い出したように、國學院大の大場磐雄先生と会ってみるのはどうかと助言をくれたのは、やはり一雄社長だった。

「僕が社長を継いだ時、迷った時は遠藤先生、それから大場先生に相談してみろと父が言っていてね。それから困った時は考古学に帰れとも言っていたのを、ちょっと思い出したものだから」

そう付け加えた。

「大場先生ですか、確かあの方は考古学の……」

「うん、考古学は考古学だけれど、それだけにはとどまらない人だね。民俗学やアイヌ研究にもまたがるスケールの大きな研究をされているよ。若い頃は『歴史公論』に度々寄稿していたらしい」

「そうですか。それなら話を聞いて頂きやすいですね」

「うん。しかしあの先生は、芳賀君、とにかく飲むよ。酒無しで話は進まないから覚悟した方がいい。君はあまり飲まないから、そこだけがちょっと心配だな」

その警告通り、國學院大へ相談に行くと芳賀はその日から早速酒場を連れ回された。噂では、先生は朝、学生が大学に出て来ると校門の前で酔いつぶれていたことさえあるという。しかし次々と飲み干される盃とともに語られる話はその日、芳賀の目を見開かせた。

「芳賀君、雄山閣がやるべきことは、全集や、体系ものじゃないかね。大正の、何年だったかなあ、雄山閣が『考古学講座』を出した時のことは忘れられないよ。当時僕は二十代の青年だったけれど、考古学もまあ同じように青春時代に差しかかったほどの若い学問だったね。それを全集という形で総合することで、雄山閣の先代は鳥瞰図を与えて見せてくれたんだよ。総合という形式そのものが革新だった訳だ。どうだい、あの形式を今に蘇らせることが、君ら新しい世代の仕事なんじゃないかね」

「考古学全集、ですか」

「そうだよ」

「なるほど……」

芳賀は考え込んだ。確かにそれはスケールの大きな仕事になるが、少し前に河出書房からも考古学全集が出ていたのだ。

「何だ、河出のことが気になるのか？　それはそれ、こっちはこっちだ。大丈夫、心配するな、考古学はたった一つのパースペクティブしか存在しないような、そんな小さな学問じゃない」

こうして『新版考古学講座』の企画が動き出した。大場先生の声掛かりで、八幡一郎先生、内藤政恒先生という当代一流の先生が監修に名を連ね、そこから更に各巻の執筆陣が決定されて行く。ただ鳥瞰的に無土器時代、縄文時代と各時代を捉えるだけではなく、遺跡が存在するその土地土地の地層を謂わば縦に眺めて時代を超えた連続性を考えること、特論の巻を三巻設けて、祭祀・信仰や生産技術、或いは交通・交易といったこれまで必ずしも光の当たっていなかった研究分野についても考察を深めることなど、さすがは大場先生と唸らされる構想力で全容が構築されて行った。全十一巻の執筆者は合計で一四〇名にものぼり、編集部はにわかに全国の先生方との打ち合わせや校正のやり取りで活気づいた。

「これだけ大きな全集をやるにはまだまだ雄山閣は人手が足りんだろう。俺の弟子を一人入れるから使ってやるといい」

と、原木加都子という先生の愛弟子の一人が送り込まれて来る。棒きれのように細い女性で倒れやしないかと芳賀は随分心配したけれど、誰よりも発掘現場に顔を出していたというだけあって全く物怖じせずに先生方に食い下がっている。さすがは大場先生のご推薦だと思いながら、それでも、この全集が果たして売れてくれるのだろうかと考えると完全には自信が持てなかった。一つには、かれこれ準備に追われてあっと言う間に一年ほどが過ぎているとは言え、それくらいの時間ではまだまだ自分が考古学という学問をつかみ切れていないということがあった。それに全集ものの準備にはやはり単行本とは桁が違う制作費がかかり、一雄社長は腹を決めて少しもためらわずに自分が出した予算を承認してくれているけれど、果たして大きな度量で任せてくれた、あの信頼に応えることが出来るのか——

「何だ、そんな情けない顔をするなよ」

昭和四十三（一九六八）年秋、いよいよ印刷が上がって来る頃、芳賀の不安を見抜いていたのだろうか、先生に酒場で叱咤激励された。

「もっと堂々と行けよ。大丈夫だ。君らが売れなかったらわしたちが売ってやるから。任しておけ」

発売後、芳賀たち雄山閣一同は、或る時は編集部も業務部も一丸になって考古学学会会場に作られた書籍販売ブースに立ったこともあった。大場先生の口利きで『考古学ジャーナル』という専門誌が出した販売ブースに、『新版考古学講座』を並べられることになったのだ。しかし芳賀の心配は杞憂に終わった。『新版考古学講座』は好評で迎えられ、考古学界に長らく忘れられていた雄山閣の名は遺跡から掘り出され、土を払われて再び世界に姿を現す土器や埴輪のように、完全に復活したのだ。何よりこの仕事で得た研究者たちとの知己が次の企画へ結びついて行くことが、芳賀にはしみじみと嬉しかった。

そしてもう一つ、この全集には思わぬ副産物があった。それまでほとんど酒の飲めなかった芳賀が、いつの間にか相当の酒豪に変わっていたのだ。何しろ大場先生に限らず考古学の先生方と来たらしじゅう発掘に忙しく、夜は決まって反省会という名の酒宴が開かれる。手土産に一升瓶を持って行かなければ始まらないのだから……

二

晴れ着着て無神論者の初詣
とり了えぬ中華料理が回りだし
野の花に埋もれ地図にもない史蹟

旧友の中島に誘われて、一雄は数年前から川柳の吟社に入っていた。好きにいっそう磨きがかかり、この頃では何か川柳の出版が出来ないかとも考えている。雑誌を出すのはどうだろうかとこの道の先輩に訊ねてみると、そうそう川柳人口が多い訳でもないし、難しいだろうと言われてあきらめかけていたが、それならいっそ毎年その年その年ごとに出た秀句を集めて年鑑を出してみるのはどうかというアドバイスが出て、なるほどとも思っていた。ただ、それにはあらゆる川柳同人誌に目を通さなければならないし、誰に選句してもらうかという問題もある。

道楽で喰えて道楽一つ減り

思いついて詠んでみたこの句のようにならなければ良いが、まあ、一歩ずつ固めて行くしかないだろう。一雄の柳号は一瓢だった。名のように飄々と行きたいものだ。

この川柳本の企画は別として、一雄はこの頃、思い切って社の編集を全面的に芳賀に任せることに舵を切った。もちろん、社長である自分の承認がなければそもそも発行自体が出来る訳がないが、反対などしたことはない。芳賀は週に一、二度、仕事が終わると家にやって来て飲みながら編集の話をする。あの先生の論文は良かった、どこどこの遺跡からこんなものが出た、他社のあの企画は悪くないが視点を少し変えればもっと深いものになったのではないか……情報と意見を交わし合う中からやがて芳賀がまとめて来る企画を、一雄はいつも大きな心で承認することに決めていた。もちろん、時にはこれは売れないのではないかと意見したくなるものが出て来ることもある。また、芳賀はどちらかと言うとアカデミックな史学者と組んで行こうとする傾向があり、それは、在野の史学者を積極的に探し出すことに喜びを感じていた自分の方向性とは異なっていた。けれど「出版は一代限り」ということを、この頃一雄は思うようになっていた。社業としての出版はもちろんこれからも続いて行くが、上に立つ者が変わればその思想なり好みなりが出版物に反映されるのは当然のことだ。父と自分の編集方針には違う面があったし、芳賀と自分にも違いがある。それでいいではないか。

芳賀の働きぶりは見込み以上だった。学術出版というものの本質を理解して時に寝食を忘れるほど真剣に企画に取り組み、一人一人個性の強い研究者に真っすぐに食らいついて行く。だから経営者として、俺は例えてみるならぶらぶらと木に揺れる瓢箪になって、あの男が存分に動けるよう懐手で見守っていてやれば良いのではないか。芳賀は必ず更に大きな編集者に育つはずだ。それはつまり雄山閣が良書を出し続けることにつながるだろう。

一方で社業全体を広い視野で見渡してみれば、大きく欠けていると思えるところがあって、これから自分はそこに注力して行くべきではないかと思えた。一体、出版というこの仕事は良書を出すのは当然のことであり、しかし、ただ良い本を出すことのみで生き残って行ける訳ではないところが難しい。流通や資金調達先まで含めた出版業界全体の中で、雄山閣が一つの勢力として座を占めること。そうすることで他社に先んじて情報を得、時には取次や書店に他社に優先してこちらの本を売ってもらう。出版も商売であるからにはきれい事だけでは動かない。業界内のパワーゲームに参加する必要を感じていた。

例えば、倒産の原因になった昭和二十四年の課税問題。あれだってもしも先に情報を得ていたなら金策は十分考えられたはずだった。そもそも出版業界自体にもっと力があれば、関係省庁に働きかけてあのような現実にそぐわない課税法はつぶすことが出来たのかも知れない。また、『毎日読物』を出した時に自分がもっと取次や書店に顔が利けば、店頭で大々的に売ってもらうことも出来たのかも知れなかった。今、自分は七日会に所属しているが、これは本当の同志会であって政治的な力を持っている訳ではない。業界の本流に自分たちの世代が入り込んで行く必要があると感じていた。

こうして昭和四十三年、芳賀が『新版考古学講座』の準備に奔走しているその時、一雄は日本最大手の業界団体「日本書籍出版協会（書協）」に入会した。日本の書籍出版社のほとんどが参加するこの協会は本の見本市である「ブックフェア」の開催や発行書籍の目録制作を行い、また、本の制作、流通、販売に関して業界内で何か問題が生じた時には調整機関として機能する。もちろん平の会員からのスタートにはなるが、一歩ずつ、七日会の仲間とともに内部の小委員会の委員やブックフェアの実行委員を担当して、やがては理事入りを狙うつもりだった。

翌四十三年には、学術出版社だけで結成されている「出版梓会（梓会）」にも入会した。この会には既に七日会メンバーが多く参加していたので、一雄もすぐ幹事会に迎え入れられる。それにしても名門業界団体と言われるこの会は名だたる大酒飲み揃いでも有名で、飯田橋交差点前のクラブ「いづか」で開かれる例会はいつも酒を食らいながら議論があちらへ飛び、こちらへ飛びする。けれどその中から「勉強会に気鋭のあの作家を呼ぼう」「各社の出版見本を合本にして、書店に配ってはどうか」といった名案が飛び出し、酒豪たちの中でもとりわけ酒に強く決して泥酔することのない一雄は、自然と会のまとめ役になっていた。長く射程を取った、一雄の新しい経営戦略が動き始めていた。

三

こうして父親たちが新しい挑戦を始めていたその同じ頃、次女の慶子は十八歳の春を謳歌していた。その年、東京のあちこちの大学や高校のキャンパスでは学生運動の嵐が吹き荒れていたけれど、慶子はそこからは距離を置いていた。毎日は、茶道、華道、日本舞踊、琴、長唄の稽古で埋まっている。その上今月からは父親の会社で日本史の特別講義も始まることになっていた。稽古事はどれももともとは何も分からない子どもの頃から親に通わされて始めたものだったけれど、決して嫌々続けているのではない。今では総てが自分という人間の血肉になっていた。

それにしても、一月前に高校を卒業して、本当は、そのまま大学へ進学したいという希望があった。けれど父は慶応以外認めないの一点張りで、慶応は今年、学園紛争の激化で東大の受験が中止になったため優秀な学生が流れて入試のレベルが上がるだろうと言われていた。とても自分には太刀打ち出来ないから来年の受験にすると言ってあきらめたものの、毎日稽古事がびっしりと入っているのに、この上勉強なんて出来るのかしら、と自分でもどこか投げ出しているようなところもあった。

とにかく、それはそれとして、父は慶子のために芳賀登先生にお願いして日本通史の講義を週一回、邑木千以先生には茶碗の見方の講義を月二回、雄山閣で開いて頂くという。親馬鹿にもほどがあるとは思ったものの、自分一人ではなく社員のための教養講座として開くということだから、少しは気も楽だった。

その日は休日で、珍しく何も稽古の入っていない一日だった。お茶の教室の友だちと二人で原宿にケーキを食べに行こうと決めていて、きものでという約束だったから、春の初めにふさわしい玉子色の結城紬に燕の柄の染め帯を選んだ。十日ほど前に桜が散った後で、表参道の欅並木に若い緑の葉が吹き出している。互いの帯や帯揚げを、あら素敵ね、どこで買ったの？　と褒め合ったり、お茶会で

会ったちょっと変わったおじ様の話で笑い転げたりしていると、

「こんにちは」

と信号待ちの後ろから話しかけて来る声がした。振り向くと、向こうも二人連れの若い男性で、声を掛けられるのはいつものことだから、またか、と思う。良かったら一緒にお茶を飲みませんかとか、僕たちは二人とも立教の四年生だけど君たちは？　とか、また別の日に四人で出かけませんかなどと言って来るのを角が立たないように断る方便として、慶子が、

「じゃあ、今から私の電話番号を言うから、覚えていられたら会ってあげてもいいわ」

そう言うと、二人のうちの一人が大真面目に慶子の顔を覗き込んだ。

＊

翌日、本当に電話がかかって来て、まさかと思っていたから少し驚かされたけれど、覚えていたら会うと言ってしまった手前、再び会うしかなかった。そうやって何度か出かけているうちに、電話番号を覚えた青年、武一雄のことがいつの間にか頭から離れなくなっていた。誠実で、もの優しくて、でも自分への想いは真っすぐに表してくれる人。それにしてもお父様と全く同じ名前だなんて、この出逢いは運命的なものなのだろうか……

一雄と好江にとっては、毎日の長電話と急に増えた外出で、娘の恋は明らかだった。変に締めつけるよりも堂々と交際させて見守る方がいいと、自分も遊び上手だっただけに一雄は余裕を持って娘の初恋に相対した。デート帰りに慶子を家まで送って来た日に上がりなさいと言って話し込んでみる

と、武は、先祖は長岡藩の筆頭典医だという由緒ある家柄で、早くに父親を亡くして育ったせいか、浮ついたところは全く見られない。まず申し分のない好青年のようだった。

「慶子、武君に、夏休みにうちでアルバイトをしてもらってはどうかな」

そろそろ梅雨が終わろうとする頃、一雄は慶子に声を掛けた。ちょうど来年は創業五十五周年に当たり、祝賀パーティーと父金雄の自伝の出版を予定していた。その巻末に、五十五年間の全出版物の一覧を掲載したいと考えていたものの、散逸してしまっているものも多く、正しい一覧を作るためには国会図書館へ調査に行く必要があった。

「仕事は難しいものではないよ。夏休みいっぱいをかけて、雄山閣の本をしらみつぶしに当たってほしいんだ。奥付に載っている発行年月日と定価、それから正確な著者名と題名を転記する。地味で単調だけど、うちにとっては大事な仕事だよ」

武は、友人を一人誘ってこのアルバイトを引き受けることにした。毎朝国会図書館へ通って目録カードの引き出しを一つ一つ引っ張り出し、その中のカードを一枚また一枚とめくって雄山閣発行の書籍を探し出す。一日根を詰めると夕方にはずきずきと目の奥が痛くなった。それでも、閉館時間になって永田町の街へ出ると夏のことだからまだ日が明るく、雄山閣に立ち寄ると出してもらえる麦茶を飲むのが楽しみだった。もちろん、そこで、慶子とたわいのない話をするのが何よりも待ち遠しいのだけれど。

＊

検索が終わると、今度は目録作りが始まった。ばらばらに探し出した記録を発行日順に並べて年表の形式にして行く。二人が作業する横では編集会議が開かれていることがあって、

「この企画をどうして元禄期に限定する必要がある？　江戸初期からつなげて展開してもらうことで、うちの本としてオリジナルになるだろう。練り直しだ！」

と、芳賀の叱責が飛んでいる。おっかないな、と武は友人と顔を見合わせた。

そしてその隣りの業務部では、一日中ひっきりなしに注文の電話が鳴っていた。取次や書店から来るものもあれば、全国各地の大学研究室や個人の読者から直接かかって来るものもある。そうやって注文を受けた書籍を地下の倉庫や小松川にある倉庫から、毎日品出ししているようだった。その他に二週間に一度ほどは新刊見本を持って、取次へ営業にも行くのだという。

「雄山閣では毎月どのくらい新刊を出しているんですか？」

或る日、目録の進み具合を確認に来た一雄社長に訊ねると、

「年間四十冊前後だから、月に三、四冊だね。その度ごとに業務部はダイレクトメールを送るんだから、なかなか忙しいよ」

「ダイレクトメール、ですか」

「学界の名簿や、これまでに保管している読者カードがあるだろう？　あれを元に名簿を作っていてね。例えば古代史の本なら、以前古代史ものを買ってくれた人に新刊のチラシを送るんだよ。これを月に三、四回やるのだから、出版の仕事は編集部だけが前線じゃない、裏方もめまぐるしく動いてい

るんだ」

「そうですね。正直、こんなに活気があるとは思いませんでした」

「君は建設会社の営業に内定が出ているんだってな」

「はい」

「どうだい、鞍替えして、出版社で働くっていうのは。ちょうどうちは今、業務部を拡大しようと思っているんだ。出版界はこのところ、歴史で言ったら戦国時代に入ったようなものでね。今言ったダイレクトメールや取次だけを頼りにするやり方から更に飛び出して、直接書店に働きかけて営業をする所が出て来ている。うちも出遅れてはならないと思っているんだよ。どうだい、なかなかやりがいあるぞ」

「そうですね……」

＊

結局、秋が終わる頃、武は雄山閣入りを決めた。内定を得ていた大手建設会社は亡き父が一級建築士として勤務していた会社であり、期待をかけて入社を待ってくれている人々がいた。それでも、出版営業というこの新しい仕事に賭けてみようと決めたのだ。それは同時に慶子との結婚を意識することであり、また、男子のいない長坂家では、将来、婿として社を継ぐ可能性を見据えることでもある。あらゆる条件を熟考しての決断だった。年が明けた昭和四十五年一月、武は慶子の誕生日に指輪を贈って自分の強い意志を示した。四月、大学卒業と同時に武は雄山閣に入社した。

四

五月、帝国ホテル富士の間で、雄山閣創業五十五周年祝賀パーティーが開かれた。著者の先生方、同業の出版各社、取次、書店、印刷、製版各社からの招待客が集まり、中には大型全集として準備を進めている『新版仏教考古学講座』を監修する石田茂作先生も上座に当たる席を占めている。この全集は『新版考古学講座』に次いで芳賀が力を入れているもので、千年以上にわたり日本人の精神世界を構成して来た仏教という宗教が、古代、どのように受容されたのかを体系的に解き明かすものだった。地味ではあるものの歴史出版社として大きな重要性を持つ。

そしてその隣りに、近年この分野で大きく頭角を現している坂詰秀一立正大助教授が座っていることを芳賀は見逃さなかった。後に仏教考古学の第一人者となり、雄山閣とも深い関わりを持つことになるこの坂詰助教授は、今日は師の石田先生につき添い精悍な顔つきで会場を見渡している。芳賀はもちろんこの気鋭の学者にも丁寧に言葉をかけてから次のテーブルへ移った。

やがて、祝賀会が始まり、ゆっくりと、老い衰えた足で金雄が壇上に上って行く。その横で一雄が辛抱強く、一歩ずつ金雄を支えていた。八十五歳になり、金雄は今も月に二度ほどは出社して精神はかくしゃくとしていたものの、足元は杖が手放せない体になっていた。それでもこの日に向けて自伝『雄山閣とともに』を書き上げ、また、何よりも誇らしいのは、三年前から『大日本地誌大系』の別冊として『甲斐国志』を刊行していることだった。

雄山閣を代表する出版物であり、出版業界全体を見渡してみても歴史書の金字塔と胸を張れる『大日本地誌大系』は、けれど、その四十四巻に甲斐国の巻を擁していない。甲州人としてこのことを、金雄は出版当初から気にかけていた。しかし当時はまだ出版界にようやく名乗りを上げたばかりで、監修者の蘆田伊人先生に甲斐国の巻を作ってくれなどと意見することは出来なかった。今、いよいよ自分も老境に入り、人生最後の企画として故郷の巻を作って冥途の土産にしたい。半ば強制に近いこの希望を金雄が持ち出して来た時、一雄も芳賀も断ることなど到底考えられなかった。

それにしても、大正時代、蘆田先生や製版会社が血のにじむ努力で書誌を集め版を起こしたその艱難辛苦を、一雄と芳賀は四十年後の今しみじみと思い知らされることになった。甲州各地の風光風俗を描き記したありとあらゆる江戸時代の冊子を収集し、校訂を付して版下を作る。多数の企画を抱える編集部だけで進めることは不可能で、内閣文庫と山梨の郷土史家グループに協力を仰ぐことになった。芳賀は甲府と東京を幾度となく行き来し、最終校正が終わったその日には郷土史家の代表と固い握手を交わす仲になっていた。

そしていよいよ第一巻の印刷に入ろうとする時、金雄が、この五巻の全集を山梨県下の小中高等学校四百校に寄贈したいと言い出した。一雄は一瞬息を呑んだものの、もちろんその願いを黙って聞き入れることにした。この書で利益を得ようなどとは思うまい。これは、親父さんの遺書なのだ。それにしても明治の人というのはどうしてこれほどまでに故郷を強く想うのだろうか。甲州は、父に、決していつも温かかった訳ではない。それに一度は自分の意志で棄てた故郷ではないか――それでも、完成した第一巻の頁を満足そうに繰る父の姿を見ていると、初めて親孝行というものが出来たような気がしていた。

＊

『甲斐国志』の寄贈は、県内から快挙として受けとめられた。社を代表して一雄が県庁で知事に目録を手渡し、今、富士の山が見下ろす山梨の学校図書館の書棚には、必ず一組の『甲斐国志』が並べられている。その中で、何人かの子は、この分厚い本を開いて歴史にロマンを感じ、将来、研究者の道を歩いてくれるかも知れない。また何人かの子は、故郷をより深く愛し理解するためのよすがとしてこの本を眺め、その中から将来、甲州の街作りに貢献する人物が出て来るかも知れない。そう思えば今は外出も自由にはならず、杉並の家からは富士を眺めることも出来なくても、いつも、まぶたの中にはっきりと浮かぶあの山、青春時代、じりじりとする思いで眺めた富士の山に、やっと本当に胸を張って向き合えた気がしていた。

五

翌年秋、雄山閣は『陶器講座』の刊行を開始した。これも戦前よく売れた全集の戦後版ということになり、芳賀が、長年日本陶磁協会の事務局長を務めている永浜彬氏と知り合ったことで刊行に踏み切ったものだった。仕事柄、日本中の作家や博物館、収集家とつながりを持つ氏が監修するこの全集は、所蔵品の撮影にも快く許可が出たし、氏とのつき合いから予約注文も数多く入って売れ行きも好調だった。

　結局、本の出版は、企画だけがあっても駄目で、誰をつかむかが大事だということを今では芳賀は十分に会得していた。実力と人望とを兼ね備えた人物を得られれば、全集各巻は自ずから一級のものとなる。逆に言えばそのような人物を得られないのなら、例え優れた企画であっても焦らずに機縁を待つ方が良いのだ。

　そして、雄山閣の出版物は、戦前に金雄先代が掘り当てた鉱脈——歴史、考古、生活史、刀剣、書道、陶器という六つの土台の上で、更に同時代性を加味して企画するべきだということを今では芳賀は確信するようになっていた。そうすることで社には一貫した人格のようなものが生まれ、結果的に世代をまたいで根強い読者がつく。入社から十年を経た今、確かな指針を手にして芳賀に迷いはなかったし、自ずから、次に開拓するべきは書道分野だという射程も定まっていた。

　それにしても、恵まれていると思うのは、オーナー社長の一雄が自分を自由に泳がしてくれていることだった。歴史にも、芸術にも、自分と同じくらい強い愛着を持っているはずの一雄がその愛着を抑え、編集の全権を自分にゆだねてくれている。どの企画も芳賀が練りに練って出したものだということを理解しているから反対などされたことがないし、無理な企画を押しつけられることもなかった。唯一の例外は、数年かけて準備していたらしい『川柳年鑑』の発行が始まったことで、けれどこれは川柳人必携の年鑑なのだから、むしろ好企画と言えるだろう。世の中の雇われ編集長や雇われ社長の多くがオーナーに振り回されて悲哀をなめることを考えれば、飄々と、川柳を詠みながら好きにやらせてくれる一雄の度量の大きさには、どんなに感謝してもし切れないほどだった。

＊

同じ頃、業界内で思いがけない嬉しい動きがあった。日々雄山閣が手を携えて本作りに当たっている用紙、製版、印刷、製本、製函各企業十二社が自主的に集まり、「雄山閣会」を旗揚げしてくれたのだ。もちろんこちらから強制したものではなく、謂わば衛星のように雄山閣の周りに集まる取引会社として、互いに親睦を深め合い、協力し合って行こうじゃないかというのが会の主旨だった。年に一度の親睦旅行と新年会での交流が定例になり、やがて拡大して二十五社が集うことになる。

本作りは決して出版社単独で出来るものではない、ということを一雄も芳賀も日頃から身に染みて感じ、深く肝に銘じてもいた。だからこちらが発注先だなどと親分風を吹かしたことは一度もなかったし、全く対等な立場だという意識で接していた、その思いは確かに伝わっていたのだ。

この会には、長く金雄一雄親子に家族同然に寄り添って来た、あの三郎も参加していた。三郎は十年程前に印刷会社を興し、雄山閣の出版物も多く引き受けている。牧原で交わった縁は決して途切れることがなかった。

＊

引き続き、『陶器講座』は好調に推移していた。

そして武の入社の頃から始まった業務部の新体制は、この『陶器講座』の販売を機に具体的に動き出すことになった。かねてから一雄が構想していた通り、これまでの受け身の姿勢からがらっと方針を変え、全国の大型書店に自ら出向いて売り込みをかけて行く。

ただ、書店の側は、これまで出版社、特に専門出版社から営業を受けた経験などなかったから、あからさまに面倒くさげにあしらわれることも少なくなかった。それでもめげることなくパンフレットを片手に企画を説明して回り、特設コーナーを作ってもらう。新刊を大々的に平台に置いてもらうことにも力を入れていた。

そうやって日々書店回りをしているうちに、どうやら根本的な問題が置き去りにされて来たのではないかということを、折々武は思うようになっていた。いささか呆れてしまう話ではあるが、そもそも書店の側が専門書をどうやって売って行けば良いのか、まるで分かっていないように見えるのだ。例えば、大和朝廷に関する研究書を出版しても、書棚の中でそのすぐ左隣りに前九年の役に関する本が置かれ、右隣りには西南戦争に関する本が置かれている。誰もが歴史の授業は受けているはずなのに、年代という概念が全く存在していないようだった。それでも歴史ものでまとめているならまだ良い方で、一つの棚に哲学、歴史、社会学、心理学の本がごちゃ混ぜになって並んでいる書店も珍しくない。

「これでは読者の気を引きようがないな」

武はため息をついた。

＊

昭和四十七年、雄山閣は新たに、史学専門出版社の業界団体「歴史書懇話会」に入会を決めた。武が現場で見つけ出した課題は他社も感じていたようで、問題提起すると、討議の末、共同で書棚の作り方を書店にレクチャーしようと話がまとまって行った。

武たちはすぐさま活動を開始した。ただでさえうるさがられる書店に何度でも出向いて行って、分野別、時代別の棚作りをさせてほしいと頼み込む。もちろん書店任せにするのではなく、自ら手を動かして書籍を並べ替えた。嬉しいことに、分かりやすい書棚にしたとたん本が動き始める。

「武さん、いいね、こういう風にすれば専門書も売れるんだね」

何かと文句ばかり並べていた書店の担当者が楽しそうに腕を組んで書棚を見上げている。出版業界は改革期の小さな冒険に満ちていた。

六

こうして出版営業マンとして社内外に認められたのを機に、武と慶子は正式に結婚式を挙げた。その翌年、昭和四十八年四月には長男雄太郎が誕生し、慶び事は重なるように同じ月に金雄が勲四等瑞宝章を受けた。一ヶ月後の五月には米寿祝いの会を開き、総ては円を描くように満ち足りて回っている。

けれど、それが、金雄の人生の最後の輝きの時だった。十一月の終わり、突然の高熱で倒れ肺炎と診断されたのは真珠湾のあの年と全く同じ成り行きだったけれど、三十二年が過ぎた今、再び起き上がる力は老骨の体にもう残されていなかった。朦朧とめぐる意識の中で、けれど金雄はゆっくりと引き寄せられて行く死の瞬間を静かに受け入れようとしていた。

今、目に浮かぶのは、ぐるぐると人力車と省線電車が行き交う大正の、あの東京の街だった。甲州弁丸出しのちっぽけな自分がめまぐるしい大都会を駆けずり回って、一つ一つ、街からこぼれる落とし物のような小さな機会を一心に磨いて自分の持ち分にした。そうやって築いた出版の骨組みを、今、息子たちが懸命に受け継いでいる。だから、もう目を閉じてもいい頃だろう。明治から今まで随分と長く歩いて来た——十二月三日、金雄は永眠した。

創立55周年祝賀会の金雄と一雄

（昭和45年5月11日。帝国ホテル「富士の間」において）

当日は関係学界の諸先生方、出版界の知己，関係業界や制作関連会社の方々が相集った。

第十四章　# 書道復活

一雄、五十三歳から六十二歳　慶子、二十三歳から三十二歳

一

虎視眈々と、芳賀は書道分野での復活を胸に期していた。戦時中、企業整備下では日本中の書道出版社を束ねた「書道の雄山閣」の看板は、戦後、整備が解除され、雄山閣自体が経営危機に陥っている間に幻のように消えてしまっていた。書道界も世代交代が進み、かつて活躍頂いた先生に頼みに上がるという手も使えない。どうやって突破口を探し出すべきか考えあぐねていた。

その中で、一つの出会いがあった。早大に杉本つとむという助教授がいて、専門は国文学だからふだんなら雄山閣と接点を持つことはないが、新しく著した『異体字弁』という本がすこぶる面白いと、国文学を越えて話題を集めていた。例えば、「牢屋」の「牢」という字は、江戸時代までは「窂」と書くことが多かったという。もちろんこれは正統な字ではないが、当時の書誌や書簡を渉猟すればむしろ日常ではこちらの方が普通に使われていることが分かる。『異体字弁』はこのような、当時の「生きた文字」を初めて体系的に解説したものだった。

話題になったこの本に目を通して、芳賀はすぐさま次に続く本の可能性を感じ取っていた。当たり前のことだが、このような本が著される背後にはその何十倍、何百倍もの計り知れないほどの異体文

字への知の蓄積があるに違いない。それならばこの先生がこれまでに集めた異体字を体系的にまとめた資料集を刊行出来ないだろうか？　謂わば「異端の資料集」という訳だ――芳賀は軽い興奮を覚えて早速動き始めた。戦前から雄山閣とつき合いのある同じ早大の古代史の大家、水野祐先生に仲介役をお願いして面会を申し込むと、話はとんとん拍子にまとまって行った。意外にもこれが待ち望んでいた書道の世界へと雄山閣を導く風穴になることを、もちろんこの時は知る由もなかったのだが……

それにしても杉本先生の蔵書量には圧倒されるばかりだった。仕事柄、大量の古書を収集している研究者にはしじゅうお目にかかって来たけれど、そのどこにどの異体字が書かれていると、次から次へと繰り出される莫大な知識の集積と文字への執念には鬼気迫るものがあった。こうして完成した『異体字研究資料集成』全十二巻は昭和四十九（一九七四）年に刊行を始めると、高額にもかかわらず注文が引きも切らない。

「そりゃあそうさ」

芳賀は編集部でどさっと椅子に腰を下ろして言った。

「どこの出版社も手をつけていない、まさしく真にオリジナルな企画なんだからな、これは」

＊

この『異体字研究資料集成』の発刊に当たって、一雄が幹事を務める梓会から出ている小冊子で、宣伝のための座談会記事を打つことになった。『出版ダイジェスト』というその冊子は全国の研究室や大型書店に配布される専門書籍の新刊案内で、座談会には杉本先生と親しい書家や研究者が顔を揃えた。その中に、北川博邦という國學院出の若い書の研究者がいて、芳賀は書界に人脈がほしかったし、それに、見るからに活きのいいこの新鋭の研究者と何か馬が合う気がして折々誘い合って酒を飲みに出かけていると、

「芳賀さん、僕には、前からやってみたい字典の企画があるんです」

或る晩北川青年は語り出した。

「古代中国の碑文にも異体字が山とあることは、この間の座談会でもお話ししましたよね。これを杉本先生がやったようにまとめて出したら、必ず書家や書の研究者がほしがると思うのです」

「ふうん、確かにいい企画のようですね」

「必ずや書家必携の手本になるはずですよ。是非検討してみて下さい」

そう言いながら、実は北川は内心では需要は大してあるまいと思っていた。何しろ古代の異体字などあまりにも特殊過ぎ、書の手本にもならないから書家からの需要はまあないだろう。そんなことは書の世界に生きているだけに、誰よりもよく知り抜いていた。それでも、自分はこれを世に出したい。出しておくべきだと思うのだ。この人を騙すことになるのは申し訳ないが、研究者の性として許してもらえたらありがたい。まあ、きっと赤字を垂れ流してつき合いもこれでしまいになるだろうが……

ところが、昭和五十年夏、この古代中国版異体字集成『偏類碑別字』が出ると、案の定、ほとんど動かなかったにもかかわらず、ものは試しでもう一つ北川が口に出してみた企画を、芳賀が即座に、

「やりましょう」

と言ったのにはさすがに肝をつぶした。

「相当な経費がかかるとは、思うのですが……」

「うん、でもこれはやるべきものだから。やりましょう、北川さん」

二

北川の持ち出した企画には、確かに多額の金が必要だった。それは清代中国で彫られたあらゆる篆書、隷書を集成して大字典を編むというもので、例えば鄧石如という書家が書いた一篇の文章から「清」「春」「秋」と一字一字を拾って複写を取り、まるで切手コレクションか何かのように「清」の項、「春」の項、「秋」の項と分類しておく。その後、別の書家の文にまた「清」「春」「秋」が出て来たら先に集めた「清」「春」「秋」に加え、こうやってそれぞれの字の筆法の例を増やして行く。清代の代表的な書家による文や銘文から一文字ずつを切り離し、文字ごとにコレクションするという狂気の沙汰に近い作業だった。

とにかく多数の人手と時間が必要な作業であり、もちろんその人手には手間賃がかかる。北川の伝手で五人の若い書の研究家が毎日雄山閣ビルの五階会議室にやって来ては、ひたすら書誌をめくり、複写を取っていた。時には書誌を買いに出かけて行く姿を見かけ、後からその請求書が回って来ることもある。一体、清代に書家は何人いたのだろうか？　その書家が一体何篇の文章を書いているのか？　そしてそこから集める文字は全体で何文字になるのか？　つまり、この作業は一体いつ終わるのか？　北川にも、誰にも分からなかった。

時々、会議室の前を通りかかって黙々と働く彼らの姿を見ると、芳賀は背筋が冷たくなって行くような思いがした。作業を始めてからいつの間にか二年半が過ぎ、これまでに使った経費は一千万近くにのぼっている。一体、こんな本を出して本当に売れるのか、売れなかったらあなた方はどうするつもりなのか、と、顧問会計士から強く叱責も受けていた。

それでも、本当に底知れない人間と言えば、社長の一雄かも知れない、とそこまで頭をめぐらすと芳賀は更に背筋が冷えて行く気がした。何しろこの俺を徹底的に信頼して、莫大な経費が垂れ流されているのを知りながら悠々と見守っているのだ。一度として一雄から、おい、あの本は一体いつ出来上がるんだなどと詰問されることはなかった。

先代金雄会長の死去に伴い、一雄はビルと土地を相続したことから、それらを担保に銀行から相当の融資を引き出せるようになっていた。この融資金を元手に、芳賀君、これからは大きい仕事に打って出て行こうじゃないかと言ってくれている。だからこそ一千万もの経費を垂れ流せる余裕があるのだが、それにしても、賭けに失敗すればその担保を差し出さなければならなくなるのは社長自身なのだ。この腹の座り方は常人を超えているし、度量の大きさをありがたいと思えば思うほど、売れなかった時に経営に与える動揺が恐怖に近い思いで胸に湧き上がって来て、さすがの芳賀にも眠れない夜があった。

＊

それでも、この本を作っている間に二つの良いニュースがあった。一つは、そもそも雄山閣に杉本先生を紹介してくれた水野祐先生と作った本が予想外の売れ行きを示したことだった。

その本は『古代社会と浦島太郎伝説』という題で日本各地に残る浦島太郎伝説を比較し、歴史的変遷をたどるというものだった。古代神話や風土記の権威である水野先生に是非書いて頂きたいと、もともとは芳賀が依頼して始まった企画だが、書いているうちに先生は途方もなくのめり込んでしまっていた。四百枚ほどでという約束がいつの間にか三千枚にも膨らんでいる。上下巻にして発行せざるを得なくなっていた。

「先生、これは契約違反ですよ」芳賀は唸るように言った。「浦島太郎の本を、まったく、六千円も出して買う人がいるものですか。まあ、三冊も売れればいい方ですよ」

そう言われるとさすがに大家の水野先生もしゅんとしていたが、発売してみるとたちまち重版がかかったのだ。

「不思議だなあ」芳賀は先生の前で首をひねってみせた。「先生の本は何故こんなに売れるんだろう?いやあ、分からない」

＊

もう一つの嬉しい誤算は、会議室で日夜経費を垂れ流している北川先生の前著『偏類碑別字』が、発売四年を過ぎてから突然売れ始めたことだった。

昭和五十三年、夏、埼玉県稲荷山古墳出土の刀剣に実は文字が刻まれていることが最新のX線調査によって判明した。このニュースは歴史学界だけではなくにわか古代史ブームが起こるほどの注目を集め、そこで思いがけない発言があったのだ。文字の解読を担当した京都大学の岸俊夫教授が、『偏類碑別字』が大変役立ったと書いて下さった。そのとたんに、倉庫に積み上げられていた在庫が潮が引くようにはけて行く。どうやら雄山閣と北川先生には、ツキが回って来たようだった。三年間、来る日も来る日も続けられた会議室の「文字集め」もようやく終点を迎えていた。収集した文字数は六万字にも及び、そのそれぞれに清の名書家の字体が並ぶことになる。結局、集めた書家の数は、二百二十一人にものぼっていた。今度ばかりは篆隷書を書く人が必ず手に入れたいと願う字典になることは間違いがない。

「これはすごい本だ」

今では業務部改め営業部を率いるようになった武も、集められた何十万もの字が一つ一つ切り貼りされて版下が出来上がって行く様子を見ていて思わず感嘆のため息をついた。何しろ、参加した若い五人の研究者自身が、

「この作業を通じて、字とはこういうものだということが体に染み込みました」

と言っているのだ。これほどのすさまじい努力で作られた本を、営業部としても何としてでも世に出して行かなければならない。そう、武者震いがする思いだった。

＊

ところが、最後の最後に来て、北川先生と雄山閣との間に怒鳴り合いになるほどの深い亀裂が入っ

た。それは書名をめぐる争いで、北川先生が『清人篆隷字彙』という奇妙な題を主張してどうしても譲らないのだ。

「いや、北川さん、それはあまりにも分かりにくい題だよ」芳賀は弱り果てて言った。「聞いたって、実際に見たって、みんなこれじゃあ何の本だか分かりやしない」

「営業部としてもそう思います」武も芳賀を援護した。「これではあまりにも売りにくいですね。何かこうもうちょっと普通の、『清代篆隷字典』のような題にはなりませんか」

「いや、駄目です」北川先生は一歩も譲らなかった。「これは清の時代を生きた人々が、古代の篆書隷書をとらえて書き表した文字、そういう深い意味がこもった題ですよ。この意味を絶対に変えてはいけないんだ」

何度話し合っても北川先生は譲歩する気配を見せず、ついに芳賀も白旗を挙げた。

「分かったよ。『清人篆隷字彙』で行こう」

武はため息をついた。

＊

発売日は、昭和五十四年夏、八月五日に決まった。その日、武たち五人の営業部員は全国に飛び、一冊一冊自分で手売りする意気込みで各地の石文家を訪ねて回った。数年前、角川が出した『五体字典』が異例のヒットを飛ばし、その販売名簿をひそかに取次から入手していた。師弟関係の厳しい書の世界では、師が薦めれば弟子たちもこぞって購入してくれるだろう。時々東京へ戻って来てまた地方へと出て行く朝、武が見たこともないほど厳しい顔つきでぎゅっとネクタイを締めて出掛けて行く姿を慶子はそっと見守っていた。

やがて、武は面白いことに気づいた。大型書店や書道専門書店を回りチラシを見せながら担当者に説明を始めると、最初は、「何だ、この変てこな題は」「意味が分からないよ」と文句を言われるのに、次第に、

「へえ、そういう意味か。一つ勉強になったよ。なるほど、清の人が古代の篆書、隷書をねえ……ふうん、そうかそうか。うん、ありがとう」

そう、感謝をされるのだ。一般書店だけではなく書道専門書店からも同じ反応が返って来るのを見て、これは面白いことになるかも知れないぞ、という手ごたえがする。そして、あまりに変わった書名のせいなのか、またそれが内容とよく結びついているせいなのか、書店主たちはこの書名を一度覚えたら決して忘れることがなかった。おそらく店頭で、「清の書人がですね……」と一席ぶっているのに違いない。その得意気な声が聞こえて来るようで流れる汗をハンカチで拭いながら、武はふっと笑みをもらしてまた真夏の街を歩き始めていた。

『清人篆隷字彙』は異例の売れ行きを示した。増刷を重ね、定価二万八千円もの高額本が年末までに一万部、三億円もの売り上げを雄山閣にもたらしてくれた。漢字圏の台湾、中国、韓国で、早速海賊版が出回っているというが、それこそが良書であることの証だろう。

「全部、私の思った通りですよ」

北川先生は胸をそらせ、一雄は特別賞与を二回もはずんだ。書家グループ、編集部、営業部、関わった誰もが勝利したプロジェクトだったが、しかし何と言っても悠々と糸を垂れて大魚を釣り上げた一雄が、一番の勝利者だったのかも知れない。

三

こうして「書道の雄山閣」の看板が再び上がったようだった。『清人篆隷字彙』がもたらしたのは数億の利益だけではない。未来へと広がって行く人脈までがこの書をきっかけとして築き上げられつつあったのだから。

発売記念パーティーの日、一雄は思うところがあって招待客の一人、現代書家比田井南谷先生の隣りに芳賀を座らせることにした。比田井先生は、戦前、雄山閣で多くの著書を著わした古典書の大家比田井天来先生の子息だった。しかし今、幼い頃より父君から薫陶を受けた古典書の世界を離れ、前衛書をひたすら追究されている。そのような先生と現代詩を書く芳賀には、芸術に対する共通の思想が流れているのではないかと思えたのだ。

案の定、芳賀は先生のことなどほとんど何一つ知らなかったけれど、隣り合った縁で言葉を交わすうちに、一見字とは見えず、絵画に近い存在と受けとめられている前衛書とは何か、抽象的と言われるがそもそも字というものそのものが抽象なのではないかといった、現代詩、現代美術とも通じる問題意識に議論は深まり、パーティーの後も鮨屋に場所を変えてまだ芸術談義が続くほどにその夜の座は盛り上がったのだった。

「芳賀君、君の所で、僕の本を出しなさい」

夜も更けた頃先生はぽつりと言った。しかし、書の本は図版が命で制作費がかかる上に、現代書はまだまだ異端とみなされている。

「世間ではまだ先生の書は商売になるほど広く理解されていませんから……」

つい言葉を濁すと、

「ふん。つぶれるのは嫌か」

と先生は笑った。けれどここから縁が始まって、五年後には先生が主宰する現代書グループ「書学院」との提携が成って行く。芳賀と先生との間にこのような火花が生まれることを見越した、一雄の演出の勝利だった。

「書学院は娘ともども雄山閣に売った」

そう事あるごとに豪語された通り、先生は令嬢の比田井和子氏を編集者として雄山閣に入社させ、猛然と、前衛書道を一望する全集企画『現代書』に着手した。それからは、比田井先生、そして、文部省教科書調査官から國學院大教授へと駈け上った北川先生の二人を核に、現代書と古典書、両分野の書籍や字典を続々と出版する体制が確立する。書道はまぎれもない雄山閣の一本の柱になった。

昭和 54 年発売『清人篆隷字彙』

第十五章　光と闇

一雄、五十三歳から六十六歳
慶子、二十三歳から三十六歳
右京、零歳から六歳

一

書道復活のきっかけを作った『異体字研究資料集成』が続々と刊行されていた昭和四十九（一九七四）年、年間の新刊発行数は八十三点だった。芳賀が入社した三十八年が二十六点、武が入社した四十五年が四十八点、そして、日中戦争前夜昭和十五年の発行点数は百五点だったことと比べれば、一雄—芳賀のコンビは雄山閣を、金雄の最盛期近くまで押し戻したことになる。芳賀の下に編集部員が四人、武の下に営業部員が六人、経理を兼ねた総務部に二人の社員がいて、社内は活気にあふれていた。

ただ一つだけ、金雄の時代に追いついていないことがあって、それは雑誌の発行がないことだった。金雄が雑誌の特集の売れ行きを見て次に当たる分野を探し出し、また、新しい書き手や雄山閣ファンを開拓して行ったことを考えあわせると、一雄にとっても芳賀にとっても雑誌発行は一つの悲願と思えていた。好調な業績を追い風に、今回もまたビルを担保に銀行から数千万単位の制作資金を引き出し、今こそ『歴史公論』を復活させる。二人は迷いなく走り出した。

その中で、戦前と同じく「特集主義で行く」ことは、最初から話し合って決めていた根本方針だった。かつての『ニューヒストリー』の失敗を踏まえ、様々な専門領域の研究者からただ漫然と原稿を集めるのではなく、毎号、一つのテーマに絞って深く掘り下げて行く。金雄の時代と違う点は、悲痛な戦争を通過した後の時代の者として、現代史も積極的に採り上げて行くということだった。そして、戦前よりもより高度な、専門的な論稿を掲載する。そのために歴史書出版の山川出版社で活躍していた編集者、山脇洋亮を新たに迎え入れて編集長に据えた。編集顧問には児玉幸多、林屋辰三郎、原田伴彦という歴史学界の頂点に立つ三人の重鎮に就いてもらう。編集委員には各大学から二十一名の気鋭の研究者が協力してくれることになり、この布陣には、十七年前、倒産から五年をかけて立ち直って『風俗史講座』の企画に動き出した時以来、一雄の無二の友人となった芳賀登先生の並々ならぬ尽力があった。先生は大阪教育大に籍を移し、瞬く間に新しい人脈を築き上げていた。その人脈を惜しげもなく『歴史公論』のために開放してくださったのだ。

その芳賀先生と林屋辰三郎先生が名を連ねた座談会を掲載して、昭和五十年、第二次『歴史公論』が始まった。創刊号のテーマは江戸時代、『化政文化と民衆 近代のめばえ』。『歴史公論』はその後十年間、「万葉の時代」「禅と中世文化」「江戸時代の民間信仰」「大正デモクラシーへの道」など、日本史上の多様なテーマを採り上げ史学界に大きな貢献を果たして行く。編集長の山脇は更にその十年後、一雄の盟友であり雄山閣の参謀として何かと力を貸してくれた岡崎元哉氏が死去した際、氏の同成社を引き継いで、歴史書に重心を置いた出版社として雄山閣と切磋琢磨する存在に作り上げるが、この時はまだ三十代の少壮の編集者だった。

二

城一つ捨てて廊下で切りかかり
お白洲に置くには惜しいいい女
鐔鳴りを残し謡曲遠ざかり

川柳の遊び方の一つに、古風吟というものがある。まるで今自分が江戸時代に生きているように日々の生活のあれこれを空想して作句するこの古風吟を、一雄は新たな趣味として嗜み始めていた。

一雄の毎日は多忙だった。雄山閣出版社長として、週一回、芳賀と武と連絡会議を持ち、社の方針を監督する。企画によっては編集会議や著者への執筆依頼に一雄自身が出馬することもあったし、学会や講演会、更にもっとくだけた食事会にも顔を出して史学の最先端を追い、交流を欠かさないよう心がけてもいた。一方、雄山閣不動産の代表者として、ビルの経営にも変わらず心を配っている。

そして、この他に業界団体の仕事があった。出版界の本流に踊り出るという青写真を描いて業界活動に乗り出してから六年が過ぎ、昭和五十年の今、機は熟しつつある。きっかけは、出版業界全体を揺るがした四年前の大事件だった。「ブック戦争」と呼ばれるその事件は要するに一冊の本を売った時に生まれる利益を、書店、取次、出版社がどう山分けするかという問題で、書店の側がその率を上げるよう要求したことに端を発していた。一年半ほど続いたこの騒動はなかなか三者の折り合いを見ることが出来ず、途中、書店側が出版史上初のストライキを起こすところまでもつれ込んだ。最大の業界団体である書協執行部は事態を迅速に収拾出来なかった責任を取り、妥結を見た後の四十八年、総退陣を決断してようやく終結した――とは言え、まだ騒動の傷跡も深い中でそうそう業界を引っ張って行ける人士がいる訳でもなく、一雄や七日会の仲間は退陣した理事長、下中邦彦平凡社社長の再任を目指して動き始めていた。しかし、協会内には他の人物を担ぎ出そうとする一派もいる上に、それにそもそも下中氏自身が再任に消極的だった。それでも粘り強く説得を続け、一方で各社への根回しに回る。仲間内で「下中案」とひそかに呼んでいた一年ほどのこの再任運動を通じて、一雄は次第に協会内に実行力を知られるようになった。翌四十九年、ついに下中氏は無事理事長に再任され、同時に行われた新理事選挙で一雄は理事の一人に選ばれた。これは大きな躍進だった。就任以来、取次や書店が明らかに一目を置いて自分を見るようになったことを感じる。一雄の青写真はいよいよ実際の構築物へと形を取り始めていた。

＊

もう一つ、他に業界内で思いがけない難しい役目が回って来て、一雄の名はいっそう広く知られることになった。

中小の出版会社、書店、印刷、製版、製本各社のための金融機関として設立された文化産業信用組合（文信）は、昭和五十年代、慢性的な赤字に陥っていた。そもそも一雄には金融業の知識も経験もなく、この組合の運営に関わる筋などまるでなかったはずなのに理事のお鉢が回って来たのは、どうにもならない人のしがらみにからまれたのだった。

理事長の誠文堂新光社社長小川誠一郎氏の父、小川菊松氏は金雄の無二の親友だった。その上、一雄の結婚式で仲人もしてもらったのだから大恩人に当たり、その子息である小川氏からの頼みはどうしても断り切ることが出来なかったのだ。「お飾りの理事だから」「一年ほどいてくれたらいいから」という軽い話だったこともあって渋々ながら引き受けることにした。ところが氏の急逝という思いもかけない事態が起こって、他に引き受け手もないため運営に当たることになってしまった。何とか、七日会で親しくしていて金融にも明るい先輩、春陽堂社長の和田欣之介氏を説得して理事長に就任してもらうところまで走り回ったものの、その受諾の条件には「君が全面的に補佐してくれること」という一項もあったから、ではお願いしますと逃げ出すことも出来ず理事に残ることになってしまったのだ。

こうして定まった和田氏の就任後、二人はあれこれと赤字脱却の方法を話し合った。結局、系列の三菱銀行から専従職員を派遣してもらって収支改善に取り組むことにしたものの、とは言えこの職員たちに任せきりに出来る訳でもない。融資の審査には結局、業界内の情報を知っていることが欠かせないのだから、一雄も和田氏もこの組合の仕事に多くの時間を割くことになった。

それでも、和田―長坂コンビが始動してから十年ごとに、組合の預金は百億円ずつ増えて行った。的確な審査を続けたことと、成長を続ける日本経済のその波に乗って、堅実な資金運用を併用したことも図に当たった。もちろん、赤字からはとうに脱却したし、平成に入ってからは一雄自身が理事長職に就くことにもなる。けれど引き受けた当初はもちろんそんなことは知る由もないのだから、ただ手探りで進んでいたのだった。

泥かぶる智者がひっぱる新時代

とは、出版クラブ月報の年頭吟に、或る正月、寄せた句だった。もちろん自分のことを歌った句ではないが、振り返ってみれば気がつくといつの間にか泥だらけの船頭役を引き受けている。そんな星回りなのかも知れなかった。

＊

とは言え、書協と文信の理事職を通じて製版印刷から取次、書店まで業界各社に名を知られるようになり、少しずつ、そのメリットが生まれつつあることも事実だった。最も大きなメリットは出版物の店頭での扱いが変わったことで、これまでは少し動きが鈍ければすぐ返本になっていたものが、「雄山閣さんの本なら、まあ、もう少し置いておこうか」ととどめ置いてくれるようになった。これは読者の目に触れる機会が増えることがありがたいのと同時に、もう一つ、取次に預け入れている担保金額が大きくなるというところに計り知れないメリットがあった。委託制度という仕組みの中では、要するにそれは経営資源として使える融資額が増えることを意味している。

そして、もう一つの大きな果実があった。それは特に取次が雄山閣に一目を置くようになったことで、これまでは一介の小出版社という扱いだったものが、大型全集を出す時など目に見えて協力的に書店への売り込みに取り組んでくれる。どうやら六年の歳月をかけて、一雄の目論見は見事に的を射抜いたようだった。最も恩恵を受ける営業部長の武は当然この変化に気づいて感謝を口にするが、さて、芳賀は俺の援護射撃に気づいているだろうか？　もちろん一雄は手柄話などする気もなく、今日も飄々と伊達なスーツで会合へ回っていた。

三

そして、同じ頃、雄山閣の歴史に大きな画期を成す事業が動き始めていた。それは恐らく金雄時代を超えたと胸を張って言うことが出来る――そのような新しい動きだった。

昭和五十五年年末のことだった。第一幕は雄山閣ではなく、仏教考古学の第一人者として、今では立正大学教授となっていた坂詰秀一先生の自宅から始まった。その日は日曜日で、先生は家で資料を整理しながらおだやかな休日を過ごしていると、突然、旧知の編集者から電話が入った。どうしても訪ねて来たいと言うその編集者はふだんは物静かで礼儀正しく、マナーを破ってまで休日に押しかけて来るのは何かよっぽどのことがあるのに違いない。坂詰教授は頼みを断らなかった。

しばらくして、編集者、宮島了誠《みやじまりょうせい》がやって来た。これまでいつも会う時はジャケットを着ていたのに、ポロシャツ姿でぽつんと玄関に立っている。もちろん休日だからふだん着を着ているのだろうとは思ったものの、何かが起こったのだという予感がした。

「先生、僕は、会社を辞めてしまいました」

部屋へ通すと、宮島はいきなり切り出した。この人はこれまで十年以上或る考古学月刊誌の編集部に籍を置き、物静かながら学問に精通した人として学界に知らない者はいない編集者だった。怒りも泣き落としもせずひたすら頷きながら〆切を呑ませるその牛歩戦術的編集者魂は、「だんまりの宮島」と言われて名を馳せている。その宮島が辞職してしまうとはあまりにも意外な成り行きだった。

実は、坂詰教授は、その考古学雑誌に創刊時から深く関わっていた。何しろ「創刊の辞」を編集長と一緒に書き起こしたほどなのだから、当然、宮島とも親しくしていたけれど、一体何があったと言うのだろうか。

「僕は今、無職の身の上です」

うなだれている姿にかける言葉もなく腕組みをして目を閉じると、突然、とんでもない名案が頭にひらめいていた。

「宮島君、君、明日は時間はあるね？　僕と一緒に雄山閣へ行こうじゃないか」

「ええ？　雄山閣ですか」

「そうだよ。仕事を紹介してあげられるかも知れない」

＊

翌日月曜日の朝、二人は雄山閣編集部にいた。山のように積まれた本や資料に埋もれて、編集長デスクに芳賀が座っている。学会会場で隣り同士に販売ブースを並べることも多いから顔見知りではあったものの、どちらが良い考古学専門書を出せるか、競争相手だった編集部に立っていることに宮島は何とも言えず奇妙な思いがしていた。

「ふーん、宮島さんが……」

芳賀は黙って坂詰先生の話を聞いていた。

「そうなんだよ。こんなチャンスはないじゃないか。芳賀さん、あなたはいつだって考古学の雑誌を出したい、考古学の雑誌を出したいと言っていたでしょう。だけど人材がいないって」

「はいはい、言っていましたよ……そうだな、確かにいい話だな……うん、いいじゃないか、すぐ来てもらいましょう」

「ええ?」宮島は驚いた「本当にいいんですか?」

「いいですよ。ちょうど今社長がいるから……あ、社長」

芳賀は業界団体の会合へ出掛けようとしていた一雄を呼び止めて事情を話し出した。ロマンスグレーの俳優のような顔立ちの、これが雄山閣の社長かと宮島が眺めていると、芳賀の話にじっと耳を傾けながら、時々なるほどというように頷いている。そして、

「いい話だね。よし、すぐ来てもらって」

そう言うと、慌ただしく約束の場所へと出かけてしまった。こうして宮島の浪人生活は電光石火のごとく幕を閉じた。翌日、火曜日から、もう宮島は雄山閣編集部で働き始めていた。

＊

六年前に『歴史公論』を復刊して以来、芳賀は書籍だけではなく雑誌の発行にも自信を深めていた。『日本の旧石器文化』『縄文文化の研究』という二つの大型考古学全集を続々と発行して、「考古学の雄山閣」の看板も盤石になりつつある。

「あとは、これで考古学の雑誌を出せたら言うことがない」

坂詰先生と飲むといつもその話だった。

「だけどそれにはどうしても専任の編集者が必要になるけれど……適当な人がいないんだよなあ」

そんな決まり文句で終わっていたところに宮島が現れたのだ。編集は人を得なければいけない。人を得ないうちは待っている方が良いという持論が正に型通りに実現したかたちだった。

「出すとしたら、季刊がいいだろうね」

坂詰教授がそう言うと、芳賀が深く頷くのもいつものことだった。芳賀は特集主義の考古学雑誌を思い描いていた。けれど、例えば『歴史公論』なら旧石器時代から現代までを扱っているから特集主義でも月刊を回して行けるだけのテーマを見つけられるが、考古学だけに絞るとなると難しい。学問の歩みとは一歩一歩知を蓄積して行くものであり、そうそう毎月特集を打てるほど新発見や新説が出る訳ではないのだ。けれど、季刊なら出来るはずだった。

例えば埴輪、縄文人の生活誌、古墳の副葬品、古代大和王朝……魅力的なテーマを立ててそれぞれの分野の旬の論客に、最新の考察を発表してもらう場にする。そして考古学にポジティブな波紋を投げかけられたらどんなに素晴らしいか……

その構想を実現する日がついにやって来たのだ。入社から最初の四ヶ月ほどは宮島はまず編集部で進んでいた『神道考古学講座』の編集を手伝い、その後、新雑誌創刊に向けて猛然と走り出した。十ヶ月後、昭和五十七年、『季刊考古学』創刊号は『縄文人は何を食べたか』を特集し、初版一万部は完売して二千部を増刷する幸先良いスタートを切った。ここから『季刊考古学』は、考古学界に貢献する数々の名特集を生み出すことになる。

四

還暦の何も変わらぬ春の酒

昭和五十六年、一雄が還暦を迎えた年、慶子は次男右京を授かった。その六年前に授かった女児ちひろと長男の雄太郎、合わせて三人の子宝に恵まれ、雄山閣からほど近い神楽坂のマンションで毎日は子育てに忙しかった。

三人兄妹の、特に男児二人の性格は面白いほどに違っていた。長男の雄太郎は学校の先生や近所のお母さん方に羨ましがられる聞き分けの良い子で、三歳から三味線を習っていたこともあり、折り目正しい言葉遣いとふるまいを身につけている。

三味線は、お隣りにたまたま藝大の長唄三味線科の先生が住んでいて、よく上がり込んで遊んでいるうちに自分からやりたいと言い出したのだった。真面目に稽古するだけではなく、終わると出される麦茶をきちんと膝に手を置いて「頂きます」と言ってから飲むのですよと褒められる。学校の授業参観へ行くと、クラスで一人だけ凛と背筋を伸ばして座っている姿が際立ち、誰の子かしら、と慶子は武に報告しては笑っていた。

一方、次男の右京には、雄太郎で楽をした分のツケが全部回って来たように手を焼かされた。家中を走り回って一瞬もじっとしていることがなく、時には姉や近所の友だちのおもちゃを横取りしたりもする。男の子とはこういうものなのかと思い知らされることばかりだったけれど、それでも雄太郎は良いお兄さんぶりを発揮して、右京が何をしても怒らずにかわいがっていた。ただ一人の女の子、ちひろにはあれもこれも習わせたいと、慶子は母と相談して、まず日本舞踊の稽古に通わせていた。子どもたちの笑い声や足音や幼い三味線の音に囲まれてふと鏡に目をやる時、慶子はそこに自分の幸福な面差しを見た。

＊

けれど、思いもかけない出来事が、その幸せの鏡に見る見るうちに深い亀裂を走らせて、やがて最後にはもう二度と手に取ることが出来ぬまでにばらばらに打ち砕いてしまうことになる。その最初の日は、昭和五十九年にやって来た。或る夜、武が、真面目な顔つきで、ゆっくりと二人で話し合いたいことがあると言ったのだ。

「お義父さんから、出ている話なのだけれどね」

と言って伝えられたのはあまりにも意外な申し出だった。

「雄太郎を、長坂家の養子に迎えたいと言うんだよ」

どういうことなの、と慶子は気色ばんだ。確かに姉のところの子どもたちも含め、雄太郎は一雄の一番のお気に入りの孫だった。聞けば、学校の成績も良く聡明な少年に育ちつつある雄太郎を、一雄は今から将来の後継者と目して育てて行きたいというのだった。

「お義父さんは、やはり、いずれは長坂の姓を持つ者に会社を継いでほしいと思っていらっしゃる。今後引退されたそのすぐ後は僕が継ぐとしてもね。そのために今から籍を入れて、手元に置いて育てて行きたいと仰るんだよ」

「手元って、それは向こうの家で暮らすということなの？」

「そういうことになるね」

「嫌よ、そんなの。あの子はまだ小学生よ。将来長坂を継ぐにしたってもっと大きくなってから考えればいいことじゃないの」

「それが、雄太郎は来年六年生だろう？　お義父さんは中学で慶応を受験させた方がいいというお考えなんだよ」

「慶応？　そんなことどうでもいいわよ」

結局、半年以上にわたる話し合いの末、まずとにかく一度、雄太郎を一雄夫婦の家に住まわせてみるという結論にたどり着いた。二軒の距離は子どもの足でもほんの十分ほどで、どうしても寂しくなればいつだって帰ることが出来る。それに父親はすぐ隣りのビルで働いているのだし、永遠の別れになる訳でもない。ただ親と少しばかり離れた場所で暮らすだけのことじゃないか、というのが一雄の言い分だった。それよりも、早くから長坂家の跡取りとして自覚を持たせて育て上げたい。ふだん何事にも鷹揚に構える一雄が、この件だけは絶対に譲らないのは不思議なくらいだった。雄山閣は、長坂の名を持つ者が統べる。そうでなければ父に申し訳が立たないではないか、というこの信念だけは、まるで金雄の亡霊が乗り移ったかのように頑として揺るがなかった。

武は、一雄の考え方に、積極的に賛成という訳ではなかった。けれど雄太郎がどうしても嫌だと拒否しない限りは、創業家の宿命上こういうことがあってもやむを得ないと考えていた。それが、慶子には裏切りのように思える。幸せだった家族の形への、裏切り。そうでしょう？　と、言葉には出さなかったけれど、その分その思いは心に深く沈殿されて行った。半年の間二人から諄々と諭されて、とうとう慶子はとにかく一度、祖父母宅への転居を試すという提案を受け入れた。

＊

聞き分けのいい雄太郎は、祖父が雄太郎を養子に望んでいること、そのためには名字を変えなければいけないこと、そして、武家を離れ、試しに向こうの家で暮らしてみるという提案を話すと、泣きも怒りもせず、ただ静かに話を聞いていた。

「嫌だったら、いつでも帰って来ていいのよ」と慶子は言った。「お母さんはちっとも困らないから、いつでも戻っておいで」

そう言うと雄太郎は黙って、真っ白な顔をしてただ一度だけ頷いた。泣いてくれたら、そこから父にもう一度話すことだって出来るのに。そう思っても、雄太郎はそんな子ではないのだ。大人を困らせるようなことは、決してしない子だった。

そして、雄太郎が本当に出て行ってしまった日、何もかもが取り返しもつかないくらい変わって行ってしまうことを、慶子はまだ知らなかった。その日の夜、あの子が泣きながら帰って来るのではないか、今玄関のベルが鳴るのではないか、そう思って待っていたけれど、とうとうベルは鳴らなかった。次の日も、その次の日も、雄太郎は帰って来てはくれなかった。食卓の椅子が一つ、ぽかんと空いていて、自分の心にも取り返しのつかないがらんどうが空いていると、或る日一人しみじみと思った。幸福だったこの家は、いつの間にか全く別の場所に変わってしまっていた。

＊

一方、祖父の家で暮らし始めた日、雄太郎は、新しく与えられた勉強部屋のベッドに入り、じっと天井を眺めていた。その日はいつまでもいつまでも眠ることが出来なかった。もしかしたら、お母様が、迎えに来てくれるかも知れない。やっぱり家へ帰りましょう。家族五人で暮らしましょう。そう言って、泣きながら来てくれるかも知れない――けれど、何日待っても、母親はやって来なかった。自分は棄てられたのだ、と、雄太郎は思った。

五

『季刊考古学』は好調だった。『古代日本の鉄を科学する』『装身の考古学』『縄文人のムラとくらし』『日本海をめぐる環境と考古学』『動物の骨が語る世界』……決まった編集委員を置かず、毎回の特集ごとに一人の先生に責任編集を依頼するという動きやすい形を取ったことが、良い原稿を集める原動力になったのだ。『歴史公論』の経験と宮島自身の経験とを踏まえ、歴史雑誌として最良の編集体制が組み上がっていた。

特に学界に大きなインパクトを与えたのは、昭和六十年、第十号の『古墳の編年を総括する』だった。宮島が、旧知の国立奈良文化財研究所の石野博信先生と話し合う中で、全国の古墳をその型式、築造年代、分布状況から一望する年表を作ったらどうか、というアイディアが形を成して生まれた企画だった。

江戸時代以来、古墳は全国で発見され、発掘されていた。けれど、円墳、前方後円墳などその形状と、いつ造られたのかという築造年代、また、どの地方にどのような形状の古墳が分布しているのかという分布状況、その総てを総括する研究はまだほとんどなされたことがなかった。もしもこれらを一望に見渡すことが出来る編年表があったなら――

古墳研究の第一人者である石野先生は、全国の研究者に協力を依頼した。各地方ごとに、発掘報告書などに掲載された古墳の実測図を横軸に時間順に並べ、更に縦軸には分布地域を取って、交わるポイントに配置する。その上で同系列とみられる古墳をグループ化してまとめて行った。編年はこの学問の基礎となるべきもので、それがしっかりと組み上がれば隣接する他学問との比較検討も可能になる。こうして生まれた編年表は発売と同時に大評判を取り、そしてこれ以降、古墳研究のスタンダードになって行く。移籍先で大ヒットを出し、宮島は静かに喜びを噛みしめていた。

＊

その頃、武も、新しい営業スタイルを模索していた。狙っていたのは当たった時の利幅が大きい高額の美術書を売るための営業手法で、市場を席巻している月賦販売会社と手を組むことを考えるようになっていた。

十年ほど前から、出版業界全体で高額な美術書がぱたりと動かなくなっていた。雄山閣でも武が入社した四十年代初めには刀剣や陶器の美術書を年に数点は発行していて、どれもそこそこの売り上げを収めていたのが、この十年ほどはどうにも苦戦してしまう。景気自体は悪くないのに何故なのだろうかと世の中を見渡してみると、一方で月賦販売が盛んで、高額な百科事典全集が面白いように売れている。どうもそこに一つの活路があるように思えた。

直接のきっかけは、月賦販売会社からの提携申し込みだった。月販業界には思いもかけないほど専門的な棲み分けがあって、例えば、全国の寺院相手に仏具を売る月販会社や、料亭向けに調理用具を売る月販会社などそれぞれが独自の販売ルートを持っているという。

その中で、雄山閣が最初に手を組んだのは、料理分野を得意とするアクトエコー社だった。昭和五十七年、八巻組で、セット定価二十万円の『精進料理大事典』シリーズを企画して、武は芳賀とともに鎌倉の建長寺へ向かうことになった。この名刹で料理番を務める藤井宗哲師に監修のお願いに上がるためで、幸いなことに師は快く引き受けて下さった。そしてまったく恐れ多いことに、その後、全国の販売代理店に向けた説明会行脚にも同行を頂くことになる。出版社側の人間からすれば監修者が直接営業マンに本の内容説明をするなど前例のないことで、それも尊い禅師に出馬頂くとはとひたすら平身低頭するばかりだったけれど、そもそも他社と組んで本を売ること自体が初めての試みなのだから、入社十二年目にして武は毎日が試行錯誤の連続だった。

一方で、このような提携スタイルとは別に、雄山閣独自に全集販売のルートを作る挑戦も始めていた。新会社「雄山閣販売」を立ち上げて、新たに二人、フルコミッションの営業マンを雇う。企画したのは『弓道講座』や『玩具講座』など戦前に出した全集の新編集版で、特に『弓道講座』は全日本弓道連盟の推薦を受けて、社の売り上げに大きく貢献することになった。

もちろん、雄山閣本体の営業部も変わりなく動いていた。書学院と提携した『現代書』の刊行が始まったのが『精進料理大事典』と同年。更に五年後の昭和六十年からは『書道基本名品集』シリーズが始まり、これは二千円という気軽な値段で臨書の手本となる名筆が集まっていると、飛ぶように売れて行った。もちろん、営業部が『清人篆隷字彙』以来築き上げた書道ルートを回って、力を入れて売り込んだからということもある。武の下で、東日本エリアを統括する木幡武彦、西日本エリアを統括する正木宏が、ほとんど社にいることはなく全国を飛び回っていた。二人の年間出張日数は二百日を超えていた。

そして、この年、大学卒の新人として、後に社長となる宮田哲男が入社した。成城大で史学を専攻し、歌舞伎好きの映画好きだった宮田青年は編集部採用を期待していたけれど、実際に配属されたのは営業部だった。しかも入社後すぐに経理担当の古参社員が病気で倒れたため、急遽、総務経理の仕事に回ることになった。日々、慣れない帳簿付けに四苦八苦しながら、倉庫と本社とを往復して在庫管理に追われる。長坂家が上に立つこの会社で、自分が十年後、社長の椅子に座るなどとは想像もしていなかった。

＊

当たり前のことだが、一雄―芳賀―武という体制の下で、総ての本が売れた訳ではない。例えば日本の民謡を網羅して専門家からは高い評価を受けた『日本民謡大事典』は売れ行きから見れば不振だったし、その少し前の五十年代前半に出した『日本思想史講座』も全く動かなかった。これなど、芳賀は、

「日本人は思想というものに興味がない。失敗だった」

とあっさりと白旗を上げてしまう。

そうかと思えば昭和六十年の『木簡字典』のように、じわじわと数年をかけて初版を売り切り、再版するとまた数年後に再版がかかるというロングセラーもあったし、また、『講座 差別と人権』のように、人文科学の出版社として、売れ行き云々ではなく出すべき書物というものもあった。

そんな中で編集部としてもここまで売れるとは予想出来なかったのは、同じ昭和六十年、雄山閣としては異色の西洋世界を扱った『プリニウスの博物誌』だった。三冊組で四万五千円という高額にも関わらずすぐに重版がかかる。これは、世界最古と言われる博物誌の本邦初訳で、日本翻訳出版文化賞を受賞して新聞に大きく採り上げられたことも成功の一因だった。どの本も、一冊としていいかげんな考えで作っているものなどないし、いいかげんに売っているものもない。それでも、時の運のようなものはどこかついて回る。そのことを、一雄も芳賀も武も、そして倉庫と帳簿とを行き来する宮田も、ふと立ち止まって思わずにいられない時があった。

六

数年の間に武と慶子の間には、埋めようのない距離が広がっていた。雄太郎の養子問題以来、心が食い違ったという思いがささいなことで口論へと広がってしまう。

雄太郎は、結局、慶応には進学しなかった。家を離れた心の動揺が影響したのか、合格は確実と言われたのに試験に失敗して、それでも一雄は「また大学受験があるさ」と大きく構えている。雄太郎はもう養子として正式に長坂に名字を変え、武家の人間ではなくなっていた。

変わらないのは、ただ、幼い頃から続けている三味線への打ち込みようだった。そのお浚い会にはもちろん家族一同が駆けつけ、舞台の上で急速に大人びた顔をして音の中を生きている姿を見ると、もうどうしようもなく遠いところに行ってしまった気がして、慶子は涙がにじみそうになることがあった。

　それでも、慶子の人生は少しずつ外の世界に開かれていた。始まりは三人の子どもたちが地域の学校に通ったことで、各学年のＰＴＡ活動に加わったことだった。そこで保育園不足に苦しむ働くお母さんたちの悩みを知ったことから、区に「幼保一体化」を呼びかける運動を興し、更にその運動が注目されて、区から九段・富士見地域の再開発検討委員会に声がかかったのだ。この地域に拠点を置く大企業も多数参加する重点プロジェクトで、自分でもまったく意外な成り行きだったけれど、新しい生きがいのようなものを感じ始めてもいる。やはり、経営者の家に育った自分には、どこかにチームを組織したり企画を立てたりすることを好む一族の血が流れているのかも知れない。そんなことを思う日もあった。

＊

　昭和六十二年、雄山閣は、『中国の星座の歴史』を出版した。暦など、年代確定の第一人者である大崎正次先生が古代中国人の星に関する概念の全貌を解き明かしたこの本は東亜天文学会賞を受賞し、名著として燦然と夜空の星のように輝き続けることになる。

　それにしても、古代中国の星座観は江戸時代まで千五百年にわたって日本人にも影響を及ぼし、暦も陰陽道もこれに基づいている。その星座に関する本をこの時雄山閣が出版したのはただの偶然だったのだろうか。社も、家族の運命も大きく変わろうとしていた。

きっかけは、その二年前、昭和六十年夏のことだった。メインバンクである三菱銀行神楽坂支店の担当者から、ビル建て替えの提案があった。確かに建設から三十年を過ぎて、ビルはあちこちに老朽化が目立っていた。電話線や電源コードがむき出しになり、錯綜している場所が多いのも安全性の面から気になっている。建て替えにかかる十数億の費用は、神楽坂支店が融資すると言うが——

半年ほど悩んだ末、年が明けた正月、一雄は建て替えを決断した。とは言うものの現在店子として入っている企業に、立ち退き、或いは建て替え期間中の移転を承諾してもらわなければならない。そもそも雄山閣もどこかに仮本社を移さなければならなかった。中には立ち退きを渋る会社もあり、雄山閣不動産の堀尾弘子は、一社一社粘り強く交渉に当たることになった。

その交渉を続けていたのが、『中国の星座の歴史』を出した年だった。年末になって新宿区内にやっと手ごろなプレハブビルが見つかり、雄山閣と、建て替え後も入居を希望する五社の店子は、みしみしと階段が鳴るその安普請のビルへ仮移転した。いよいよ建築計画を策定し、銀行との間に融資額の最終交渉を始めるその時、一雄が唐突に慶子に雄山閣入りを打診したのだった。

「お前はＰＴＡや千代田区のプロジェクトでなかなか活躍していたようじゃないか。ちょうど経理部長が辞めることになってね、今はビルの建て替えで大変な時だし、どうだろう、補佐役をしてみてはくれないかい？」

雄太郎の養子縁組を言い出した時のように唐突なこの提案を、しかし、慶子は受け入れることに決めた。これはもしかしたら星の宿命のように、子どもの頃から決まっていたことなのかも知れない。

そんな思いが胸の中にまたたいていた。実はこの頃、長く忘れていたのに最近になって突然思い出した出来事があった。まだ結婚間もない頃のことで、武と二人、居間でお茶を飲んでいた時だったか、旅に出た時だったか、もう前後に何を話していた時だったのか文脈は忘れてしまったけれど、

「もしも私が将来雄山閣を継いだら」

とふと口にしたことがあったのだ。

「何を言ってるんだよ」と、その時武は笑い出した。「それなら僕は何のために雄山閣に入ったって言うんだい？　君が継ぐ訳がないじゃないか」

確かにその通りだった。そんなことは分かり切っていたはずなのに、でも、どうしてだろう、自分はずっと子どもの頃から、この会社を継ぐのだと思っていたような気がする。本当にどうしてなのかは分からないのだけれど、それはごく当たり前の、昔から決まっていることのように思えていたのだ——でも今、もうそんなことは考える必要がない、とその時慶子は慌てて自分の考えを打ち消した。会社にはこの人がいて、いずれ父が引退する時にはその跡を継いでくれる。私は主婦として家庭の中を生きるのだ——それが、二十代の若い自分がどこかにわだかまりを残しながら胸に言い聞かせた答えだった。

けれど、やはりあの言葉は今へ続く未来を我知らず言い当てていたのかも知れない。自分は祖父が作ったこの会社に、知らず知らず結びつけられて行く運命を持っているのではないだろうか。そう、それはちょうど星が決めたことのように……

その少し前、長坂家と武家、二つの家族は同じ屋根の下に暮らし始めていた。ビル取り壊しのために一雄夫婦は家を出なければならず、ちょうど慶子たちの住む神楽坂のマンションに空き部屋が出た所へ引っ越して来たのだ。もちろん、雄太郎も一緒だった。

これから、ビルが建ち、出来上がる時にはその最上階に長坂家と武家、二世帯の住居が入ることが決まっていた。たとえ雄太郎の名字は長坂に変わってしまっていても、家族は再び一つになる。遠く隔たってしまった夫婦の関係も再び修復される日が来るのかも知れないと思えていた。

けれどその時、武が家を出て行くことを告げた。今すぐ離婚する訳ではない。会社を辞める訳でもない。けれど一度お互いに距離を置くことが必要なのではないか。しばらく別居してお互いの関係を見つめ直してみよう。そう言って、武は家族のもとを出て行った。総てが大きく変わろうとしていた。

（長坂一雄画）

第十六章　落日前の輝き

一雄、六十六歳から七十四歳
慶子、三十六歳から四十四歳
右京、六歳から十四歳

一

昭和六十二（一九八七）年、秋、一雄は藍綬褒章を受章した。「長年にわたる教育、文化への貢献」が受章理由で、書協からの推薦を受けてのものだった。思えば、昭和四十九年に理事に就任して以来十四年間、一雄は多くの内部委員会の長を務めて来た。更に、梓会では副幹事長に就任して社団法人化と出版梓賞制定という二大事業を成し遂げ、取次も参加する巨大な業界親睦団体「日本出版クラブ」では常務理事、歴史書懇話会では会長を務めて業界内でのパワーは最大限に高まっている。

更に一年前からは、慶応出身者で構成する「出版三田会」の会長に就任していた。この団体は純粋な親睦団体ではあるものの、慶応出身者は全国に散らばり、各地方の中核となる書店を経営している会員も多い。三田会会長の社が出している本ということで書棚で優遇されるその効果は絶大だったし、また、三田会は出版業界のみならず各産業界に根を広げている。将来出版業界全体に関わる問題が起こった時に慶応の人脈が活かされる可能性も見据え、一雄は新たな交際に多忙な日々を送っていた。

＊

昭和六十三年六月、地鎮祭を執り行い、いよいよ三代目雄山閣ビルの建設工事が始まった。よく雨の降るこの夏を社員は新宿のプレハブ仮本社ビルで過ごし、慶子と武は、今は別々の家に暮らしているのに社で顔を合わせるのは、まるでこれまで二人で築いて来た人生がぐるりと反転してしまったようだった。

慶子は雄山閣に、経理部長として入社していた。もちろんこれまでただの一度も簿記の勉強などしたことはなかったし、定価と原価、人件費の問題など経営にかかわる金の動きについて考えたこともない。けれど、父に手ほどきを受けて見習いを続けるうちにすぐに要領を飲み込み、今では顧問会計士と深い話もするのは、やはり経営者一族ならではの独特の商売の勘のようなものが身についているのかも知れなかった。

その勘が強く働くのが、コンピューターの導入という新しい領域だった。入社以来慶子は父に連れられて様々な業界団体の会議や勉強会に顔を出し、中でも或る時開かれた「コンピューターによる在庫管理・経営管理」の講習会には目を開かされる思いがした。そもそもこれまでコンピューターというものの存在自体を知らなかったし、未だにその原理は全く分からない。けれど、これを使いこなすことで生まれるもの、業務の大幅な効率化というビジョンははっきりと目に見える気がした。経営は、もちろん、良い商品、出版業の場合には良い本を作り出すことが第一ではある。けれど背後のオペレーションに無駄が多ければ利益は大きく減じてしまうし、利益が薄ければ次の本の準備はおぼつかない。コンピューターによる経営の効率化にははかり知れない魅力があった。

早速慶子は一雄に掛け合って、コンピューターを数台購入する予算を確保した。経理部員に使い方の講習を受けてもらい、業務に導入して行こうと張り切っていたが、しかし、その意気込みは瞬く間にぺしゃんとへし折られてしまう。部員たちからことごとく反発を受けたのだ。

「このようなものは自分には分からないし、どうして必要なのかも理解出来ません」

「講習会には行きたくありません」

いくら意を尽くして必要性を説明しても全く耳を貸してくれない。紙、手書きの表、そして人海戦術の手計算に慣れた彼らにとっては無理もないことだったけれど、かと言って慶子としてもこれだけは譲ることは出来なかった。時代は必ずコンピューターを使った経営に向かって行く。その流れに遅れれば命取りになる。結局、慶子の頑なな姿勢に反発して、古参の経理部員が何人も退社することになったが、それでも慶子は自分の直観を信じていたし、一雄も娘を足踏みさせるようなことはしなかった。入れ替わるように社にはコンピューターを厭わない新しい世代の経理部員が加わり、やはりこの娘には見どころがあるかも知れないと、一雄は静かに慶子の挑戦を見守っていた。

＊

同じ頃、武の神経は、夏に発売する『藩史大事典』の販売計画に集中していた。雄山閣にとって久し振りの大型全集と言えるこの事典は、江戸時代の全国総ての藩の成立から終焉までを膨大な資料から再現するもので、執筆監修に近世史の教授陣が参画したのは当然のこととして、各地方の郷土史家の力を借りなければ決してまとまらないところが、創業以来常に在野の史家を見出して来た雄山閣らしい企画だと言えた。

長年の経験で、芳賀はこういった在野の史家は各地の教育委員会に行って探し当てるのが良いということを会得していた。どこの町も市も郷土史の本や小冊子は必ず編集しているから、教育委員会は自然と郷土史家につながりを持っている。「この地域の江戸時代のことならあの先生が一番だ」という答えがすぐ返って来るし、その「先生」というのは必ずしもその地域にある大学機関の教授とは一致しない——ということも今では会得しているのだった。大学に所属する博士たちはどこか別の地域から落下傘のようにして就任する場合も多く、必ずしも地域史に精通している訳ではない。地域のことはやはりその地域に代々住んで来た人に当たるのが一番であって、何しろ今回は全国の藩を総て網羅する企画なのだから、芳賀は各地方の郷土史家を探し歩いて協力を仰いだ。この事典は必ず、江戸時代研究の基礎史料として尊重されるという強い信念があった。

それにしても、制作には相当の時間がかかった。執筆者に払う原稿料も莫大なものになり、営業部は営業部で必ず成功させなければならないと緊張に包まれている。武は大手取次会社の東販に出向き、販売会議を開いて先方の営業マンと作戦を練ることにした。

そこで面白いことが起こった。第一回目の配本は「九州編」であり、薩摩、肥後、肥前、福岡など九州内総ての藩が含まれることを説明すると、一人の営業マンが、

「どうでしょう、今回の配本を『藩史大事典』の一冊として売り出すのではなく、『九州藩史大事典』として売ってしまうのは」

と一風変わったアイディアを投げかけて来たのだ。

「結局こういう事典は、その地方の人が一番買ってくれるのであって、四国や東北の人は普通、九州の藩史には興味を持たないですよね。だったら『藩史大事典』の一冊として売るのではなく、これは『九州藩史大事典』なんだと単行本のようにして売り出してしまうんですよ……そうだな、『九州藩史大事典』とカバーを掛けてしまって。ちょっと騙すようではあるけれどものは言いようじゃないでしょうか」

「なるほど、カバーを掛けてしまうのか。それは面白いですね」

「ええ。それでそのカバーを取ると、下の本体は『藩史大事典 七巻 九州編』となっている訳です。四国でも北陸でも同じようにして売る。どうですか？」

「ふーん、なるほど、確かに面白い。うん、見込みがありそうですね」武は即断した。「その戦法で行きましょう」

こうして『藩史大事典』は、各地方ごとにその地方の名を冠した一見単行本の事典に見える表紙を掛け、一皮むくと『藩史大事典』の書名が現れるという異例の戦略で売り出した。三ヶ月ごとに配本されるのだから営業部は総出で、九州―北海道―東海と移動して歩くことになる。人手が足りないということで、総務経理部の宮田も営業部に異動することになった。

普通、このような大型企画を売る時の常套の方法として、まず、各地域の取次支店内で説明会を開く。その後取次の営業マンとともに町々の大型書店を訪ねて回り、店頭に大きな幟を立てたり、外商部を持つ大型書店とは、地域の研究機関への営業に同行させてもらうこともする。もちろん、町中の商店街に店を構えるような中小書店も細かく歩いて回る。江戸時代から百年が過ぎたと言ってもまだ藩の記憶は人々の心に色濃く残り、郷土愛に訴えて行く戦略だった。

「武さん、これはいい調子ですね」

或る日、武は博多の大型店店主に声を掛けられた。

「九州も売れていますが、これはいい事典だということで、他の巻も買う所も多いですよ」

「ああ、そうですか。それは良かった」

こうして『藩史大事典』は全国の公共図書館が必ず一組を揃える大ヒット事典となった。

＊

それにしても宮田にとっては、これまでの内勤の帳簿付け仕事とは打って変わって、営業というのは人の気持ちの機微で動くところが何とも言えず新鮮に感じられた。例えば地方の大型書店の売り場担当者の中には、出版社の営業が挨拶に行っても、わざと会おうともしない人がいた。別に宮田が若造だから会わないのではなく、とにかく会わない。もう一度訪ねて、もう一度訪ねて、三度訪ねてもそっぽを向かれ、四度目からやっと会ってくれるという人だった。こちらの根性を試しているのかも知れないし、単に禊のつもりなのかも知れない。或いは最初に強く出ることで力関係を作ろうとしているのかも知れないが、そんな心理的な駆け引きが面白く感じられた。

中小の書店主にはまた違った面白みがあった。新刊案内を持って訪ねると、この本なら何町の誰さんとその隣り町の誰さんが買うな。こっちの本は何町の誰さんと誰さんだ。よし、電話を掛けてみるよ。お、この本は一万円かい、随分高いけど、川向こうの誰かさんならお金持ちだからきっと買うに違いないな、と、周辺数キロの歴史好き、文化好きの好みを細かく把握しているのだ。

今まで宮田は社にいて、もちろん読者から直接かかって来る注文の電話を受けることはあった。けれどそれはやはり売り上げのほんの一部に過ぎないのだ。毎月経理部に上がって来る百万、一千万という売り上げの数字、自分がこれまで帳簿につけて来た本の一冊一冊は、こうやって、書店という場を通して読者の手に届けられている。そのことを初めて肌身に染みて理解した気がした。

「よろしくお願いします」

頭を下げて帰ろうとすると、

「また寄ってくれよ」と店主が声を掛けてくれる。「やっぱり嬉しいよね、出版社の人が直接来てくれるとさ」

「はい、また伺います」

宮田はもう一度頭を下げて歩き出した。

二

新生雄山閣ビルは一年をかけた建設工事の後、平成元（一九八九）年八月、地上六階、地下一階の新しい姿を現した。雄山閣は一階、三階、五階に入居し、長坂家と武家が最上階に入る。門出を祝うように社の業績も好調だった。

特に好評だったのは、『講座日本風俗史』以来関係が続いている高橋雅夫先生が監修した香道の入門書『香と香道』、また、NHKと組んだ大型企画『ヴィジュアル百科』シリーズは、ふんだんに図版を使って一つの分野を徹底解説することが売りで、『ヴィジュアル百科江戸事情』六巻、『ヴィジュアル書芸術全集』『ヴィジュアル史料日本職人史』を刊行し、特に『ヴィジュアル百科江戸事情』がよく売れていた。『季刊考古学』の別冊第一号として刊行した『藤ノ木古墳が語るもの』、八王子千人同心についての初めての本格的な論考で、この分野の基礎史料となる『江戸幕府八王子千人同心』、「村」という視点から日本史を通観する『日本村落史講座』全九巻など、どの本も個性的な顔を持った、粒揃いのラインナップだった。

それにしても、やはり、雄山閣の一番の看板は考古学だ、と一雄は考えていた。世間の好景気は天井知らずで毎晩東京のあちこちで高級なシャンパンが抜かれ、美術品が飛ぶように売れて行く。もちろん雄山閣にそこまでの金回りがある訳ではないけれど、自分も来年は七十を迎える。父の代から関わって来た、いや、平たく言えば飯を食わせてもらって来た考古学という学問に何がしかの恩返しが出来ないか。そんなことを考えるようになっていた。それには考古学賞を制定して、卓越した研究者を顕彰するのはどうだろうか……

＊

こうして一雄が順風の初老の時を過ごしている時、雄山閣ビル最上階の同じ屋根の下で、十八歳に成長した雄太郎は深い迷いを抱え込んでいた。

高校生活最後の年を迎えて、受験勉強に身を入れなければならないことは誰よりも自分が一番よく分かっている。通っている九段高校は進学校で、模試の結果やどこの予備校の夏期講習へ通うかということが友人との間で度々話題に上る。慶応に進んでほしいという祖父の願いに応えるためには、自分もその仲間に加わらなければいけないことも分かり切っていた。

けれど、新しい居間の窓の前に立って、晴れた日には遠く見渡せる富士の山の美しい姿を見つめていると、つくづくと気持ちが沈み込んで行く。空には丸い雲がぽつりぽつりと浮かび、見るからに清々しい初夏の風景が広がっているのに、雄太郎の心は遠く離れたところをただよっていた。

宵は待ち　そして恨みて　暁の
別れの鳥と　皆人の　憎まれ口な　あれ鳴くわいな
聞かせともなき　耳に手を　鐘は上野か浅草か

愛し愛されていながら引き裂かれて行く男女の悲恋を唄ったこの長唄に、幼い頃から、何度三味線をつけて来ただろう。今、初めて、唄の思いが体の底から湧き上がって分かる気がした。

もう一度、今日何度目かになる深いため息をついた。自分を心から、愛してくれる祖父。その祖父を悲しませることなどしたくはない。したくはないのだけれど、でも、僕は――

＊

その時、ビルの下の飯田橋富士見の入り組んだ道を、弟の右京は友人と走り回っていた。右京のきかん気は小学校に上がってからも一向に改まらず、まず札付きの問題児と言って間違いなかった。授業中も先生の言うことを聞かずに教室を歩き回り、友だちの頭を叩いて怪我をさせることもある。慶子はしょっちゅう菓子折りを持ってお詫びに回っていた。

けれど、そんな右京は、知らぬ間に家族をつないでくれる要になっていたのかも知れない、と、折々はっとさせられることもある。まだ新しいビルに建て替える前、その頃小学校に入学したてだった右京は或る時からほとんど家に帰って来なくなってしまった。別に神楽坂の家が嫌になった訳ではないらしい。ただ、「おじいちゃんの家から通った方が近い」と、祖父母の家で夕食を食べ、そのまま布団を出してもらって寝てしまうのだ。いつの間にか服やおもちゃまで運び込み、部屋を一つ自分のものにしてしまっていた。そして気が向くと時々神楽坂の家へ帰って来る。雄太郎が無理矢理引き離されたのとは違って、右京は自分の意志で、自分が思いついた合理的な理由にのっとって行動するのが楽しいらしいのだった。

そんな日々を今になって振り返れば、そうやって右京が富士見の家をうろうろしてくれていたことで、雄太郎は知らぬ間に家族に結びつけられていたのかも知れないと思う。おかしいくらいに性格の違う二人は、仲の良い兄弟だった。

*

「お祖父様」

或る日、たまたま他の家族が外出していて雄太郎と一雄夫婦と三人だけで夕食を取っている時、突然神妙な顔をして雄太郎が言った。いつも礼儀正しい色白の面差しが、今晩はいっそう白く冴えて見える。

「どうしたんだい？」

そう訊くと、雄太郎はしばらく黙ってから口を開いた。

「お祖父様、僕は、慶応には行きません。藝大を受けます。僕は三味線を弾いて行きたいんです」

三

平成二年、一雄は書協の三人の副理事長の一人に選任された。理事長は講談社社長の服部敏幸氏であり、新潮社社長佐藤亮一氏と共立出版社長南條正男氏とともに、理事長を支える家老のような役割が期待されていた。もちろん懸命に務めるつもりでいたが、「再販本部委員会（再販売価格維持契約委員会）」委員長を引き受けるようにと打診されたのにはいささか面食らっていた。

この委員会は、書協の枠を超えて、雑誌協会、取次協会、日書連の三協会と合同で構成されている横断的な組織だった。書籍の「再販制度」――知に関わる特別な商品として、販売開始後何年を過ぎても全国津々浦々定価を維持し続けるという、出版業界に例外的に認められているこの制度の維持を図ることを目的として、昭和三十年代から活動している。もちろん、変化し続ける社会情勢の中で、特に販売の側からは値下げの自由、つまりは再販制度の見直しを唱える声も聞こえ始めている。それでも、出版業界全体としてはまだこの制度によるメリットの方が大きいとして、つつがなく維持して行くことが望まれていた。

「なるべくトラブルなく、物事を丸く収められる顔の広い人、人望を持つ人に委員長に就いてもらうことが重要だ。業界のために、是非とも引き受けてほしい」

そう言われれば、断ることは出来なかった。この仕事を通じて一雄は、雑誌社、取次各社とも更に太いパイプを築くことになる。

そんな中、平成三年一月、長年の充実した出版活動により雄山閣は梓会出版文化賞を受賞し、その翌年には一雄が温めて来た「考古学への貢献」という夢がついに実を結んだ。第一回「雄山閣考古学賞」の授賞式を、六月、日本出版クラブで開くことが出来た。

選考委員長は、考古学界の重鎮中の重鎮である斎藤忠先生だった。委員には桜井清彦先生、潮見浩先生、藤本強先生、佐原真先生、そして今や芳賀の盟友になった坂詰秀一先生という綺羅星と言える顔ぶれが並んでいる。それは総て、

「まず、斎藤先生を口説こう」

と動いてくれた坂詰先生の尽力のお蔭で、斎藤先生が声を掛けると次々と他の先生方も加わって下さったのだった。

第一回の考古学賞は、小田富士雄先生と韓炳三先生の共同研究『日韓交渉の考古学』に、特別賞は宇野隆夫先生の『律令社会の考古学的研究』に贈られた。その翌年、平成五年には、一雄自身が勲四

等旭日小綬章受章の栄誉を受けることとなり、慶事が続いていた。

業界の仕事も変わらず多忙を極めていた。この年には郵便料金の改定に伴って出版物の郵便料金も値上げされることが決まり、日々書籍を読者に届けるために大量の郵便物を発送する出版業界にとっては、経営を圧迫する一大事件と受け止められていた。業界を挙げて減免を働きかけようという声が上がり、再版本部委員会の実績が買われたのだろうか、一雄は書協と雑誌協会が合同で立ち上げた「出版郵便問題協議会」の委員長に推されてしまった。議員会館を陳情に歩く日々が続き、慶子や芳賀には、

「七十の老体にはつらいよ」

ともらしながら、けれど、雄太郎の独立という大きな衝撃を、この多忙と重なる慶事とが折よく紛らわせてくれているのかも知れないとも思う。もちろん、一雄は、雄太郎の離反を許した。長坂の名で暖簾を守るという夢が潰えたことは心の痛手には違いないけれど、愛する孫がひたむきに追いかける夢を抑えつけることは出来ない。

雄太郎は、一年後、東京藝術大学の邦楽科に合格した。それは一流演奏家への道が開かれたということを意味し、祖父としてしみじみと誇らしい。今日も雄太郎の部屋からは、一心に奏でる三味線の音が聴こえていた。

＊

この重なる慶事のちょうど初めの年、平成三年頃から、世の中は真っ逆さまに不況の底へと落ちて

行った。もちろん目端の利く人には、この結末はもうしばらく前から予測出来ていたことだったのだろう。「バブル崩壊」という新しい言葉がマスメディアに踊り、ついこの間まで羽振りの良かったどこそこの不動産会社社長が姿をくらましたとか、首を吊ったという話が東京のあちこちで聞かれるようになっていた。

雄山閣にとっては、国中を巻き込むこの巨大不況は新築成ったばかりの貸しビル業、雄山閣不動産に影を落としていた。東京の地価が驚くべき早さで下落し、オフィス賃貸相場もそれに引かれて値下がりを続けている。建て替え計画前に予定していた賃料を引き下げざるを得ず、これが十三億円に上るビル建設費用の返済計画に暗い影を投げかけていた。何しろ返済の利率はバブル期に設定された高率のままなのだ。

それでも、救いは、出版業界は無風と言われ、バブル崩壊の影響をほとんど受けていないことだった。結局、本というものはさほどの高額商品でもなく、不動産屋や株屋のような狂った好景気もなかった代わりに、大不況の影響も少ない。そんなことを業界人同士は寄ると触ると話し合って胸を撫でおろしていた。

雄山閣でも、例えば平成七年には愛媛県の南海放送から持ち込まれた企画、『水野広徳著作全集』がよく売れていた。海軍軍人でありながら反戦を唱えたこの松山の英雄にクローズアップしたドキュメンタリー番組を南海放送が制作し、その放映と連動して雄山閣が全集を発売する。コラボレーション戦略が見事に当たったかたちだった。

意外なところでは、中国古代の甲骨文字を扱った『甲骨金文字典』も好調だった。明治以来の日本出版史の中でも一、二冊しか類書がないと言われる独自な字典であり、知識層はこうしたずば抜けたオリジナリティをやはり決して見逃さないのだ。

もちろん、出版業界がバブル崩壊の影響を全く受けていない訳ではなかった。はっきりしていたのは大型本が動かなくなったことで、雄山閣でも期待していた二冊の書道本『良寛名品集』『章草大事典』はかなりの低調だった。

それでも、全体としては出版業は好調で、不動産の不振を何とか持ちこたえていた。ただしこれをいつまでも維持して行けるかと言えばそこには大きな不安の芽がひそんでいるように思える。一つは、五年後に芳賀が定年を迎えることで、編集部には六人の部員がいたものの即芳賀の代わりが出来るかと言えば疑問符がつく。また、一雄が業界の重鎮として重きを置いていればいるほど、引退後にその威光を失うことが不安に感じられていた。

更にもう一つ、一年前、長年書道分野を受け持っていた比田井女史が、父君の比田井先生の看病のために退職してしまったことも大きな痛手だった。それに伴い、近々書学院との提携も解消されることが決まっている。これからは書道分野の発信力が落ちることは目に見えているのだから、何か新しい柱を探さなければいけないだろう――芳賀も一雄も慶子も、編集部の誰もが考えあぐねている中で、一人、武は手堅い「寺院」という市場に目をつけていた。

武の頭の中には、五年前に出した『現代仏教法話大事典』の好調が強く印象に残っていた。これは、全国の住職が法事などで説教する際の、謂わば元ネタとも言える仏教法話を検索しやすくまとめたもので、非常に役に立つと好評だった。これから全国の寺院を回って丁寧に営業ルートを構築し、住職用の書籍を提供すれば、安定した収入が見込めるのではないだろうか。そんな目算があった。

「今後営業部では一年をかけて、通常の営業活動の合間に全国の寺院を挨拶回りして下さい」

武は営業部に号令をかけた。

「取次の営業部と話し合って、共同して寺院ルートを開拓することで合意しました。芳賀編集長とも寺院向けの本を作ってもらう話をしています。これは今後の有力ルートになるから、皆、しっかりとやってほしい」

*

それにしても、オフィス賃貸相場の下落は恐ろしいほどだった。平成七年に入って相場が四年前の三分の一になっている。もしかしたら父は、一番悪い時にビルを建て替えてしまったのではないだろうか。慶子は胸の冷たくなる思いで雄山閣不動産の決算表を眺めていた。

「社を継いでほしい」

と一雄が慶子に打診したのは正にその時だった。

「来年の八十周年を節目に、私が会長に、お前が社長に就任する。お前しかいないし、お前ならきっと出来るよ」

慶子と武の間では、長引く別居から離婚に向けての話し合いが続いていた。修復は絶望的と思え、雄山閣自体を出て行くことも考えなければならない時期に来ていることを、父もおそらく武から聞いているのだろう。もう父には自分しか残っていないのだ。

「嫌です」と、それでも慶子は一度は断りの返答をした。「だってこの建設資金の返済状況は……到底私の手に負えるとは思えないですもの。それに私には、私には芳賀章内がいないのよ。たった一人でどうやって本を作って行けばいいの？　今の編集部に芳賀さんの跡を継げる人がいるとは思えないですもの」

それでも、結局、慶子は社長就任を承諾した。それは最初から答えの分かっている問いだったのだ。自分が継がなければ雄山閣は看板を下ろすしかない。祖父が山梨の田舎から出て来てたった一人で築き上げた八十年の歴史が、自分の代で無に帰してしまう。そんなことが出来るのか、と訊かれれば、出来ないという答えしか見つからなかった。夕暮れに、居間の窓の前に立つと薄闇に紛れてしまって富士は見えない。絶望的な戦いが始まろうとしていた。

雄山閣出版創業80周年　会長・社長就任披露・
第5回雄山閣考古学賞授賞式会場の全景

(平成8年5月10日。虎ノ門ホテル・オークラ本館「平安の間」において)

当日は関係学界の諸先生方、関係業界のトップを初め、制作関連会社の方々で広い会場も埋まり、盛況を呈した。

第十七章

バブル崩壊

一雄、七十五歳から七十九歳
慶子、四十五歳から四十九歳
右京、十五歳から十九歳

一

平成八（一九九六）年五月、創業八十周年祝賀会が開かれて、慶子は光の中にいた。強いスポットライトを浴びて、一語一語、社長就任の決意を述べる。学界と業界の錚々たる人々の目が光の一部のように自分の上にそそがれていた。

見渡すと、そのほとんどの人は紺やグレーのスーツを着た男性たちだった。この人たちの目にはまだ四十代半ばで、そして女性である自分は少し風が吹けば折れてしまう頼りない若木のように見えているのかも知れない。それでもスピーチを終えると大きな拍手が湧き起こった。

雄山閣の出版業は変わらず堅調に動いていた。特に就任から半年後、平成九年年明けに発売した大川清、鈴木公雄、工楽善通先生による『日本土器事典』は、考古学という学問の基礎とも言える土器の編年を、全国にわたって示した金字塔的労作だった。発売と同時にひっきりなしの注文が入っている。

一方、家族と、そして雄山閣には大きな別れの時が近づいていた。武と慶子は正式に離婚を決め、武は雄山閣を去ることを選んだのだ。もちろん、たとえ離婚したとしても、仕事は仕事として割り切り社に残るという選択肢もあった。雄山閣への深い愛着と、そして、一度は愛した人を営業部長として仕事上から支え続けることは、男として当然だと考えてみたこともある。特に今、雄山閣不動産が危機に瀕しているこの時には……

けれど、武自身の気持ちとして、やはりそういう割り切りはどうしても出来そうになかった。表参道の並木道の下で、若い、緑の葉が萌え出る季節に出会った時から一生をともに歩くと思い決めたはずの運命の糸は、二十八年後の冬、ぷつりと途切れた。武は中規模の専門出版社に、営業部長として迎え入れられることが決まっていた。

＊

再び独身に戻って、慶子はこれまでもう長い間別々に暮らして来たのだから急に一人になった訳ではなかったけれど、それでも、新しく味わう社長業のプレッシャーに押しつぶされそうになる時にそばに胸のうちを打ち明けられる人がいないことの心細さは、離婚後にいっそう深く思い知らされたようにも思う。ただ、気晴らしを出来る時もあって、それは、新しく広がった交友関係の中で過ごす時間だった。

もともと慶子は社交的な性格だったから、学生時代から常に友人に囲まれてにぎやかに過ごして来た。けれど、八年前、雄山閣に入社してから築き上げた交際範囲はそれまでとは比べ物にならないほど広く華やかだった。父は何かにつけて慶子を誘い、業界団体の会合や勉強会、それに受賞パーティーへと連れ出してくれた。業界の重鎮である長坂一雄の子、しかも女性ということも手伝ってどこでも温かく歓迎され、慶子も慶子でその好意を上手にとらえたから、瞬く間に知己は増えて行った。今では父を飛ばして直接慶子に会合の誘いがかかることもあるのは、もちろん、初手から一雄が意図していた通りで、自分の、そして父金雄の経験からも、この仕事をする以上業界内に人脈を持つことは必要不可欠なのだから、お膳立てをして出来るだけスムーズに道筋をつけてやろうという目論見だった。

「慶子、やっぱり義理は欠かしてはダメだよ」と一雄は時々思い出したように語りかけた。「今日は出かけたくないな、家でのんびり本でも読んでいたいなという日でも、なるべく会合には顔を出しておいた方がいい。いざという時、最後の最後には、人脈のカードが役立つからね」

はい、はい、よく分かっています、と慶子は受け流して今日の会合の服を択んでいた。老舗出版社代表の古希を祝う食事会には、やはりきものの方が良いだろうか。でも、この綴れの帯は月末のパーティーにと思っていたのに、顔ぶれが重なりはしないかしら……慶子の人脈は、今では一雄と親しい業界の重鎮方だけではなく、自分と同世代――正に仕事に脂が乗って、これからの出版界、取次業界を背負って行く四十代の出版人も含まれていた。中でも何故か同じ五黄寅年生まれに出会うことが多く、「五寅会」と称して月一度ほど集まる会を結成したり、女性マスコミ人だけの情報交換会にも参加している。また、出版業界だけではなく、二世、三世経営者が業界を越えて親睦を深め合う集まりや、一雄から三田会関係の人脈も引き継いでいた。どの集まりも、顔を合わせてもとりたててビジネスの話をする訳でもなく、評判のレストランや、時には一、二泊程度の小旅行に出かけて和気藹々と過ごす。ただ、一旦機が成ればその中のどこかの筋からビジネスが産まれるかも知れないという緊張感を孕んでいることが、これまでの交友関係とは大きく異なっていた。

「来月の五寅会だけど、フレンチでいいかな。いい店を見つけたんだ」

今日も仲間から電話がかかって来る。目まぐるしく日々が過ぎていた。

＊

翌平成十年二月、とうとう芳賀が雄山閣を去る日が来た。慶子の新体制が歩き出してまだ間もないことでもあり、いましばらく社にとどまってほしいという話も出てはいたが、芳賀の意志は固く変わらなかった。もう十分、十分過ぎるほど学術出版の海で暴れまわった。暴れまわることを許してくれた一雄社長の引退とともに、自分もいさぎよく戦線を離れる。それでいいではないか。これからは詩に専念して暮らすつもりだった。

「社長も、会長も、心配しないでください」慰労のための食事の席で、そう芳賀は励ますように言った。「老兵が去っても社には原木君、宮島君、佐野君というベテランの編集者が三人もいるんだから。この三人がそれぞれの人脈を使って企画をすれば、やはり雄山閣は安泰ですよ。当面は編集長を置かず、三人が合議する形で運営して行けばいいんじゃないですか。言ってみれば、トロイカ体制だ」

こうして芳賀は雄山閣を去った。刀一本で国から国へ渡り歩く剣豪のように飄々と学術出版の世界に乗り込んで来て、卓抜したカンと度胸、たゆみない努力によって、雄山閣に第二の黄金期を築き上げた。父が強く信頼したこの無頼の編集長を、慶子は幼い頃から尊敬の目で見つめていたが、今、その力を頼ることは出来ないのだ。次期編集長は指名されず、三人合議体制の編集部が残されていた。一方、父一雄は喜寿を迎えて体力の衰えを感じ始めているようであり、一つ一つ、業界団体から退いて今は文化産業信用組合の理事長職のみを務めているものの、その任期もあとわずかだった。一つの時代が終わろうとしていた。

二

九月に入って、思いもかけないことが起こった。その朝、慶子が社長室で業界紙に目を通していると、経理部の社員が血相を変えて飛び込んで来た。書道関係の本を納めている大手書道具店に倒産情報が出て、業界が騒然となっているというのだ。とにかく向こうの本社へ行って現状を確認して来ますというその社員を送り出して、慶子は電話の前でじりじりと報告を待った。社長室には経理部長の宮田が入って来て、やはり気が気でない様子で来客用の椅子に座り考え込んでいる。宮田は数年前に体調を崩したことをきっかけに、内勤職の経理部長に転任していた。

「大丈夫なのかしら……うちの本は」慶子は独り言のように呟いた。

「一回目の手形は問題なく落ちていますが、実は次が止まっていて、ちょうど今日確認を取ろうとしていたところだったんです」

「そうだったの……」

この書道具店は商社機能を備えた専門小売店で、書道用品や書道書籍、他に化粧品なども扱っていた。業界では新興ながら瞬く間に支店網を広げ、けれどバブル崩壊の影響が、根強い愛好家を抱えるはずの書道業界にまでもいよいよ及び始めていたことを、この時まで慶子たちは感知出来ないでいたのだ。ちょうど一ヶ月前、この書道具店のみで販売するという完全買い取りの契約で、『清人篆隷字彙』と『木簡字典』、それぞれ定価三万二千円の書道書籍を五百部納品したばかりだった。二冊とも在庫切れしていたものを今回の契約のために再版したもので、もちろん、新たに印刷費と製本費がかかっている。

数時間後、先方へ向かった経理部員から電話が入った。東京郊外にある本社にはシャッターが下りて、倒産を知らせる紙が一枚張りつけられているという。同じように未回収金を抱えているのだろう、呆然とたたずむ取引業者が何人もいるということだった。

「倒産したなら手形はもうどうしようもないのかも知れないけれど」やっと声を絞り出して慶子は言った。「とにかく在庫だけでも取り返したいわね」

「はい、何とか社員をつかまえて問い合わせてみます」

けれど結局その日は関係者に会うことが出来ず、後日確認すると、雄山閣が納品した千部は倒産手続きの過程で、社長の長男が経営する会社に財産として委譲してしまっているという。

「そんな……それは要するに、うちでは取り返しようがないということなの？」

「ひどい話なんですが、どうもそういうことのようなんです。正式な手続きを経て移動しているから法律上は何も問題がないということで」

「そんなのひど過ぎるわ。弁護士を立てて何とか息子さんの会社と交渉して行きましょうよ」

「それが、さっき入った報せで、親父さんが首をくくったと……」

「えっ……」

結局、この自死に気おされたかたちで他の多くの債権者は回収をあきらめ、雄山閣も納品した千部の引き取りを断念することになった。もちろん売掛金も入るはずがなく、定価が高い分印刷も製本も高くついた、その制作原価の支払いだけが手元に残されている。「完全買い取り」という盤石なはずの契約が赤字になって返って来たことは、あまりにも手痛い誤算だった。

いよいよバブル崩壊の波がうねりにうねって、ついにこれまで無風だった業界にも及びつつあるのかも知れない――慶子は暗い予感にじっと目を瞑った。真っ先に倒れた貸しビル業にもう復調の見込みはなく、雄山閣不動産は倒産させるしかないかも知れないという覚悟は出来つつあった。けれど、出版部門だけは、本業の出版業だけは堅実に経営して行けると思っていたのに――大きな誤算に慶子はこの頃眠れない夜があった。

＊

しかし、誤算は、まだもう一段用意されていた。

前年の夏、雄山閣は、武が置き土産にした寺院ルートに向け、満を持して『寺報・文書伝道文例事典』を送り出していた。これは、寺院が門前の掲示板に貼り出す仏教標語や法話を書くための文例集で、七年前に好調だった『現代仏教法話大事典』の二匹目のどじょうを狙った企画だった。

ところが、一年をかけてもこの本が全く動かなかった。内容の精査が足りなかったのかも知れないし、『現代仏教法話大事典』で寺院側の需要そのものが事足りてしまっていたためかも知れないが、寺院もバブル崩壊の影響を受けて金回りが悪くなっているということも背景にあるようだった。

書道具店の場合と同じく、この書籍にも独自の契約が結ばれていた。業界でもほとんど前例のない「取次一社限定」の契約で、しかもその一社が全冊買い切って販売することを取り決めていた。寺院ルートはもともとこの大手取次とともに開拓したルートだったし、そこに乗せるために作った書籍だからという理屈で、買い切りだから当然雄山閣に損は出ない。その分売れた時の取り分は低く設定されているものの、安全な商売を選んだ契約だった。ところが売れないと分かるとこの取次が突然手のひらを返して来たのだ。

「社長、困ったことになりました」営業部長の正木が八月の或る日、社長室の椅子にへたり込むようにして言った。「『寺報』の納めたうちの半分を、返品したいと言って来ているのです」

「えっ？　どういうこと？　百パーセントの買い切り契約のはずでしょう？」

「もちろんそうなのですが、先方の言い分は、ここまで売れない本が出来上がったのは作った雄山閣の側にも責任があると言い張っていて……」

「そんな……今更そんなことを言ったって、契約は契約じゃない。こちらが契約違反と訴えたら向こうは勝ち目はないんじゃないのかしら」

「けれど先方は一歩も引かない構えです」

「そんな……明らかに言い分がおかしいわよ」

「待って下さい。たとえこれを取り返せてもですよ、」

一緒に部屋に入って話を聞いていた宮田が口を挟んだ。

「じゃあ、明日からおたくの本は扱わないと言われてしまったらどうしますか」

「まさか、そんな……」

慶子は絶句した。そうか、向こうはこちらの足元を見て交渉を仕掛けているということか……。確かに宮田の言う通りかも知れなかった。駅前の一等地に店を構えるような大手書店から家族経営の小規模店まで、全国でこの取次と契約をしている書店は星の数ほどあった。その取次にもしも扱いを止められたら、雄山閣は、たとえどんなに良い本を作っても全国津々浦々の書店まで届けること自体が不可能になってしまう。流通は、出版業の血管だ。向こうはそれを知り尽くして取引を持ち出しているのだ。

それにしても、一雄が業界でにらみをきかし、武がそのパワーを上手く使って営業を回していた時代なら、先方も絶対にこんな無体なことはして来ないはずだった。重しがなくなったとたん、やりたい放題にやるということか……結局、慶子はこの返品要求を受け入れるしかなかった。入るはずの売掛金があぶくになって消え、ここでもまた莫大な制作費の支払いだけが残されている。未払いの制作費は一体幾らになるのか宮田と請求書類を見直して行くと、累計額は一億円近くに上っていた。

一体何と言う変わりようなのだろう。つい二ヶ月前まで堅調だったはずの出版業が、瞬く間に資金繰りに行き詰まってしまった。時代のせいもあるし、代替わりの時期特有のもろさのせいということもあるだろう。ちょうど最悪のタイミングでその二つが重なってしまったのだ。まるで悪い夢を見ているようだった。こんなことが自分に起こるなんて信じたくはない。これが夢であってくれたならどんなにかいいだろうか――

とにかく、一億近くに上る未払金を何とか始末しなければならなかった。と言っても払える原資はなく、ビル建設費の返済にも苦労している今、土地を担保にした新たな借金も出来ない。この上は、もう、支払先に頭を下げて回るしか策は浮かばなかった。幸い雄山閣の取引先は、二十年、三十年、中には戦前からつき合いのある謂わば身内のような会社ばかりだ。「雄山閣会」と名乗ってくれている彼らに恥を忍んで支払い延期を依頼して回る、それ以外他にどんな方法があるだろうか？

「慶子さん、大変だね。会社を継いだばっかりに苦労をして。どうしてだろうなあ、慶子さんがこんな苦労をするようになるとはなあ」

そう言ってため息をついてくれたのは、長年の取引先である協栄製本の村松昭男会長だった。

「いいよいいよ、手形はゆっくり返してくれればいいんだから」

協栄製本だけではない。ほとんどの支払先が同様に延長を認めてくれた。顧問会計士はこの話を聞いて、

「長坂さん、こんなことはめったにあることではないですよ。お父様、お祖父様の人徳のおかげでしょう」

と言う。とにかく手形を書き変えて、少額ずつ入金して行くことが認められほっと一息をつくこと

が出来たものの、それでも、その少額さえも支払うことに汲々として、今入ったばかりの売掛金をすぐ支払いに回すようなぎりぎりの手続きをする日もある。毎日毎日ひたすら支払いのことばかり、金のことばかりを考えている。自分は今そういう顔をしている――或る時鏡に映った自分の顔を慶子は他人のように眺めた。

三

それでも、二つだけ、苦しい日々を支えてくれることがあった。雄山閣は四年前から歌舞伎学会の学会誌『歌舞伎 研究と批評』の編集発行を引き受けていて、その関係から、少しずつではあるものの、着実に古典芸能関係の著者とのつながりが築かれていた。

中でも、この年に発行した『江戸時代の歌舞伎役者』は芸術選奨文部大臣新人賞を、翌年の平成十一年に出版した『近世能楽史の研究』は江馬務賞を受賞する栄誉を得た。地味な研究書は受賞したからと言ってすぐに大きな売り上げをもたらすことはないけれど、それでも毎月毎月資金繰りにやきもきさせられる中で、この受賞は慶子にとってはかり知れない慰めになった。

＊

もう一つ、救いになったのは、意外なことに、営業部で次男の右京が八面六臂の働きを見せ始めていることだった。高校三年になった今年、右京は自分から申し出て放課後に営業部の仕事を手伝い始めていた。部長の正木や経理部長の宮田に時に厳しい注意を受けながらも、品出しや伝票整理に走り回っている。もう一人前の若手社員と言ってもいいくらいの働きぶりだった。

右京は、上背は小柄なものの体つきはがっちりとしていて、在庫の上げ下ろしなど力仕事を全く厭わない。前例がこうだったからと何かと非効率なことの多かった売り上げ管理の仕組みを、粘り強く古参社員を説き伏せて合理化を進めてしまう、その姿を見ていると、会ったことはないけれど若い頃の金雄おじいさまはこんな風だったのではないかしら、と、慶子は目をこすりたくなる時があった。

もちろん、会社の屋台骨が大きくかしいでいることは、社員に暗い波のように伝わっていた。今年に入ってからぽつり、ぽつりと営業部から人が抜けて行く。その穴を埋めてくれているのはやはり、子ども時代にはあんなに手を焼かされたはずの右京だった。


もう一つ、慶子にとって、右京の加入は経営のコンピューター化という面からも大きな援護射撃になった。入社以来慶子がまず経理部、そして営業部で進めて来たコンピューターの導入を、右京は営業、総務で更に押し進めている。在庫管理、品出し管理、それに伴う様々な書類の作成まで、完全にコンピューター化されるのももう間もなくだった。

この上は更に一歩コンピューター化を進めて、「組版の内製化」を実現したい——というのが、今では親子の共通の目標になっていた。出版社はどこでも著者から預かった手書きの原稿を、製版会社に回して版下を組む。特に雄山閣の場合は学術書という性質上、精査に精査を重ねることが必要で、四校、五校と出すその都度の組版代が制作費に大きな比重を占めていた。コンピューターというものが生まれた今、この組版を社内で内製化出来れば、制作費を大幅に抑えられることは明らかだった。

けれど、慶子と右京のコンビをもってしても、編集部だけは容易に切り崩せない守旧派の牙城だった。そもそも文章とは原稿用紙の一マス一マスをペンで埋めて行くもの——理屈を超えた手書きへの情緒、愛着は信仰に近いものがあり、編集部にコンピューターへの理解者は一人もいなかった。

そんな彼らにとっては、もちろん組版の過程も製版会社に任せておけば良いことであり、出版社の側でデータ化するなど意味すら理解出来ないことなのだろう。慶子は或る時、業界団体の勉強会で出始めたばかりのマッキントッシュ・コンピューターに目を奪われ、勢い込んで虎の子の二百万をはたいて購入したものの、編集部員は無視を決め込んでいた。それどころか、出社すると、壁に、

「コンピューター禁止」

という張り紙が掲げられている。仕方なく今回ばかりは折れて地下の倉庫に眠らせておくしかなかった。経理部員とは違い、歴史書編集者の代わりはそうそう簡単に見つかる訳ではないのだ。もちろん、やっと在庫管理の流れをつかんで来たばかりの右京にも、編集部に口を挟むことなど出来る訳がなかった。

ともかく、全身傷だらけのような状態であっても、何とか経営を立て直して出版の雄山閣の看板だけは守り抜く。この看板を下ろすことは絶対に有り得ない——それだけが、今、慶子を支える一筋の信念だった。平成十二年四月、一雄が正式に会長職を引退して、慶子は一人代表として経営に立ち向かうことになった。

平成９年発行『日本土器事典』

第十八章

屋号

一雄、七十九歳から八十一歳
慶子、四十九歳から五十一歳
右京、十九歳から二十一歳

一

祖父金雄について思い出せることは何だろう？

優しい笑顔を思い浮かべたいと思うけれど、思い出すのはいつも難しい顔をして本の頁を繰ったり、来客とよそゆきの顔で話している姿ばかりだった。

特に食事の時の祖父は厳格な修身の教師のようで、杉並の家に遊びに行くといつもとにかく背筋をぴんと伸ばして、折り目正しく食事を取らなければいけなかった。子どもらしいたわいのない話は耳に触るのか、じろりと一瞥を浴びせられ、面倒を起こさないよう黙って箸を運び続ける。たまに富士見の家に祖父が来て食事を取るとなると、だからもう全く別の家に変わってしまったようだった。節約にもやかましいから嫌いなものでも一口残さず食べなければいけないし、それどころか、醤油や塩もわずかでも無駄に使うとじっと見つめられる。休日に家族で伊勢丹へ出掛ける日に一番の楽しみだった食堂で食べるお子様ランチも、祖父が態度の悪い給仕さんを叱りつけたりすると台無しになって味が分からなくなってしまう。子どもの目には金雄はただただ厄介で恐ろしい存在だった。

けれどこの頃やけに祖父のことばかり考えている。祖父は一体どれほどの努力を重ねて、専門家と渡り合えるほどの歴史の知識を頭に詰め込んだのだろうか？　営業に回る時はどんな口調で交渉していたのだろう？　まさか家族に対したように気難しくはいられないのだから、きっと全く違う顔を見せていたに違いない。それに気になるのは、どんな時に本の企画が浮かんだのかということだった。机の前で腕を組んで？　それとも道を歩いている時にふと名案が浮かんだりしたのだろうか？

　今なら祖父に会って話をしてみたかった。

＊

　平成十二（二〇〇〇）年、一人代表として歩き始めて間もなく、傷だらけだった雄山閣にとうとう死を宣告するような事態が起こった。

「これは……この数字は、何かの間違いじゃないのかしら？」

　思わず慶子が声を上げたほどに、或る月になって売り上げが激しく減少していたのだ。

「それが、トーハンも日販も栗田も、全部合わせてもやっぱりこれにしかならんのです」

　慶子の前に座った宮田も暗い顔をして売掛表をじっと見つめていた。そこに記された金額は一年前の同じ月のわずか十分の一でしかない。こんな売掛表はもちろんただの一度も見たことがなかった。

「新刊が、」宮田が言った。「たった一冊しか出ていませんね、今月。これじゃあ売り上げが上がる訳がない、か……」

「本当にその通りね。本当に……どうしてもっと早く気づけなかったんだろう」

　ふつふつと後悔がつのって胸が塞がる思いだった。実は、一年程前から――それはつまり芳賀時代の企画が総て本になって発行されてしまった後から——少しずつ、毎月の出版点数が減っていることには気づいていた。けれど毎月毎月資金繰りの算段で頭がいっぱいだったし、『季刊考古学』が好調だったから目がかすんでいたということもある。それに、編集部の独立を尊重すべきだという考えから、本の制作に関わることはどうしても編集部任せにしてしまっていた。それがまさかここまでの結果を招くとは——この売掛表が示しているのはただ一つの事実だった。今の編集部の体制では新刊を出すことが出来ないのだ。本を作らなければ出版社は弾がないまま戦争をしているのと同じことだというのに。

「やはり編集長が空席のまま来たのがいけなかったんでしょうか」宮田がうめくように呟いた。「芳賀さんは良かれと思ってトロイカ体制を残してくれましたが、どうしても三人がお互いに牽制し合ってしまっていることは、僕は何となく感じていたんです。やはり人間は、トップの座が空いていれば気になるものなんじゃないでしょうか。あそこに座るのは誰なのか、自分なのか、違うのかって。だから失点を恐れて思い切った企画を出さなくなってしまっていたんじゃないでしょうか」

確かにその通りかも知れなかった。それに、もちろん、社の経営の動揺は編集部にも伝わっていたはずだ。ぽきりぽきりと櫛の歯が欠けて行くように営業部から仲間が去って行くのを見つめながら、編集部員の誰もが不安を感じていたのだろう。どこか仕事に身が入らず、その結果、一冊一冊が出来上がるペースが遅くなった、そういう現実的な理由もあると思えた。もちろん、三人合議体制のその三人ともが、一人で一から多数の企画を動かして行くタイプではなかったのかも知れない。そんなことは芳賀が去るまで、芳賀にすら見えていないことだったのだ。今更ながら芳賀という船長を失った意味は途方もなく大きかった。慶子はきつく唇を噛んだ。

それにしても、前途にはあまりにも希望が見当たらなかった。雄山閣のような専門書籍出版社はベストセラーを出せることはほとんどないのだから、毎月コンスタントに良質の専門書を出版することこそが経営の要になる。一冊一冊の売り上げは小さくてもその合算で経営を成り立たせて行くのに、そもそも新刊が出ないのではこのまま倒れて行くしかないではないか。

何より恐ろしいのは、多額の負債にいよいよ首が回らなくなって行くだろうということだった。今、雄山閣が抱えている負債は、ビルの建設費と書道本、寺院本の未払い制作費、その他に、父一雄の代から折々経営資金として複数の金融機関から借り入れて来た長期の融資があった。これまでは何とか日々の売掛金で返済出来ていたこれらの借金が、新刊を出すパワーが衰えた今、いよいよ焦げついて行く可能性がある。それはすなわちただ一つのことを意味している……

もう、本当に駄目なのかも知れなかった。三重に重なった負債に足を取られ、それを挽回するための唯一の策、本を出し続けて行くための力までが枯れ果ててしまっている。この状況の中で無理に無理を重ねて会社を回して、けれど回せば回すほど、閉じるのが遅れれば遅れるほど傷は深くなって行くのではないだろうか。道はもう一つしか、屋号を下ろすしかないのではないか——

また、眠れない日が続いていた。こんな時、お祖父様ならどうしただろう？　問いかけても胸の中に浮かぶしかめ面の祖父は何も答えてはくれなかった。

二

それでも、まだ望みは捨てていなかった。もう、見栄も相手の迷惑も気にしている時ではない。慶子はあらゆる知人に相談に回り始めていた。梓会や歴史書懇話会など、父の代から加入している業界団体で親しくなった人々、女性マスコミ人の会で知り合った友人、財界二世の知人、五寅会の仲間たち。

たぶん慶子はあきれるほど切羽詰まった顔をしているのだろう。多くの知人が知恵を貸そうと手を差し伸べてくれた。手薄になった営業部に人材を紹介してくれた人もいたし、この苦境を抜け出すための最も現実的な打開策、富士見のビルと土地を売却する可能性を視野に入れて、不動産業者や土地売買に詳しい会計士、弁護士を紹介してくれた人もいた。慶子と一雄が個人的に保有していた優良株式を買い取ることで、助けになってくれた友人もいる。もうなりふりは構っていられなかった。こうでもしなければ本の制作費にあてる原資も、借金返済に回す金も今は調達出来ないのだ。会社は生き残るかつぶれるかの瀬戸際に立たされていた。

或る日、一人の紳士が社長室に慶子を訪ねて来た。知人の紹介でやって来たその人は上等なスーツを着た紳士で、銀座に幾つもビルを持っているという。その肩書に嘘はないものの、ビルも土地も相当にあくどい手を使わなければ手に入れられなかったはずのものだと言われていた。

「お役に立てることがあったら」

と、その人はまるで茶飲み友だちのように時々社長室に立ち寄って、売却話を持ちかけて来る訳でもなく、ただ黙ってこちらの話を聞いた後、時には二つ三つアドバイスも授けて帰って行く。なりふり構わずあらゆる人と会って来た中でも、とびきり印象的な人物だった。もちろん、どこかの時期をとらえてこのビルを買いたたけないかと狙いをつけているのは間違いない。底の知れないこの紳士を追い払うことも出来たけれど、もしかしたら最後の最後にはこの人に頼るしかなくなることもあるかも知れない、と、慶子は無防備に振る舞うふりをして明け広げに内情を打ち明けるようにしていた。根本のところでは、雄山閣の債権者が三菱をはじめとした筋目正しい金融機関である以上、そうそうブローカーまがいの人物に勝手な真似が出来るはずがない、という計算があった。向こうが下心からみならこちらも同様に動くまでだ。いつの間にか慶子はそれなりのしたたかさを身につけていた。

＊

こうして友人への株式売却でかき集めた資金を使って、慶子は或る本を作ろうと決心を固めて行った。もう編集部に任せ切りには出来ない。自分で発想した企画を実行に移すのだ。

「俳句歳時記って、そんなもの、絶対に当たりませんよ」

編集会議では大きな反対の声が上がった。

「こんな企画に二千万もかけるなんて……正気ですか?」

慶子は意に介さなかった。では、芳賀が去った後、編集部の企画の何が当たったのか？　五年前、まだ芳賀の時代に出したシリーズ『俳句世界』は、売れ行きはそれほどではなかったものの一部の愛好者に好評を博していた。バブルが弾けてしまった今でも、十七文字のこの芸術を愛する人々は根強く存在しているのだ。その人たちの心をとらえる新しいタイプの歳時記を作れば、波は静かに広がって行くのではないだろうか。例えば、クリオネ。例えば、リラ冷え、冷やし中華、ラベンダー。今を生きる人々の暮らしに寄り添った新しい季語を取り入れ、古今の名作だけではなく全国からも句を公募したらどうだろう。それを現代を代表する俳人たちに選んでもらうのだ。

反対を押し切って、慶子は『新版・俳句歳時記』の制作に乗り出した。

＊

それにしても今年はことに暑い夏だった。

相変わらず自転車操業が続き、これまで黙って苦境を見守って来た金融機関もいよいよ腰を上げ、返済処理について抜本的な話し合いが持たれようとしている。宮田にとっては、入って来た売掛金をすぐに制作費支払いの手形決済資金に振り替える綱渡りはもう当たり前の日常業務に変わっていた。

その日も特に暑い一日で、宮田は、以前一雄が理事長を務めていた文信こと文化産業信用組合へ、朝一番に出向いて行った。この日は文信の扱いで雄山閣が振り出していた或る手形の決済日で、相変わらず振り出すための資金は不足していたけれど、昨日までに打開策は講じてあった。長くつき合いのある大手取次会社に依頼して、特別に今日の日付で売掛金を入金してもらう約束を取りつけていたのだ。だからこの後はその入金を確認して、すぐに手形の決済へと回す。それが出来なければ不渡りを出して雄山閣は倒産してしまうのだから、事務的な手続きとは言え重要な段取りだった。ところがどうしてか、いつまで経っても取次からの入金手続きが行われないのだ。

「おかしいですね。僕からも訊いてみましょう。とりあえずこちらのお部屋でお待ち下さい」

文信の担当者に案内されて応接室で宮田はひたすら待ち続けることになった。数百万というその金の重要性は、取次も先刻承知しているはずのことだった。だからこそ今日に合わせて売掛金を入れてもらうよう話がついていたのだ。

「まだ出ないのでしょうか？」

正午近くになって宮田は文信の担当者に、そして次第に追い詰められて取次の担当者に電話を掛けて食ってかかった。

「ご承知の通り、三時までに振り込んで頂けなければうちは倒れます。倒産するしかないんです！」

けれどいっこうに入金の動きはなかった。一時が過ぎ、二時が過ぎ、時々文信の応接室がぐらぐらと揺れているような錯覚がする。大手の取次にとって、今自分たちが喉から手が出るほど欲しいこの数百万という金などはした金であることは分かり切っていた。やろうと思えば今朝一番にだって振り込めたはずだ。あいつら、つまりは弱小出版社いじめをしてやがる。会長や武さんがいなくなって睨みがきかなくなったことをいいことに、俺たちをいたぶって楽しんでいるのか――

結局、先方は、三時ぎりぎりになって約束の金額を振り込んで来た。宮田は気の毒がる文信の担当者と大至急で手形決済へ振り替え、そして、照りつける西日の中をふらふらと社に戻った。まるで昼が永遠に続いて行くように、西日は街に照りつけていた。

そしてその日、宮田は社で昏倒した。体も、心も、いつの間にかもう臨界点を超えていたのだ。病室から出された辞職願を慶子は黙って受け取るしかなかった。

＊

その頃、雄山閣を去って行ったのは宮田だけではなかった。編集部から原木とその下にいた社員が一人抜け、営業部も部長の正木が退職を決めて行った。いよいよ社は断末魔の叫びを上げている。その叫び声がビルの壁や天井のあちこちからきしんで聞こえて来るようだった。

「右京、ちょっと手伝ってくれない？」

或る日、社長室で慶子は椅子を壁際に寄せて右京に声を掛けた。

「何、お母さん。あ、その絵を売るつもりなの？」

右京は部屋の入り口で立ち止まって動けなくなった。

「そうよ。仕方がないわ。これを売れば月末の手形は何とか払えるでしょ？　きっと高く売れるわよ」

「でもこれは……」

右京はその絵を見上げた。金雄の時代に買い求めたその絵は、高名な洋画家が富士山を描いたものだった。富士はひいじいさんの、雄山閣の象徴なのに……

もう、慶子は、あらゆるものを売り始めていた。金雄と父が折々集めていた書画や皿、壺、小判類、そして、株式。面白いことに高く売れるのはいつも金雄が集めた骨董品だった。畑仕事に追われて無学無教養の少年時代を過ごしたはずなのに、祖父の眼はやはり抜群に一流だったのだ。

「なあ、慶子、もういいじゃないか」

或る時、一雄がぽつりとつぶやいた。

「もうお前は十分やったよ。もしも向こうで親父に会ったら、きっと慶子はよく頑張ったと言って怒らないに違いない。もう、いいんじゃないか。金の借り先の方々には申し訳ないけれど、会社はつぶしてしまおう。なあに、家族が生きて行くだけならきっと何とだってなるさ。これ以上こんな辛そうな慶子を見ているのはたまらないよ。つぶして楽になろうじゃないか」

そんなことは、もちろん、自分だって何度も考えていた。だけどどうしても最後には同じところに戻って来てしまうのだ。この会社をつぶすことは出来ない。私の代で終わることは出来ない。本を、本を作り続けたい。

そう、結局、私は本が好きなのだ。新しいページを開く時のあの紙の匂いと黒いインク。こんな本を作りたいのだと何日でも議論すること。雄山閣のあの本を読んで僕は縄文時代の面白さに目を開かれたんですと言ってもらえること。本を、作りたい。私は本を作り続けて行きたい――

＊

三

苦しい日々が過ぎていた秋、考古学界を揺るがす大事件が起こった。

十一月五日の朝、毎日新聞が「旧石器発掘ねつ造」という大スクープを一面トップで報道した。東北各地の遺跡で二十年以上にわたり、専門的には「前期旧石器」と呼ばれる十万年以上前の石器を次々と発掘し続けて来た藤村新一が、実はその手で縄文期の石器など、後の時代の石器を自ら土中に埋めていたという。報道には言い逃れようのない、衝撃的な現場写真が添えられていた。

その日、宮島はふだん通りに出社して、知り合いの研究者からかかって来た電話で報道のことを知った。慌てて飯田橋駅へと走り、キオスクで毎日新聞を手に入れる。道を歩くのももどかしく紙面に目を走らせて引き返していると、次の『季刊考古学』をどうするのか！　という怒号のような叫び声がアスファルトの道からぐらぐらと立ち上って来た。何とも間の悪いことに、二ヶ月後に発行予定の『季刊考古学』第七十四号は、「前期旧石器時代特集」を予定していたのだ。もう先生方からはちらほらと原稿が集まり始めているし、その執筆予定者の中には、藤村新一の名もあった。

＊

そもそも宮島は、七十年代から始まった藤村たち東北の考古学研究者による相次ぐ前期旧石器発見を、一歩距離を置いて見つめていた。それはごく素朴に、発見が彼らの周辺、それも主要な石器で言えば藤村一人に限られていることが不思議に思えたからだった。同じ疑問をもっと押し進めて、どうも何かがおかしいのではないかと耳打ちして来る研究者も、実は宮島の周辺にはいた。

藤村は、民間の考古マニア出身だった。発掘してもその成果について正式な学術論文を書くことはない、謂わば「発掘専門の研究者」で、その成果を東北大、東北福祉大、文化庁などの機関に所属するアカデミックな研究者が検分してお墨つきを与えていた。彼らは皆学界に認められた一流の考古学者で、東北大の芹沢長介教授門下の「東北グループ」とでも言うべき学閥にいた。宮島はその一派の中では文化庁の研究官、岡村道雄先生と特に親しくしていたから、或る時、何かの話の流れで、

「どうして東北の人たちの所にだけ出るのですかねえ」

と言ってみると、先生は即座に、

「それは、一生懸命にやっている人がいるからですよ」

と答えた。その「人」とは先生の仲間である東北グループ全員を指すのだろうし、また、主要石器をほとんど一人で発見している藤村のことを指すのだろう。けれど何となくすっきりしない思いもわだかまり続けていたから、創刊から十八年が経つ『季刊考古学』ではこれまでただの一度も前期旧石器時代の特集を組んだことはなかった。

もちろん、考古学雑誌として、最新の研究発掘情報を網羅しておく必要はあった。特に前期旧石器時代の探究は戦後考古学の最も華々しい成果と捉えられていたから、宮島はこの数年は岡村先生に「旧石器時代史」という連載を頼んでいた。それも踏まえてこのあたりで一度、前期旧石器時代特集を組んでおくべきだろう。そう重い腰を上げて決断したのが今年の夏の始めだったのだ。責任編集はやはり東北組に属する東北福祉大の梶原洋先生に依頼した。と言うより、前期旧石器時代の発掘も研究も東北グループのみによってなされていたのだから、特集を作るとしたら彼らに依頼しない訳にはいかないのだ。そして宮島は藤村にも原稿依頼の手紙を出していた。論文は書かない藤村も、発掘レポートや概論的な論考なら書くことは他の雑誌で見て知っていた。発見の中心にいる彼の論稿は、是

非ともほしい原稿だった。

＊

「坂詰先生、えらいことになりました」

社に戻ると宮島はすぐに電話をかけた。

「ああ、宮島君、こちらも朝から電話が鳴りっぱなしだよ」

「実はうちは何とも間の悪いことに、ちょうど前期旧石器時代の特集を組んでいるところだったんです」

「ええ？　そうだったのかい」

「今から新しい特集に変えて先生方に新しく原稿を書いて頂くのでは、到底間に合わない可能性が出て来ていまして……ああ、えらいことです。次号は落ちてしまうかも知れません」

「何だって？　宮島さん、まあ、落ち着いてよ」

坂詰先生はやはりどんな時でも頼りになる方だった。あれこれと話し合ううちにこれしかないという解決案をひねり出してくれたのだ。

「いいかい、宮島さん、前期旧石器というテーマはそのままで行ってしまうんだよ。そうだな、『前期旧石器文化の諸問題』という題にしたらどうだろう。今まで集めて来た原稿の中には、同時代の東アジア地域をテーマにしたものもあるんだろう？」

「ええ、幾つかは」

「そうしたら、それだけを掲載して、あとは全国の考古学の先生方にだよ、今回の事件について思うこと、それから、反省すべき点はどこにあったのか、そもそも日本に前期旧石器時代はあるのかないのかについてのご自分の考え、そういう、率直な意見を語ってもらったらどうだろうか」

「なるほど、緊急アンケート特集ということですか」

「そうだよ、だけどこれは決して急場しのぎの企画じゃない。考古学界にとって大きな意味のあるものになるじゃないか。まあ、さすがに梶原先生の責任編集という訳には行かないから、今回に限っては編集部による責任編集ということにしてさ」

「それは、確かに」

「よし、この線でいいじゃないか。大丈夫。欠刊にはならんよ」

＊

こうして翌平成十三年二月、『季刊考古学』は無事欠刊することなく第七十四号『前期旧石器文化の諸問題』を送り出した。

「だけど宮島さん」

編集部で宮田が刷り上がったばかりの七十四号をぱらぱらめくりながら言う。宮田は結局社に戻り、再び経理部長として最前線に立っていた。

「あの時、藤村氏に原稿は頼んでいたんですよね？」

「うん、そうだよ」

「彼、一体何を書いて来てたんですか？」

「それがこっちが頼んだきり、何も返事がなくてね。そろそろお伺いと言うか、催促の電話をしようと思っていたところだったんだよ」

「そうだったんですか。やっぱり書けなかったんでしょうかね、彼には」

「どうだろうね……」

四

雄山閣の業績は変わらず苦しいままだった。唯一の良いニュースは『新版・俳句歳時記』が売れに売れていることで、ただ、だからと言ってこれで借金返済の総ての道筋がつくというほどではない。

一方、社内からは新しい動きが起こっていた。誰が見ても沈没寸前のこの船から逃げ出さずに踏みとどまっている社員の中から、数人の有志が「社員会」という名の集まりを持ち始めていたのだ。編集部から総務まで部をまたぎ、宮田をはじめとした古参社員もいれば、慶子の知人の紹介から最近新しく加わっていた社員も名を連ねていた。もともとこの会は社員旅行や花見などレクリエーションの打ち合わせをするために、昭和の一雄の時代に作られたものだった。それが今では真剣な討議の場に変わっている。メンバーの中には社の株を買い、経営の助けになろうとする者も現れていた。これほど悪い状況の中でまだ株を買ってくれるとは――慶子は手を合わせて拝みたい気持ちだった。

「やっぱり僕らは雄山閣が好きなんですよ」或る時、宮田が慶子に言った。「何とかこの屋号を守りたいんです。たとえ社が倒産したって、何、僕らがまた『雄山閣新社』でも何でも新しい会社を立ち上げればいいじゃないですか。河出だって三省堂だって、倒産してもそうやって出直した出版社は過去にいくらもありますよね。雄山閣の名前を掲げて、雄山閣の精神を継承して、必ず歴史の本を出し続けて行きますから」

この新しい動きは慶子の胸に初めて淡い希望を灯した。そして同時にその小さな小さな光の向こうに、おぼろげな突破口の形を見せてくれたようにも思えた。これまでは、何とか自分の力で雄山閣を倒産から救い出そうと考えて来た。長坂の名を持つ者の力で社を再生させる、それだけを願ってもがき続けて来た。けれど社員の中にここまで強い雄山閣への思いがあるのなら、彼らに再生を託すという道もあるのではないだろうか。

「お父様、私、こうしようと思うんです」

或る日、富士の見える居間で父と向き合い、慶子は話し始めた。

「雄山閣の出版事業を、社員の有志の人たちに譲渡してしまおうと思うんです。今、編集部はがたがたですが、それでもまだ『季刊考古学』があります。『新版・俳句歳時記』も、動き始めている新しい企画もあるし、もちろん、まだまだこれから長い時間をかけて売れて行く過去の在庫本もありますよね。この出版業務全体を、社員会の人たちが立ち上げる新しい会社に譲渡してしまう、そういう救済の道もあると思うんです」

「それは確かにその通りだが……」一雄は考え込むようにして言った。「でも、お前はもしかして、雄山閣の借金を一人で背負う、そういう腹づもりをしているのじゃないのかい？」

「……さすがにお父様には分かってしまうんですね」慶子はふっと目を伏せて言った。「そうです。その通りです。雄山閣の借金は私が背負います。もちろん、制作費の未払い金は新会社にもついて行くことになりますが、だけど土地を担保に三菱や他の金融機関に借りているもっと大きな借入金は、不動産の借金と一緒に私が背負えばいいと思うんです。お父様には分かるでしょう？　こうすることで雄山閣の屋号は、出版事業は生き残ることが出来ます」

「だけどこれではお前の負担が大き過ぎるよ」

「私は、いいんです。雄山閣が残ればいいんです。ただ、会社の代表は長坂の人間ではなくなります。きれいさっぱり譲渡してしまうんですから。雄山閣が長坂の家から離れることを、お父様にお許し頂かなければなりません」

長い間目を閉じて黙っていてから、一雄は結局、慶子がたどり着いたこの新しい再生案を支持した。以前、あれほどまでに——孫の姓を変えさせてまで——長坂の人間が社を経営することにこだわった一雄がそれでもこの案を支持したのは、やはり根底に慶子と同じ思いを抱いていたからだった。雄山閣の屋号を残す。本を出し続けて行く。苦境に追い込まれた時に最後まで守ろうとするものこそ人にとって最も尊いものだとするならば、親子が尊ぶものはただ一つしかなかった。

＊

こうして、秋、慶子は出版業務の事業譲渡を決断した。受け皿となってくれる新会社の社長には宮田が就くという。つまり自分たち親子はこの男に三代続いた家業を託すことになる訳だ。大きな、大きな賭けだった。

「慶子さん、決断したと仰って、その実眉が曇っておられますか」

そう言ったのは、時々社に現れる、怪しげなあの銀座の不動産王だった。

「宮田さんが心配なのですね？」

人の心を見透かすこの紳士の言葉に慶子は苦笑いを返すしかなかった。

「大丈夫。宮田さんなら必ずやり抜きますよ。人間は、信用が第一です。あの方は体が悲鳴を上げて倒れるまで文句一つ言わず、辛い運転資金のやり繰りをこなしておられましたね。そして倒れた後も、結局また社に戻って来て恩に着せる訳でもない。黙々とこういう生き方が出来る人こそ、信頼出来る人なのじゃないですか？　人に信頼されなければ社長という仕事は務まりません。彼こそ社を任せるのにふさわしい人なのではないですか？」

五

明けた平成十四年正月、慶子と宮田は雄山閣会会員企業をはじめ、未払いの制作費を待ってくれている債権者へ事業譲渡についての説明会を開いた。製版、印刷、製本、製函……一人一人、一国一城の主であり経理の責任者である人々が、「事業譲渡」という耳慣れない再建策に意外そうな表情をしながらも静かに耳を傾けてくれた。説明会の間にとりたてて反対の声は上がらず、慶子と宮田はひとまずほっと胸を撫で下ろしたものの、まだ本当の結果は分からない。持ち帰ってよくよく考えた末に、新会社など信用ならん、うちの借金だけは先に耳を揃えて返してくれと言って来る所が現れないとは限らなかった。

「慶子さん、よく決断されたね」その日の夜遅く、協栄製本の村松会長から電話が入った。「あなたもお父上も社を手放すことがどれほどお辛いか、私は分かっているつもりですよ。大丈夫です。雄山閣さんの再生に協力しない所があったら、私が行って話をして来ますから、このままおやりなさい。あなたも体に気をつけて、頑張って前に進んで行くんですよ」

受話器を持ちながら涙で目の前がかすんで行く、温かい励ましだった。

こうして、同じ月、慶子は「雄山閣出版」の業務を新会社「雄山閣」に営業譲渡した。この会社は数千万に上る制作費の未払金を抱えながら歩き出すのだから、前途は決してなだらかな道ではないだろう。それでも、とにかく雄山閣の屋号と出版業務は生き延びたのだ。今ではもう自分のものではなくなったその新しい雄山閣の行く道を、慶子は一人祈った。

＊

そして同じ年の三月、雄山閣のビルと土地は人手に渡った。債権団との話し合いの中では、別の長期ローンに借り替えて借金を抱えたままビル経営を続け、数十年をかけて全額を返済する、そのような温情案も検討されたことがあった。けれど中から反対する金融機関が現れ、結局、現時点での返済――土地売却による返済という道を選ぶ以外に道は断たれたのだった。

今、慶子の手には、土地も、出版業も、何も残されていない。それでも、たとえ自分の手を離れても、出版会社雄山閣は今も存続している。本を出し続けている。自分はやはり、この屋号を守ったのだ。そう、慶子は傷だらけの自分の手を握りしめて思った。

『季刊考古学』第74号

第十九章

使命

一雄、八十一歳から九十歳
慶子、五十一歳から六十歳
右京、二十一歳から三十歳

一

「おはようございます。売掛、集計しました。いい出足ですよ」

社長室の扉を開けて、右京が入って来た。手に一枚白い紙をかざし、ふだんはジーンズ姿で社内を飛び回っているのに、今日は珍しくジャケットを着込んでいる。その上ネクタイまで締めているのは、この後これから取次に打ち合わせに行く予定が入っているのだろう。宮田がそう思う一瞬に、右京はもう机の前に立っていた。

「見て下さい、やはり『守貞謾稿』が相当動いています。あれだけの高額本が、これなら完売する勢いですよ」

「ふうん、本当だね」宮田は身を乗り出して差し出されたその表を眺めた。「調子がいいのは感触で分かってはいたけど、こうして集計してみるとはっきりとするね」

「はい。やはりこの企画を通しておいて良かった。これで大分助かりますね」

「そうだな」

新生雄山閣は以前と変わらず、富士見のビルで業務を続けていた。もちろん今ではビルは人手に渡り、雄山閣はここに入居する店子のうちの一社に過ぎない。けれど新しくオーナーになった不動産会社は「雄山閣ビル」の名はそのまま残し、何より、創業者以来の土地を離れずに済んだことが全員の士気を高めているように思える。これでもしもどうしても家賃が工面出来ず、他の土地に移転を余儀なくされていたら、どことなく都落ちという気分がついて回っていただろう。何とか今日まで資金繰りが続いて来たことを思い、宮田はひそかに胸を撫で下ろすことがあった。

新会社はまずまずの滑り出しを見せていた。倒産騒ぎの中でも安定して読者がついていた『季刊考古学』は発行元の名が「雄山閣出版」から「雄山閣」に変わろうと全く影響は受けず、相変わらず稼ぎ頭として根強い支持を集めている。そこに新刊の『守貞謾稿』が好調を見せていることが、まるで天からの門出の祝いのようだった。

この『守貞謾稿』は、慶子社長の時代に準備を始めた風俗史分野の豪華本で、正式な書名を『守貞謾稿図版集成』と言う。雄山閣とはかれこれ四十年以上のつき合いになる髙橋雅夫先生の労作で、定価二万円という高額書籍だった。江戸時代の趣味人喜多川守貞が同時代のあらゆる風俗を絵と文章で記録した『守貞謾稿』の、その挿絵の部分だけを抜き出したもので、内容にふさわしく、特注で織らせた縞柄の松坂木綿を表紙に張った、しゃれた一冊に仕上げている。例えば江戸時代を舞台に小説や漫画、映画を創作したいと思う者なら必携の書になるはずだし、もちろん江戸期を専門とする研究者にも相当の需要があると見込んではいた。けれどその予想を更に上回る好調ぶりなのだ。

そう言えば、当時この本も、編集会議では古参の編集者から大きな反対の声が上がっていて、行けると判断して強引に通したのは慶子社長だった。何と言ってもこの本も、それから去年から引き続き好調の『新版・俳句歳時記』も、取次を通さず読者から直接注文が入ることがありがたかった。『新版・俳句歳時記』は全国の結社から二十部、三十部とまとめて電話で注文が入る。『守貞謾稿』は、学問の世界にとどまらずコスメティックやファッション業界に広い人脈を持つ髙橋先生が、自らあちこちに宣伝して手売りのようにして売ってくれている分が大きかった。取次を通さないのだから利益は格段に大きく、この二冊の売り上げが毎月ばらばらと振り込まれることが、船出したばかりの新生雄山閣の大きな大きな助けになっていた。

「じゃあ、打ち合わせに出て来ます」

ちらりと腕時計を見て右京が歩きかけた。

「取次かい？」

「いや、今日は例の歴史書フェアの打ち合わせで」

「ああ、そうだったね。頼んだよ」

「はい、またご報告します」

今、右京は、宮田の指示を受けながら、営業から業務、経理部にまでわたる広い範囲の仕事を受け持っていた。上着を着込んで売り上げについて話し合う姿は若手の営業社員そのものだったけれど、実は倒産騒ぎのさなかに私立大の史学科に合格し、まだ大学に籍も残していた。そもそも右京が雄山閣でアルバイトを始めたのは母の苦境を見かねてのことだったのだから、大学に合格した以上、すっぱりと学業に専念しても誰からも文句は出なかったはずだ。けれどどうしても雄山閣の行く末が気になり、結局大学は休学にしてしまっていた。とにかくまず一年、もうあと一年と思いながら、年次が重なって行くのに任せている。

右京が受け持つ営業部は、新会社の発足後、慶子の知人の紹介で新しく加わった社員もいるものの、まだ圧倒的に人手が足りていなかった。このフローを組み立てたら、あのフローを改善したらと気にかかることは後から後から現れてきりがなく、結局、今年も、この後大学をどうするのかを決断を出来ずにいるし、もうこのまま退学してしまって、仕事に専念することでも良いような気もしていた。

一方、編集部では、変わらず『季刊考古学』を担当する宮島と、主に民俗学分野を担当して来た佐野、古参社員ではこの二名のみが新会社に残り、その他に、著者の先生の紹介で考古学専門の羽田真一など、新しく四人の編集者が加わっていた。史学専門の編集者もいれば、かつての芳賀がそうだったように、文化畑を歩いて来た者もいる。もう数ヶ月経てば彼らが企画した最初の本が世に出て行くのだから、「コンスタントに新刊を発行して着実に売り上げを稼ぐ」というかつての好循環を取り戻すまで、あと少しの辛抱のはずだった。

＊

それでも、経営は決して順風満帆という訳ではなかった。そもそも旧会社が抱えた制作費の借金を引き継いでのスタートだったし、『守貞謾稿』と『新版・俳句歳時記』の二冊以外、大きく動く本は出ていない。半年ほど無難に舵取りを進めた頃から、宮田は社長室で一人じっと考え込む時間が多くなっていた。

　机の上には、新会社発足から現在まで、月ごとの財務書類が並べられている。それを一時間でも二時間でも、あちらを見たりこちらを見たりして眺め続けるのだ。実のところ、取り立てて見返したりなどしなくてもその数字のほとんどは頭に入ってはいるのだけれど、それでも、こうして改めて全体を見渡すことで見えて来るものもあると思えた。やがて最後には椅子にどさりともたれ、結局、同じ結論、やはり経営には大きくまとまった金が必要だというところに、巡り巡った思案は戻って来るのだった。

「もしも自分が例えば商店街の一角で、家族経営の小さな本屋をやっているのなら……」じっと目を閉じて、一人、想像してみる。「或いは、ミニコミ誌のような小さなコミュニティに支えられた出版物を発行して、その範囲内だけで経営を続けて行こうとするのなら……」

　もしも自分が今そんな立場にいるのなら、その日その日を暮らして行く金が入って来ればそれで事足りているだろう。つまりは雄山閣に置き換えてみるなら、今のこの雄山閣の経営フローを維持して行けばそれで万々歳のはずだ。けれど今後新しく、例えば『守貞謾稿』やかつての書道本のような大型本を出すことを目指す、そしていずれはまた史学全集を出すことを目指したい以上、細々と地味な研究書を出版しているだけではやはり埒は明かない。まず、どこかで借金を完済すること。その上で、先行で制作資金を投資して大型本なり全集なりを作ること。そのためにはやはりまとまった金が必要なのだ。

「俺や武さんが営業で走り回っていた頃なら……」頭の上で腕を組み、再び目を閉じて考えてみる。

「あの頃なら一雄先々代はビルを担保に、数千万から億単位までの融資を銀行から引き出していたはずだ。それが『清人篆隷字彙』なり何なり、数々の全集企画の元手になった訳だけれど、今の雄山閣では……」

結局そこが問題の根源だった。ビルを手放した今では、土地を担保にするという手は使えなくなっていた。そして未だ借金持ちの会社に筋のいい銀行が融資をする訳がないし、筋の悪い金融機関と組むことなど考えるまでもないことだ。第一、金を借りればまた借金が増えるだけなのだ。それも利息付きの。この状況でどうすれば大きな資金を調達出来るだろうか――

数ヶ月間熟考した末、夏、宮田は公募増資という手に打って出ることを決断した。十年ほど前、非上場の中小企業に向けた資金調達方法として「グリーンシート」という制度が設けられていた。この制度を利用して、一般投資家から、また、同業他社にまま投資を行うことのある出版取次業界から、そして雄山閣の取引先や長坂家の知人関係からも広く投資を募る。利息不要で、何ら危ない橋を渡る必要もない、増資は今の雄山閣が取り得る、唯一の、そして最良の資金調達法と思えた。

「あたしゃこうして行政書士なんて堅苦しい仕事をしてますがね、大の歌舞伎好きなんですよ」

増資のための説明会を開くと、終会後、土井利国と名乗る人が話しかけて来た。名刺を見ると、監事会社として今回の増資を担当する証券会社で、顧問行政書士を務めている人物らしい。けれど背広のポケットから扇子を出してぱたぱたと扇いだかと思えばさっとまた閉じ、その先でぽんぽんと手のひらを叩いて話す様子には、とてもお堅い士業の人とは見えない活きの良さがあった。

「こちらの証券会社でも私の芝居好きを知っているものですから、今度歌舞伎の本を出している出版社の増資を扱うよと教えてくれましてね、面白そうじゃないかと聞きに来ましたが、いや、本当に素晴らしい本を出しておられるんですな。今日は実に楽しかった。どうですか、今度一つ芝居をご一緒に……」

＊

しかし、この増資は宮田の目論見通りには進まなかった。説明会を開き意を尽くして説明しても、納品と返品とを常時繰り返す出版業界独特の商習慣が、一般投資家の眼にはどうにも不安定な業態と映ってしまうようなのだ。グリーンシート制度にはあらかじめ下限金額が定められていて、〆切日までにその金額を超えられなければプラン自体が流れてしまう。けれど日程が近づいても、目標額に到達することは相当に難しい情勢だった。もちろん、既に申し込みを入れてくれた投資者の中には少数ながら一般投資家もいたし、著者の先生方や長年の雄山閣愛読者の方々もいた。また、当初の目論見通り同業内からの投資もあったし、慶子や一雄、宮田の友人知人たちの中からも、これまでの苦境を思いやって出資を申し込んでくれた人がいた。それでも、目標額には遠く及んでいない。畜生、増資という方法は駄目かと宮田がきつく唇を噛んでいた時、思わぬところから救いの手が差し伸べられたのだった。

その手は、長坂家の古い知人の中から現れた。一雄の代に知己を得て、慶子の代になってから親しく交際していた或る企業のオーナー社長が、不足分の全額を入れても良いと申し出てくれたのだ。宮田にも、そして直接の知り合いである慶子や一雄にも、夢だとしか思えないような話だった。

「あちらの会社は、」宮田は訊ねた。「もしかして、今後出版事業を行いたいという計画でも温めているんでしょうか？　それでうちをその取っ掛かりにしようとしている、と……」

「私もそうも考えてもみたんだけど、どうもそんな話でもなさそうなのよ」慶子が答えた。「と言うのもね、前々から食事会の席なんかで話していると、雄山閣の事業にとてもシンパシーを持ってくれているのを感じていたものだから……要はうちの出版内容に敬意を抱いてくれているのね。だから何と言ったらいいのかしら、専門書出版という事業に、ロマンや意義を感じての投資と言うのかしら」

「そうですか。いや、だとしたら、ただただありがたいお話ですが」

「ええ、本当に……とにかくこれで増資成立という訳ね」

「まあ、見ての通りぎりぎりの金額ですから、当初の目論見よりはぐっと下回ってしまいましたがね」

「それでも期限の近い分の借金は返済出来る訳でしょう？」

「そこは大丈夫です。もちろんまだかなりの額が残りますがね、とにかく急ぎの分が片付いて一息がつける。後は追って返済して行けば良いのだから、幾分かは制作費にも回せる計算になりますね」

「結構結構。借金を返せるというのは、これは大きなことですよ。いやまずまずじゃないですか」

横から引き取るのは土井行政書士だった。増資説明会で出会って以来すっかり宮田や慶子と意気投合して、とんとん拍子に今では雄山閣の役員に入ってもらうことが決まっていた。何しろちょっと話してみればこの人は活きのいい講談調の後ろから、法律に精通した切れ者ぶりが顔を覗かせる。幾つもの企業、団体の顧問や理事を務めているというのも当然と思える人だった。この人物と出会えたことも、増資の一つの成果だったかも知れない。

＊

編集部では、新しく加わった羽佐田が大型考古学シリーズの構想を語るようになっていた。それは今まで雄山閣が築いて来た考古学の看板を引き継ぎつつ、更に広く視野を取るもので、日本を飛び出してユーラシア大陸全域にわたる考古学研究を採り上げようというものだった。

いったい、明治の考古学事始めの時代から、日本人考古学者の中には国内のみを対象とするのではなく、広く隣国の朝鮮、中国、更には中央アジア地域まで、当時の粗末な交通事情ものともせず調査発掘に出向く学者たちがいた。その系譜は今も途絶えることなく続き、中国、朝鮮、また、モンゴル・ロシア地域を駆け回った遊牧騎馬民族を研究する史学者が多士済々に活躍している。その第一人者である林俊雄先生と羽佐田が親しくしていたことから生まれた構想だった。

これはぜひ進めるべき企画だろう。編集会議では全員がこの提案を強く支持した。新生雄山閣発足から一年半ほどが過ぎ、初めての大型シリーズということになる。ただ、資金不足の事情から、いっぺんに全集と銘打って大々的に配本して行くことは難しかった。不定期に一冊一冊、間を置いて刊行して行くことになるだろう。ぜひとも成功させたいが、そのためにはしっかりと資金繰りの道筋をつけなければいけないと、宮田は喜びと同時に金の算段の責任がぐっと肩に食い込むのを感じていた。

今、編集部は、古参の宮島に編集長を任せていた。『季刊考古学』編集長を兼任しながら、雄山閣全体の出版物に目を光らせてくれている。もちろん編集会議も宮島のリードで進んでいるが、人の性格が突然に変化する訳もないのだから、編集長という肩書が一つ肩に載ったからと言ってそのおだやかな性質が変わることもなかった。芳賀時代、部員が出した企画が時に全員の前で厳しく欠点を指摘されてつき返されていたのとは違って、宮島の企画会議は一人一人の意見にじっくりと耳を傾けるスタイルで進んでいた。もちろん総ての企画が通るということもないが、ただよう空気は大きく違っている。実際に本になる企画も、例えば『清人篆隷字彙』のような業界をあっと言わせる斬新な書籍と言うよりは、編集者一人一人が持つ史学界や人文学界の人脈を着実に活かし、『日本人とオオカミ』『博物館展示の研究』『白山信仰と能面』『新橋駅の考古学』など、地味ながら独自の視点を持った研究書を月一、二冊のペースで刊行し続けていた。

もちろん、その裏側には、芳賀時代には年若の編集者が多く在籍し、芳賀は彼らを育てながら企画を立てていたという状況の違いがある。今はそれぞれの編集者が他社で経験を積んで来た一本立ちの人間ばかりだから、宮島の方針は、彼らの発想や人脈を尊重しつつ雄山閣らしさを打ち出すところに重点が置かれていた。また、根本的なところでは、芳賀時代のように大型企画を打とうにも、借金が出来ない今の雄山閣では準備にかける金がない、そんな金繰りの事情もあった。宮島はそれでもくさらずに『季刊考古学』を年四回発行して固定読者の興味をそらさず、更にいぶし銀のような専門書を厳選してくれている訳で、「だんまりの宮島」らしい、しぶといその働きぶりに報いるためにも、新しい考古学シリーズはやはり何としても成功させなければならなかった。

今、毎月の編集会議には、宮田も右京も必ず参加していた。史学関係の書籍については宮島の選択眼を尊重して口を挟むことはなく、歌舞伎をはじめ、文化史関係の企画については宮田は自由に意見を述べる。右京も日々書店を回ってつかんで来る現場の感触を編集者に伝えていた。一年半の間には方向性の違いを感じて早々に辞めて行った編集者もいれば、羽佐田のようにしっかりと根を下ろしてくれた者もいる。それに加え、今では慶子も宮田の依頼で一編集部員として入社し、企画に参加するようになっていた。『新版・俳句歳時記』や『守貞謾稿』を行けると見込んだ、慶子の編集者としてのカンを宮田は高く買っていた。この顔ぶれで、地道ではあってもじっくりと意見を交わし合いながら次に出すべき本を決定する。こういう行き方もあって良いはずだった。

＊

こうして宮田の雄山閣が、言ってみれば自分の歩幅をしっかりと見定めて歩くようになってから更に半年ほどの時が過ぎた或る日、思いがけないニュースが飛び込んで来た。驚いたことに、増資の際に多額の資金を入れてくれたあの企業オーナーが、更なる増資をしても良いと伝えて来たのだ。そもそも親しい友人の一人だったこの人とは共通の知人も多く、慶子は、増資後も折々食事会やパーティーの席で顔を合わせていた。そのことを宮田は聞いて知ってはいたけれど、まさかそこから更なる増資話に発展するなど全く思いもつかないことだった。ただ、それは宮田にとって意外だったというだけのことで、実は慶子には途中からぼんやりとした予感が芽生えていた。折々の食事会などの際に、今では単なる友人ではなくホワイトナイトとなったこの人との会話が最近の雄山閣の様子に及ぶと、どうも言葉の端々から、更なる投資をしても良いと考えているらしいことが読み取れたのだ。

そもそもこの社長は、雄山閣の出版物の価値を誰よりも深く理解してくれていた。だからこそ先の増資でもぽんと資金を入れてくれたのだし、状況によってはその先も、という意志は、もしかしたら当初から胸に温めていてくれたのか、或いは株を取得して経営報告を受け取るようになったことで芽生えた、新しい意志なのかも知れなかった。

ともかく、今でこそ社長業は引退したものの経営者の家に育った者の本能として、慶子の中で営業根性のようなものが動き始めていた。更なる資金が手に入るのなら、押してみても悪いことはない――折々の雑談にとり混ぜながら、先だっての増資は借金返済の役には立ったものの、実はまだまだ目標額には届いていなかったこと。羽佐田の新考古学シリーズをはじめ、活気を取り戻した編集部で次々と上がって来る企画を具体化して行くためには、やはりまだ相当の資金が必要になること、そんな話をぽつぽつと耳に入れるようにしていた。追加増資をしても良いという今回の提案は、慶子のこの確信犯的な「ロビー活動」を受けたものと言っても良いのかも知れない。

「この間の増資でもとんでもなくありがたいことだったのに」宮田は言った。「更に、と言うと一体どれほどの額を考えて下さっているんでしょうか?」

慶子はしばらくの間考え込んですぐには答えを返さなかった。

「……それが、相当な額のご提案で……だからこそ実は悩ましくもあって……」

「悩ましい？　どういうことですか？」

「実は、先方は一つ条件を出して来ているんです」

「条件？」

「そんなに簡単な話ではないから、宮田さんにはよくよく考えて決めてもらわないといけないことになるわ。つまりね、先方は、株式の具体的な割合を提示して来ているんです」

「割合って一体どのくらいのご希望なんでしょうか？」

「全体の、三分の二をと仰っていて……」

　それが、先方から出された新しい提案だった。雄山閣の全発行株式の、きっちり三分の二に当たる額。最初の投資額と併せ、そこに到達する額を新たに増資したいというのだ。誰が見ても分かる通り、これは実質的には雄山閣が先方の子会社となることを意味している。慶子に明かされた提案では、経営に関してこれまで通り宮田が指揮を執ることで異存はないが、役員を一名送り込みたい。その役員に対して、月に一度経営報告をしてもらう。そのような条件が挙げられていた。もちろん、多額の資金を投入する以上、これらのことはしごく当然の要望に過ぎないが、そこには、局面によっては雄山閣の経営に強く意見することが出来る、その可能性を作っておくという新しい意志が感じられた。

「総ては向こうの好意から出ている話だから、うちをどうこうしようなんてもちろんこれっぽっちも思っていないのよ。ただ、」

「万が一の可能性は考えておかなければいけない、ですかね」

「そうね……」

悩み、何度も話し合った末に、それでも宮田は最終的にこの提案を受け入れることを決めた。潤沢な資金は残った借金の返済に、そして制作資金の原資へとあてることが出来る。そこには何ものにも代えがたい強い魅力があった。

平成十六（二〇〇四）年二月、雄山閣は提案通りに増資を受け入れ、事実上、この企業の傘下入りすることになった。そうすることで旧会社から引き継いだ借金はあらかた精算することが出来た。

二

「それでは、こちらが、今月の試算報告になります」

社長室の丸テーブルで、宮田はびっしりと数字の並んだ経理書類を向かい側に座った背広姿の男性に差し出した。

「今月は、新刊の『ユーラシアの石人』が出足好調です。こちらは予定の部数は必ず達成出来ると読んでいます。制作費が今月高くなっているのは、矢部先生の茶道本が製版に入ったためですね」

大型増資を受けて、雄山閣は、当初からの条件通り親会社から役員を迎え入れた。毎月一回この人と定例会議を持って、経営について試算表を提出する。と言ってもこれも当初からの話通り、別段編集方針に注文がつくという訳でもなかったから、言ってみれば潤沢な資金だけを受け取ってのびのびと編集に臨んでいるかたちで、やはり追加増資は吉と出たのだ。宮田も、そして慶子もほっと胸を撫で下ろしていた。

平成十七年に入り、羽佐田の企画はいよいよ実を結び、『ユーラシア考古学選書』の刊行が始まっていた。その第一巻に当たる『ユーラシアの石人』は出足好調で、続刊にも話題を集めそうな企画、執筆陣が出番を控えている。どうやら「アジア全域に跨る考古学研究」という視点は、宮田の雄山閣の看板に育ちつつあるようだ。他にも史学や生活史分野で見込みのありそうな企画が動き、社はようやく好循環の輪の中を回り始めていた。

＊

一方、もう一つ、慶子の時代から続く歌舞芸能分野の人脈から、綺羅星のような逸材との出会いもあった。倒産騒動の苦しみの渦中にも『歌舞伎　研究と批評』は年二回発行を続けていて、今ではこの雑誌の編集は学生時代から歌舞伎好きだった宮田が社長業をこなしながら担当していた。

「社長自らお出ましとはありがたい」

と驚かれることも多いけれど、宮田にとってはこの編集仕事は、第一線の歌舞伎研究者と観劇や食事の席をともにしてあれこれと劇評を語り合える、一種のクラブ活動のようなものだった。その中で稀有な出会いがあったのだ。

岩下尚史《いわしたひさふみ》という名のその人は、少年時代から歌舞伎座に通ってやがて新橋演舞場の企画室長に上り詰めた人物だということで、現在では演舞場を辞めて舞台やイベントのプロデュースを手掛けていた。歌舞伎、新派、そしてそれらと関係の深い花柳界の事情に通じ、芸を厳しく語るかと思えば色恋の駆け引き、そして名誉や嫉妬といった人の心の機微を知り尽くした人間観察談が滅法面白く、また、話し出すと止まらず三時間でも四時間でもあの頃新橋のあの芸者屋にいた娘がああでこうでと思い出話や役者評が数珠つなぎにつながって行く。その中に、どこか潤いに欠けた今の時代の暮らしのあり方に対しきらりと刃が光るような鋭い警句が飛び出して来て、この人の大きな才能と、一筋に一つの世界に生きて来た人ならではの無尽の含蓄を、宮田は折々感じとっていた。

「岩下さん、今の話、本当に面白いから一つ文章にまとめてみてはどうですか」

いつしかそう度々勧めるようになると、

「嫌ですよ、面倒くさい」と氏は取り合わない。

「それは非常に勿体ないなあ。この間のあの新橋芸者の話、あれもとても面白かったんだけどなあ」

「あら、そう？　どの話だったかしら。覚えてないわ」

のらりくらりと逃げる岩下氏を何とかその気にさせようと、宮田は大雑把に目次を立てて企画書を手渡してみることにした。

「どうですか、これで？　文章に起こしてみてくださいよ」

そう言ってもなかなか出て来ない原稿が、少しずつ、少しずつ、数年かけて集まりやがてそれは一冊の本へと形を成して行った。古代から現代まで、政と商いとを司る男たちの傍らには常に神の代理者として歌舞を以て彼らを寿いだ女たちの存在があった——芸者という存在をこのようにとらえ、その変遷を繙いた『芸者論』は平成十八年秋に出版され、翌年、和辻哲郎文化賞を受賞した。立て続けに出した『名妓の資格』と揃いで読者人からの反響は大きく、また、高松宮喜久子妃殿下の生涯の親友、岩崎藤子女史の回想を岩下氏が聞き書きしてまとめた『九十六年なんて、あっと言う間でございます』も、麗しい皇室の扉の向こうを覗き込む読み物として好調な売れ行きを見せていた。

その後、岩下氏は若き日の三島由紀夫の恋人、赤坂の一流料亭令嬢だった豊田貞子の回想談を聞き出し、『見出された恋』『ヒタメン』という二冊にまとめ上げて行く。通人ぶりと人の気をそらさない話術の妙はやがてマスコミ人士の目に留まり、テレビ、ラジオで粋の文化を語る人気評論家となって行くのだが、その才能をいち早く見抜いたのは雄山閣だったのだ。

＊

同じ頃、平成十九年には『季刊考古学』が通巻百号を迎えた。記念特集のテーマに宮島は、これからの日本考古学が向かうべき道筋を示そうと編集方針を固めていた。旧石器捏造事件の発覚以来、考古学界に向けられる世間の目は厳しかった。多くの自治体で発掘予算が削られ、予定されていた調査が中止に追い込まれることも少なくない。学界には停滞気運がただよっていた。

その焦燥と反省とを踏まえ、百号の『21世紀の日本考古学』特集では、国内だけに視野をとどめるのではなく、世界の他地域の研究成果との比較を行うことの重要性、そして精緻な科学的調査こそが新たな研究の地平を切り開くという見通しを提唱した。宮島が雄山閣へ移籍してから、二十五年の歳月が過ぎようとしていた。

「後継者を見つけなければなあ」

という言葉を、今では宮島は折に触れて宮田や慶子にもらすようになっていた。定年まであと一年。何とか新しい編集者を見つけ出して『季刊考古学』の伝統を受け渡し、去って行きたい。倒産危機にあえいだ雄山閣を宮島が辞めようと思わなかったのは、いつも、ここへ初めて来た日のことを思い出すからだった。職を失って呆然としていた自分を、二つ返事で引き受けてくれた芳賀編集長、そして一雄社長。あんな温かい、広い心があるだろうか。先々代を裏切ることは出来ないし、先々代が安心してくれるように『季刊考古学』の道筋をしっかりつけてここを去る。それだけが今、宮島の願いだった。

＊

その機会は、思いがけないところからやって来た。或る日、毎月の定例会議の後、親会社からの役員が宮島に声をかけて来た。

「宮島さん、私の友人が最近出版業に特化した人材エージェントを立ち上げましてね。どうでしょう、『季刊考古学』もそこに登録してみたら、歴史に強い編集者が見つかるかも知れませんよ」

翌年、平成二十年の正月明けに、条件が良く合う人材がいるという紹介があった。大阪大学史学科で古代史を専攻した桑門智亜紀は、卒業後、教育系の出版社で経験を積んだ編集者だった。教育にやりがいを見出しながらも歴史への夢は止みがたく、エージェントに登録して来たという。

「どう？　宮島さん」面接の後、慶子は聞いた。「私も宮田さんもとても良さそうな人だと思ったんだけど、やっぱり宮島さんの意見が一番大切だから」

「うん、僕もいいと思いますよ。何しろ真面目そうなところがいいね。考古学は個性的な先生方が多いから、まず先生方に信頼されないと始まらないよ」

「そう言えば朴訥としているところが」と宮田も言った。「何だか宮島さんに似ているような気がしますよ」

「ええ？　そうかなあ。まあ、専攻が考古学だったらもっと良かったけれど、それは担当して行くうちに知識が追いついて行くでしょう」

二月、雄山閣は、桑門を迎え入れることを決めた。これから定年までの一年足らずともう一年の二年間をかけて、みっちりと横について自分の後継者に育て上げる。

「考古学を、好きになってくれるように――」

そう、宮島は祈った。

三

けれど、その春、宮田は経営に大きな異変を感じ始めていた。一体何がいけないと言うのだろう、この数ヶ月で売り上げが目をむくほど急激に下がり続けているのだ。

「こうして見ると新刊はしっかりと売れているんだよなあ」

右京とともに売掛表を眺めながら長いため息をついた。

「どの本も順調で、だから決して編集方針が間違っている訳じゃない。要するにこれを見ると、既刊本がほとんど動いてないんだ」

「確かにそうですね」右京も考え込んでいた。「だけどどうしてなんでしょう。こうも急激に悪くなったのは……」

「分からない。本当に分からないな……」


この四年前、文部科学省は日本史を高校の必修科目から外す決定を行っていた。世界史だけを必修に残して自国の歴史を選択制にするという何とも馬鹿げた決定で、けれどそれはつまり日本史を専攻したい者にとっては、高校日本史教師という卒業後の有望な就職口が減ることを意味していた。大学で史学科を選ぶ学生の数が先細り、その影響が四年を経てじわじわと出始めたのかも知れなかった。雄山閣が出すような専門書籍は二刷三刷と出ることは稀で、千部や二千部ほどの小部数を、通常五年ほどかけて完売して行く。大学で歴史を学ぶ学生が減ることで、そういった細々とした動きが減速していると考えられた。

「それにやっぱり、ネット書店の影響もあるのかも知れない」宮田は言った。「もちろん、例えばアマゾンだって、一冊本を選んだらその関連書籍が画面の下の方に出て来るけれど、やっぱりそれは実際に本屋で手に取ってみる体験とは違うから」

「確かにそうかも知れないですね……」

何か一冊、例えば江戸時代町人史の研究書を買いに書店へ出向き、同じ棚に並んでいる近い分野の本を見つけて頁を繰ってみる。そうか、三年前に同じ分野でこんな本が出ていたのか！　目次を検分してところどころ拾い読みをすると、やはりこの本は買っておいた方がいいと思う。これまでは当り前だったそんな動きが起こりにくくなっているのかも知れなかった。

とにかく、売り上げの大幅な落ち込みは大問題だった。親会社からの役員も当然眉をしかめ、けれど市場環境の急激な変化にすぐさま特効薬が見つかる訳でもない。実は、後から徐々に分かって行くことだが、この少し後から日本の出版市場そのものが急激な縮小の中へはまり込んで行くことになるのだった。その道筋は、この時雄山閣が直面していたのと同じ減速の仕方――新刊だけがそこそこ売れてその後の伸びが弱く、更に、これまではゆっくりと完売していた過去の在庫本がほとんど動かない。そういう、新しい相貌をした出版不況だった。ラジオの出現にもテレビの出現にも衰えることのなかった本というメディアが、インターネットを前にした時、ついに手足を蝕まれ始めたのだ。業界全体が直面する問題が、学術専門書籍の分野ではいち早く首をもたげていたかたちだった。

＊

夏が過ぎ、秋に入っても、業績は相変わらず捗々しくなかった。これと言った打開策も見当たらず、いたずらに時が過ぎて行く。毎月の定例会議は重苦しいやり取りが続き、宮田が、先月も同じようなことを言っていたと自分でも分かっていながら弁解じみた説明を繰り返していると、不意に、思いもしなかった言葉が役員の口から飛び出して来た。

「宮田さん、」と、役員は特に声を荒げるのでもなく静かな口調で切り出した。「このままでは我々は、これまで通り雄山閣さんを支えることが出来なくなって来るかも知れません」

飛び上がるようにして宮田は手元の書類から顔を上げた。

「もちろん、専門書籍の売り上げ低下は、ひとり雄山閣さんだけのことではないことは分かっています。皆さんが無能であるだとか無策だと責めている訳ではないのです。我々は社内外に、出版業界の動向について独自の情報ルートを持っていましてね。文学や人文科学系の学術出版社が軒並み業績を落としていることは、データからはっきりしています。その事実を冷静に眺めた上で、我が社としてどうするのか……赤字のグループ会社を、今後は見過ごせなくなって来るかも知れないと申し上げているんです」

宮田は黙ったまま言葉を返すことが出来なかった。何ということだろう、彼らは雄山閣から資本を引き上げる気でいるのだろうか？　耳の後ろが一瞬熱くなって、そして静かに血の気が引いて行くのが分かる。今、彼らに退かれてしまったら、再び低迷の中にいる雄山閣はにっちもさっちも行かないところに行き着いてしまうだろう。五年前の倒産騒動の日々が一瞬頭をかすめた。あの苦しみを再び繰り返すことになるのだろうか？　蒼ざめた顔つきのまま、その日、宮田は役員を玄関まで見送った。

＊

衝撃的な通告を受けて、すぐさま動き始めたのは慶子だった。

「色々考えたのですが、社長」

一週間ほどが過ぎた日、右京が社長室に入って来て言った。

「この件を一旦、母と僕とに預からせてほしいんです」

「……それはつまり、お母さんと君とで先方の社長さんと話をするということかい？」

「ええ、そう考えています。この一週間、母と散々話し合ったのですが、そもそもこれまで二回の資金投入を頂いたのは、母と社長さんとの間に長年の友情があったからですよね。それが、いくら市場が冷え込んだからとは言え、結果的に赤字を出してご迷惑をかけてしまった。このことは、やはり一度、友人として母がきちんとお詫びに上がらなければいけないと思うんです」

「それは……確かにそういうことになるね」

「その上で、もう少し時間を頂きたいと、これから取り組む予定の例の経営プランの件もちゃんとお話をして、必ず改善を図るから、今この時点では手を引かないで頂きたいとお願いに上がろう、そう思っています。まあ、平たく言ってしまえば、長年の友情に訴える作戦になりますが、やはり元が友情から発した投資であれば、そこに訴えることが一番核心を突くと思うんです。もちろん、役員会を通じた宮田さんの正規ルートはルートとしてあるとしてもですよ」

「なるほど……」

宮田はしばらく考え込んでから言った。確かにそれが一番の近道なのかも知れない。

「分かった、頼んだよ」

＊

一週間後、面会の約束を取りつけて、慶子と右京は先方の本社へと向かった。これまでこの人と会うのはいつでも流行りのレストランでの食事会や何かしらのパーティーの席だったのに、今日は厳しいビジネスの話だからということだろうか、先方の牙城とも言える本社ビルが指定されていた。

何とも間の悪いことに、明け方近くから季節外れの大型台風が東京に接近していた。最近、雄山閣ビルのすぐ向かいの土地で始まった高層ビル建築現場の上を、うなるように風が吹き抜けてクレーンが揺れ動くのが見える。道路も鉄道網も大幅に乱れ、お濠の桜の枯れかけた葉が風にはがされてべったりとアスファルトにへばりついていた。

慶子と右京は用心のために大分早く社を出たものの、それでも途中で電車が停まり、結局一時間以上も車内に閉じ込められることになった。手土産の菓子を膝に載せ、黙りこくったまま窓の外を眺める、その景色も雨のせいでぼんやりとにじんでいた。

「随分幸先が悪いわね……」

そう口には出さなかったけれど、おそらく右京も同じことを思っているはずだった。天候のせいなのだからもちろん向こうは怒りはしないだろうし、もう携帯から遅刻を詫びる連絡も入れている。それでも、遅れることでもともと分が悪いこちらの分が、更にずるずるとすべり落ちて行くようだった。

結局、約束の時間より二時間近く遅れて、慶子と右京は先方の本社へたどり着いた。電車を降りる頃にはもう台風も行き過ぎ、傘を差す必要さえなくなっているのが何ともあっけなく思える。土地勘のない街をぐるりと見渡して、タクシーに乗り込み先方へと向かう道中、二人はまだじっと押し黙ったままだった。

それでも、会議室に通され、少し遅れて入って来た社長は、とんだ災難だったねとまず温かい言葉で今日の苦労をねぎらってくれた。そうやって話していると、これまで友人として過ごして来た日々が戻って来たようで、慶子は思わずため息をつきたくなってしまう。二人はこれまでと変わらない親しい友人同士の間柄で、今日はたまたま近くへ来たついでにここへ立ち寄った、そんな成り行きならどんなにいいだろう。もちろん、本当は、多くのことが全く変わってしまっているのだった。この人と、この人が率いる企業はこの数年の間雄山閣を力強く支援してくれた筆頭株主であり、恩人だった。そして今この時点では、生殺与奪の権を握る存在であると言っていい。友人として朗らかに語り合えた日々は永遠に戻っては来ないのだ。おそらく今自分が口もとに浮かべている微笑みは、固く強張っているに違いない――

＊

通されていた会議室は、飾り気のない簡素なものだった。これまで雄山閣に多額の出資をした優良企業の、その社長が使う会議室とはとても思えない。よけいな体裁には金を使わず、ひたすら本業に邁進する。その上で、雄山閣を支援すると決めてくれた時のように、使う時はいさぎよく使う。この人の合理的な経営哲学を部屋の設えが雄弁に伝えているようだった。だからこそ、一旦手を引くと決めてしまったなら、その決定を覆すのはいっそう難しいのかも知れない。

冒頭、慶子はまずこの一年ほどの急激な業績低迷を詫びることから話を切り出した。もちろんそんなことはこの人も報告を受けて先刻承知のことであり、謝罪は謝罪として慇懃無礼に受けとめられて行く。その上で、その先の本当の話題――今日本当に話し合わなければいけないと互いに思って席へ着いたはずの経営再建問題まで話が進むと、社長はじっと押し黙って、型通りの相槌さえほとんど打とうとはしなかった。その静かな頑なさは、やはりもう、胸の中で総てを決めてしまっているようにも見える。もしかしたら今自分たちが話していることの総ては、虚しい空回りでしかないのかも知れないと思いながら、それでも、慶子には話し続けることしか出来なかった。

「歴史書を取り巻く市場環境があまりにも急激に変わってしまったことは、先ほどまでお話しした通りです。もちろん、本当は私たちが、もっと早くにその芽を読み取っておくべきだったのだし、そう出来なかったことは、支援して頂いたこちらに対してお詫びのしようがないとも思っています。それでも、やっぱりこれから出して行く本で、そしてもう一つ、経営のスリム化を進めて行くことで、挽回は可能だと思っているんです。

今日、ここへ息子を連れて来ました。雄山閣はこれからこの右京が中心になって、本の制作プロセスの合理化を進める予定です。この改革によって必ず利益率は大幅に改善すると見込んでいます。その骨子も、試算も、今から説明させて頂けませんか」

話し終えて顔を上げると、いつの間にか窓の外で秋の日が暗く落ちようとしていた。考えてみれば今が一年で一番、夜が早くやって来る季節なのだ。右京は用意して来た資料を広げ、これから進める予定の制作合理化についてプレゼンテーションを始めた。その合理化とは、母慶子が二十年前に初めて経営に参加した時以来の懸案、組版の内製化の実現に向けたものだった。どのようなソフトを使い、どのような人員を補充するのか。そのことで外部発注するよりどれだけのコスト削減になるのか。倒産騒ぎのごたごたと新会社を軌道に乗せることとで手一杯だった時期がようやく過ぎて、今、いよいよ右京が先頭に立って実現に向け動き出そうとしていた、その矢先に今回の経営危機が起こったのだ。この改革の波を途絶えさせたくはなかった。

「……どうだろう、長坂さん、」

話し終えると、それまで一言も口を挟むことなく聞いていた社長がゆっくりと考え込むようにしながら言った。

「一口に経営の立て直しと言っても、当たり前の話だが、やり方は一つじゃないね。今お二人が話してくれたような再建策ももちろんあるだろうし、でも他にもやり方はあるはずだ。そのことを、僕はこのところずっと考え続けていてね」

「それは……つまりどういうことでしょうか？」

「うん。回りくどい話は省いてずばり言ってしまうけれどね、いっそのこと、うちが雄山閣さんの株を全株買わしてもらったらどうかと思っているんです」

「え？」

慶子は思わず息を呑んだ。今の今までこの人は雄山閣から手を引くつもりかと案じていたのに、全く真逆の方針だというのだろうか。

「もちろんこれは一つの提案ですよ。さっきも言った通り、そういう立て直しの方法もあるということだね。まあ、ざっくばらんに言ってしまえば、雄山閣さんに完全にうちの子会社になってもらう。もちろん、出版の内容を大きく変えるつもりはないし、雄山閣の看板も残すよ。ただ、経営の主導権はうちが持つということを考えているんです」

「それは、それはつまり、宮田さんに社長を降りてもらうということになってしまう……」

「いやいや、別にまだそこまで決め込んでいる訳じゃないよ。上手く協力してやって行けるなら、宮田さんが社長でも誰でも、こちらはいっこうに構わない。ただ、会社の持ち主はうちになるということだね」

「少し……考えさせてくれませんか?」慶子はやっとのことでそう答えを返した。「これほど大きなことは……それに全く思いもよらない話だったので……」

「もちろんそうでしょう。今すぐ決断出来るなんて、僕もそんなことは思っていないよ。宮田さんともよくよく話し合って決めて下さい。ただね、長坂さん、これを受けられないということになると、やっぱりうちはもう手を引くしかないということになってしまうんだなあ」

結局、再建案は信用してもらえないということか——慶子は唇を噛んだ。百パーセントの株を持つということは、今、この人も言ったように、つまりは雄山閣を完全子会社化するということだ。たとえ宮田が社長にとどまったとしても、彼らの意向が経営に大きく反映されて行くことは明らかだった。

けれど、そうだとして、一体何が問題だろう？　大会社の完全子会社になることで経営資金が安定するのなら、それはそれで歓迎すべきだという考え方も出来る。何しろさんざん苦労して来た資金フローについて、金輪際悩む必要がなくなるのだから、人によっては万々歳と諸手を挙げるだろう。今後、契約書を作成して言質を取る必要はあるにしても、とにかく、今の時点では雄山閣の屋号を残すことをこの人は確約した。出版物の内容も大きく変えるつもりはないと言うのなら、むしろ好条件とさえ言えるのかも知れない。けれど、けれど、本当にそれだけで済むのだろうか——

「僕も何とか、雄山閣の看板を救いたいと思っているんです」社長は言った。「これまで資金を入れさせてもらって来たのも、うちが雄山閣さんの事業を素晴らしいと思っているからだということは、長坂さんも、右京君も分かってくれているでしょう。何とか歴史ある屋号を残して行く手立てがないかと考えた上で、この提案をしているんです」

「それは……分かっています。感謝もしています。ただ……」

「ただ、何だろう？」

「見ているヴィジョンが、やっぱり違うかも知れないと思うんです」

「そうなのかなあ……」

「もう少しだけ、時間をください。必ずお返事をしますから」

社へと帰る電車の座席に、慶子と右京は沈み込むようにして座った。一日のうちにあまりにも多くのことが起こり、疲れ果ててもう窓の外を眺める気にもなれない。列車はうなりを上げて夜の東京の街を走り抜けて行く。永遠に続く嵐の中を生きているようだった。

四

翌日から、慶子、宮田、右京の三人はすぐに話し合いを持った。宮田にとってももちろん、百パーセントの子会社化などというのは寝耳に水の話で、慶子のように社長と長年の友人関係がある訳でもないだけに、よけい真意を測りかねていた。

結局、問題は、先方がどれだけ編集に意見をして来るか、その一点にかかっていた。これまでも、先方は株式の三分の二を保有する親会社として、こういう本を出版せよ、こういう業務フロー改善をするべきだという意見を言おうと思えば言える立場にあった。それをこちらの思う通りにやらせてくれていたのは、ひとえに業績が順調だったからで、今、百パーセント子会社化という強固な提案を投げかけて来たからには、今後は大きく経営に介入して来るのではないだろうか。

「だけど、あの場では、出版の傾向を大きく変えるつもりはないと、そう仰っていましたよね？」

右京が前日の社長の一語一語を思い返すようにして言った。

「先方が雄山閣の出版内容に敬意を持ってくれているのは事実なのだから、そうそう無体なことは言って来ない。そうは考えられませんか？」

「それは……どうだろうか。もちろん彼らにいきなり歴史書の編集が出来る訳がないんだから、企画は我々に全面的に任せるしかないだろうね。でも、地味でそうそう売れないと思う本だったら、発行そのものを止めるように言って来ることもあり得るんじゃないだろうか」

「……確かにその可能性は考えられます」

「例えば僕らは、若い研究者に発表の場を与えることがあるだろう？　これはと思う人なら博士論文を出版するとか、そもそも研究分野が地味だけれど出すべき価値がある本だとか。そういう、学術出版ならではの意義は、なかなか分かってもらえない気がしていてね」

「確かに、五年、十年先を見通した先行投資の意味は、他の業界の人には分からない、か……」

二人の会話を黙って聞きながら、慶子は会議机の上で知らぬ間に強く手を握りしめていた。宮田の危惧は、昨日、社長からこの話が出た時に自分の胸にきざしていた不安をはっきりと言葉にしたものだった。学術出版には学術出版独特の本の動き方というものがあり、それはそう簡単には他の業界には理解されない。その一見些細なものと見える食い違いから大きな亀裂が広がって行く予感がするのだ。

例えば、今、宮田が話したように、若い才能に先行投資すること。五年、十年後、彼らが学界を先導する立場になっていればその著書は安定した売れ行きが見込めるし、全集を作る際にリーダー格として入ってもらえれば、そのもとに気鋭の研究者が集まって来る。これまで雄山閣はいつでも学者たちとそういう長い視野を取ったつき合い方をして来たのだった。もちろん回収は五年、十年後ではあるし、時には見込みが外れることもあるが、これは必要な投資なのだ。

また、考古学や歴史学の分野では、たった一つの発掘、たった一つの史料の発見によって、それまで重要視されなかった歴史的事実にスポットライトが当たることがある。その時に、もしも雄山閣が先んじてその分野の研究書を出版していれば、書籍の価値は先行研究として急速に跳ね上がる。もちろん、それがいつになるのかは誰にも予測は出来ないし、そんな局面は未来永劫訪れないのかも知れない。それでもやはりそれは出しておくべき書物なのだ。一般書のように、目先の売れる、売れないだけでは判断出来ないところに、学術出版という事業の意義と深みが存在していた。

「それに最悪の場合には、よ」慶子が言った。「例えば『季刊考古学』は絶対的に売り上げが安定している訳だから、あれだけを残して、彼らが小難しい、売れないと思う専門書籍の出版は、総て停止。社員も『季刊考古学』関係以外全員解雇。そんなことだって言い出さないとは限らないんじゃないかしら」

「まさか、そこまでは……」

「分からないわよ。商売ということで考えれば、その方が定石のはずなんだから」

三人は黙りこくった。口に出して確認し合わなくても胸の中では同じ一つのことを思っているはずだった。やはり編集権を自分たちの手から放す訳には行かないのだ。もちろん、虫がいいことは承知過ぎるほど承知している。何と言っても先方は株式の三分の二を押さえる筆頭株主なのだから、その意向を全く無視することなど出来るはずがない。それでも、完全子会社化という道はいつか必ず編集権を手放すことにつながって行くだろう。それだけは避けなければならなかった。

＊

その月の定例会議で、宮田は先方派遣の役員に雄山閣側の意志を伝えた。もちろん、他に方策などないのだから翌月も、年が明けたその翌月も、相手の怒りを買うことを覚悟の上で同じことを繰り返し続けた。苦境を一変させるようなベストセラーが出る訳でもなく、経営悪化に大きな責任を感じていることも伝えている。それでも、編集権はこちらが堅持したい。あくまで自主再建を望み、何とか今しばらくその道のりを見守って頂きたい。その一枚看板を掲げ続けた。

一方先方からも、繰り返し完全子会社化の提案が伝えられた。つまりは向こうも一枚も持ち札を譲らないということだ。間に入った役員がほとほと困惑し、頭を抱えているのが分かる。これまでの数年間、この人とは時に食事や酒席を共にし、親しい関係を築いて来た。その席では趣味や家族の話題が出ることもあったし、思い返せば桑門が見つかったのもこの人の関係からだったのだ。心の中で深く頭を下げ申し訳ありませんと詫びながら、だからと言ってこれだけは譲ることは出来なかった。籠城戦のような攻防が続いていた。

その中で、先に動いたのは先方だった。事態の膠着を見てとり、社長から宮田に呼びかけがあった。腹を割って話したいからご足労をかけて申し訳ないが、一度面会に来てほしいという。その日は社の全員が、朝からどこか仕事に手がつかないまま一日を過ごしていた。

「大丈夫かしら、宮田さん……」

編集部では慶子がため息をつく。その日、宮田が出て行ってからそろそろ四時間近くが経とうとしていた。

「これは相当絞られているわよ。この間、私たちが行った時には長年の友人ということでソフトな対応だったけれど、本来はワンマンで大きな会社を切り盛りしている人でしょう？　相当厳しい面もあるはずだから……」

「社長が怒鳴り散らされたり……なんて可能性がありますか？」

心配そうに訊ねたのは桑門だった。入社から一年以上が過ぎて、今では社が置かれている窮状が見えるようになっていた。職を失うかも知れないという不安に、時には眠れずに過ごす夜もある。けれどその不安はまだ本当の問題ではないのだ。三十代の自分は選り好みさえしなければ、何かしら編集の職は見つかるだろう。それよりもしがみつきたいのは、この会社で働くことの意味の方だった。やっと手に入れた歴史に関わる職を、失いたくはない。

「そうね、まさか……」慶子は言った。「あの人も他の会社の人間を怒鳴ったりはしないと思うけど、ただ、言葉の上では相当厳しく追及されるんじゃないかしら。だけどそれは先方に理があるのだから当然のことであるのよね」

「……そうですね」

「数字や理屈で詰めに詰められたら、いくら宮田さんが粘り強い性格だと言っても、精神的にまいってしまうんじゃないかと心配で」

「確かに……」

「あ、帰って来た！」

編集部が一斉に入口の方を振り向いた。宮田がドアを押してフロアーに入って来る。いつもの通り生真面目なスーツ姿でネクタイをゆるめるなどした様子もなく、それでも心なしか憔悴しているようにも見えた。

「どうでしたか？」

編集部で話に加わっていた右京と、そして慶子もすぐに後を追って社長室へ入って行った。もちろん部屋の外では全員が固唾を飲んで、二人が、いやもしかしたら宮田も出て来るのではないかとドアの向こうを見守っていた。

「うん……」椅子に腰を下ろしながら宮田は答えた。「結論から言えば、今のところ心配はいらないですよ。と言っていいニュースもないけれど、まあ、現状維持というところです。こちらの言い分を認めてもらえなかった代わりに、何も条件を呑まされて来なかったから」

「そうですか……」

「お疲れ様」慶子も声を掛けた。「あちらの態度はどうだったのかしら？　かなり強い調子で出て来るんじゃないかって実は心配していたんだけれど」

「うん、最初のうちは確かにちょっと言葉がきついところもありましたけれどね、でも、最初だけですよ。おおむねしごく紳士的なお話しぶりでした。もちろん、数字については、当たり前の話ですが普通に厳しく追及されましたよ。何故こうなのか、ここは改善の見込みなどないんじゃないかとか。それから、ぼやきと言うのか、文句だってそれなりに言われました。君は経営悪化に責任を感じていると言う。すぐさま立て直せる見込みもない。だけどやっぱり自主再建を認めてほしい。でも資金は引き上げないでほしいって、駄々っ子のようなことを言っていることが分かっているのか、と、それはその通りですからね」

「そうね……」

「それでも、とにかく今日は何とか現状維持で押し返して来ました。次の役員会がどうなるかは、分かりませんがね」

「そう。本当に、お疲れ様でした」

＊

先方とは、その後も、半年以上同じような籠城戦が続いた。完全子会社化と自主再建——互いの主張にどこまで行っても交わる位置は見つからない。いや、こちらは見つけようなどと思っていないのだ。毎月の定例会議は同じやり取りを繰り返し、やがて社長は宮田を頻繁に呼び出すようになっていた。そしてその度ごとに会社中が肝を冷やす。今のところ先方は、なるべく紳士的に、穏便にこちらを説得しようと取り計らってくれている。けれどいつどこでしびれを切らすことになるのかは誰にも分からなかった。そこまで強情を張るなら、もういい。経営陣を入れ替えよう。そう決断が下されるのは明日、いや、今日なのかも知れなかった。刀の刃の上を歩くような日々が続いて行く。何しろこちらはそれでも、先方の出資金をもとに本の企画を進めているのだ。厚かましいにもほどがあると言われればその通りだった。

夏に入る頃、慶子は、ふと思いついて、今雄山閣に集まっている企画は一体どれほどあるのだろうと数え上げてみることにした。白い紙に鉛筆で1、2と数字を打ち、行を重ねて行く。その中には研究者から持ち込まれた企画もあれば、逆にこちらから働きかけて動き出しているもの、他社から共同事業を持ちかけられているものもある。書き終えてみるとその数は、百以上にものぼっていた。中には企画タイトルを見るだけで、ふっと笑いがこみ上げて来るものもある。『焼肉の誕生』だなんて、一体この在野の研究者は何をきっかけにこのテーマに取り組むようになったのだろう？　やはり肉が好きだったからだろうか？　けれどその調査研究は丹念を極め、生活史分野の一領域として堂々と出版に値するものなのだ。そう言えば、東京中の総ての神社を訪ねてその由来をまとめている研究者もいる。これらの企画は大手では新書として出す種類のもので、恐らくそこそこの反響を呼ぶに違いない、そう読んでいるけれど、もちろんそれは賭けのようなもので、出版してみない限り結果はベテラン編集者でも分かりはしない。

一方で、『両税法成立史の研究』のように、専門的と言われる中でも特に専門的な論文も出版の時を待っていた。これらは、刷って五百部、三百部、それも何年かかってはけるだろうか？　その間在庫として財産に計上され続けるのだから、こういう本こそ経営の視点から見れば大きな重荷ということになる。それでも、この本が出ることで、学問はたとえ一センチであっても前に進むのだ。

結局、ここなのだ、と思う。こういう企画を切り捨てることが、雄山閣にはどうしても出来ない。それをしたら雄山閣は雄山閣でなくなってしまうだろう。私たちはこのために闘っているのだ。

使命、という言葉がいつしか頭に思い浮かんでいた。七年前の倒産騒動の渦中で、自分は、何としてでも雄山閣の屋号を守ろうと血のにじむような闘いをした。そして確かに今、屋号はこうして残っているけれど、あの時には分からなかった。本当はそれだけではまだ足りなかったのだ。今、彼らは、屋号を残すと確約してくれている。必ず雄山閣の屋号は残し続ける、と。普通に考えればそれは十分過ぎるほどに大きな優遇策であるのだろう。けれど、使命は、私たちが守り続けて来た使命はどうなるのだろう？　無名の研究者の原稿も、あまりにも地味な内容で在庫が緩慢にしか動かない論文も、出版し、抱え続けるという使命。学問に貢献するという使命。この使命は、一度人に渡したら瞬く間に泡の中に消えてしまうのではないだろうか？　経済という泡の中に。私たちはそれを守ろうとしているのだ――

＊

膠着していた事態を変えたのは宮田だった。夏の終わりの或る日、宮田は誰にも胸のうちを明かさず筆を執ってしたため始めた。

「晩夏の候、皆様には益々ご健勝のこととお慶び申し上げます……弊社、良書を世に送り届けようとあらゆる努力をしてまいりましたが、力及ばず再び経営危機に陥っておりますことは、恐らく皆様のお耳にも達していることかと存じます……」

この手紙を、一通一通、思い浮かぶ総ての人に送り届けるつもりだった。著者の先生方、営業時代に歩き回った全国の書店主、売り場担当者。業界の会合で顔を合わせる同業他社の出版人、歌舞伎関係者、製版、印刷会社……

「え？　手紙？」

「一体何を書いたんですか？」慶子も右京も驚いて訊ねた。

「なに、ちょっと寄付をお願いしてみようと思いましてね」

「寄付？　何の話かさっぱり分かりませんが……」

「うん。一口三万円から、十月末日までに何口でもとお願いしていてね……よくよく考えたのですが、今回のことは要するに、うちが、先方が買ってくれた持ち株の買い戻しを出来れば万事解決する話ですよね。つまり、これ以上向こうさんに迷惑もご心配もおかけすることはなくなる。だったら、どこまで届くかは分からないけれど、何とか寄付を募って必要な金額を集められないかと思ったんです。まあ、やれるだけやってみますから、一つここは黙って見ていてもらえませんか。おっといけない、今日のところはこれで。話を聞こうじゃないかと連絡をくれた先生がいらっしゃるので、今からひとっ走り研究室へ伺うんです」

宮田はジャケットを羽織りながら立ち上がり、呆気にとられたまま、慶子と右京はその後ろ姿を見送った。

＊

毎日、少しずつ、口座に寄付が集まっていた。

「なかなかうちも生活がとんとんで、やっとこれだけだよ」

そう、ぼそぼそと言いながら本当に一口だけを入れて下さる先生もいれば、一人で二百万円を「寄付ではなく、貸すのだ」と言って、その癖いっこうに契約書など作ろうとしない先生もいた。直接会社やご自宅や研究室を訪ねて回るのは押し売りのようになるから遠慮していたけれど、呼び出された時には何もかもを置いて駆けつけ、宮田は一人一人に深く頭を下げて回っていた。やがてその後ろには慶子も、右京も加わり、或る日には、渋い墨色のきものを着た男性が社の扉をノックして現れたこともあった。伝統文化分野の或る著者が、美しい、紫色の袱紗に寄付金を包み立ち寄って下さったのだ。一件、一件、総ての申し出が温かくありがたかった。

十一月、定例会議の席で、宮田は寄付を下さった一人一人、一団体一団体の名を一覧にした名簿を役員に手渡した。

「学者の先生方が、こんなに……」

役員はじっと頁を繰って名簿の一行一行を食い入るように見つめている。

「一つ一つの寄付が全くの無私無償の善意によるものです。雄山閣は、この著者の方々から、そして取引会社の方々からの信頼を受けて存在しています」

「分かりました」役員が言った。「明日の朝の会議ですぐ、この名簿と寄付金のことを社長の耳に入れましょう」

経営危機が表面化してから一年以上の時が過ぎていた。翌平成二十二年一月、株式は買い戻され、雄山閣は再びの独立を手にして立っていた。

五

「お父様、それじゃあ気をつけて。帰りも必ずビルの前からタクシーに乗って下さいよ。年末でどこも人出が多いんだから、ぶつかられて怪我でもしたら大変なことになるわ」

きちんと背広を着込んだ姿で、一雄がゆっくりとタクシーに乗り込んで行った。八十九歳の今、かつて父金雄がそうであったように随分と足腰が弱ってしまい、杖が手放せなくなっている。それでも、今日は平河町で詩吟の会の忘年会があり、随分前から楽しみにカレンダーを眺めていた。

タクシーの窓の向こうで慶子が腰をかがめ、まだ何か心配事を繰り返している。まったくまるで古女房のようだと辟易とするが、それでも少し手を挙げて答え、タクシーは静かに師走の街を走り出していた。

その古女房の好江は、アルツハイマー病を発症し、六年前から専門の介護施設に入っていた。家庭での介護という道も家族で話し合ったものの、今では社に欠くことの出来ない存在になった土井役員が理事を務めている介護施設があると分かり、細やかな看護体制に安心して任せている。きっと今この時も好江は優しい職員の方々に囲まれて、少女のように歌でも歌ったり、或いはまどろみの中にいるのかも知れない。ほっと息をついて、一雄は久し振りに出る都心の街を眺めていた。

思えば、結婚から十五年ほど、好江には苦労のかけ通しだった。天真爛漫なお嬢さん育ちのはずの彼女が、自分から言い出してサンドイッチスタンドを始めて家計を助けてくれたことなど、何度思い返しても、自分は三国一の妻をもらったものだなと思う。それでも、それから二十五年ほどは、まあ安定した、幸せな暮らしを与えてあげることが出来たと思うけれど、晩年に差しかかる頃の倒産騒動で結局また気を揉ませてしまった。それでも、今、娘や宮田の血のにじむような努力で、社は何とか先代からの地に生き残っている。こうして総てを見届けた今だからこそ、しみじみと夫婦二人、茶でも飲みながらこれまでの道のりを振り返りたいのに、何一つ話が通じ合わないのは何とも言えず口惜しいことだった。とは言うものの、毎日は詩吟や変わらずの川柳の作句に忙しく、一雄の最晩年の時はおだやかに過ぎていた。

けれど、この年末の一日が、長く続いていた静かな日々の最後の一日になった。その日の午後遅く、家では、そろそろお祖父様が帰って来ても良さそうな時分なのに遅過ぎやしないかと雄太郎が気を揉んでいると、やっと掛かって来た電話から聞こえて来たのは詩吟のお仲間の弱り切った声だった。

「長坂さんが、何だか突然に歩けなくなってしまわれて」

雄太郎は慌てて社に出ていた慶子に電話をかけ、宮田が社用車を出して雄太郎を拾い二人で駆けつけてみると、ビルの前の道端で、心配そうに詩吟仲間につき添われて一雄が座り込んでいた。

「会長!」

思わず宮田は声を掛けた。足腰が弱ったとは言え、老境に入ってもりゅうとした背広を着込みダンディと言われた風采を失わなかった一雄が、初めて小さく見える。すぐに駆け寄って宮田がその体を背負い、雄太郎が後ろから支えて何とか車へと運び込む。翌朝一番に病院へ向かうと、診断は大腿骨骨折という深刻なものだった。よろけて転んだ一瞬の出来事のようだった。

＊

結局、そのまま一雄は入院治療を受けることになった。本来なら折れた箇所に金属を埋め込む外科手術をすべき病状だったが、高齢の上、心臓に軽い既往症があって負担が大き過ぎると、自然に骨がつくまで待つより手がないという。あっと言う間に一月が過ぎて、結局一雄は病院で年末年始を迎えることになった。

それでも、年が明けた二月十日、九十歳の誕生日が来て、その日は家族全員が病室に顔を揃えた。もちろん好江の姿だけは見えないのは仕方がないが、

「お誕生日プレゼントがあるのよ」

と慶子がいたずらっぽく笑い、車椅子に乗った好江が現れたのは何とも言えず粋なはからいだった。もちろん、今の好江には目の前にいる男性が自分の夫だということも分かりはしないのだろう。その心はどこをただよっているのか、両親に慈しまれて育った少女時代なのか、一瞬でも自分と過ごした時の記憶が甦ることはあるのだろうか？　一雄は多くの皺に刻まれたその手をそっと握った。初めて二人で、まだ焼け跡の残る東京の街を歩いた日から、何度も何度も握りしめて来たやわらかい手。今その手を握る自分の手にも深い皺が刻まれている。最後に車椅子を押されて好江が部屋を出て行く時、好江、と一雄はもう一度呼びかけた。その声は好江の心の最も深いところに、必ず届いているはずだった。

大往生あっぱれ一瓢九十歳

その夜、一雄は日記に一句を詠んだ。もう、おそらく自分は長く生きることはあるまい。最後に一度だけ、車椅子に乗ってでも良いから、父母に慈しまれて育ち、青春を、人生を謳歌したあの富士見の街を一回りしてみたいが、それも叶うかどうか。しかし、まあいいじゃないか。九十年の人生で、名著と呼ばれる本を何冊もこの世に送り出すことが出来た。娘の慶子と名番頭の宮田が今必死の努力でその屋号と精神とを守り抜き、更に孫の右京が次代を引き継ごうとしてくれている。これ以上何を思い残すことがあると言うのか——

そしてこの句が辞世の句になった。一ヶ月後の三月十一日、東日本地方を未曽有の大地震が襲い、その激しい大地の揺れに老いた一雄の心臓はもう持ちこたえることは出来なかった。一度目の揺れが収まった時、家族は一雄が息を引き取ったことを知った。

（長坂一雄画）

終章　富士、再び

一

中央道で大月ジャンクションを抜けると、西の空の雲間が急に晴れて来た。さっきまで眠たくなるような薄灰色をしていた空が今は白く輝き始めている。この分なら高速を走っている間に富士が見えて来るかも知れないと、右京はハンドルを軽く右に切った。

「西の方、雲が動いてますね」

同じことを思ったのだろう、助手席で営業部の平林が言った。

「今日はついに富士山が拝めるかな。去年もちょうど今頃、倉庫に行ったじゃないですか。あの日は晴れてたのに見えなかったんですよね」

「そうだったっけ?」

「そうですよ。たぶんあの日はもっと富士山に近い麓の方で雲がかかってたんでしょうね。こっちは晴れていましたけど」

「ああ、そうかも知れないね」

「何故か俺が行くとほとんど見えたことないんですよ。結構倉庫に行ってるのに、今まで二回しか見たことがないんだから」

「それは少ないな」

「平林君、富士山に嫌われてるんじゃないの?」

後ろから制作部の青木が言った。

「僕は四、五回は見てるよ。倉庫に行く回数は僕の方が全然少ないのにさ」

「そうだよなあ。あ、そうだ、武さん、次のパーキングで運転替わりましょうか?」

「いや、行きはもうこのまま俺が運転するからいいよ」

「そうですか、ありがとうございます」

「そう言えば、」もう一人、後ろに座っている編集部の八木が思い出したように言った。「来週は中央道も大渋滞なんでしょうね、あそこの寺の花見で。どの辺りから混むんだろう? もうこの辺からですかね」

「さすがに韮崎の手前くらいからだろう。だけどジャンクションを降りた所から寺までは、もう全然動かなくなるらしいよ」

「へえ、すごい話ですね。今日でももう蕾はついてるんでしょうね」

「ついてるだろう。帰りに寄ってみるか」

「いいですね」

二

再びの経営危機を脱してから七年、一雄の死から六年が過ぎて、雄山閣は平成二十八（二〇一六）年、創業百周年を迎えていた。経営の独立を回復した後、宮田は慶子に会長職への就任を要請し、共同で経営に当たることを提案した。編集長は置かず二人が経営と編集、どちらについても最終責任を負う体制が続いている。

慶子と宮田の下には、今、営業担当専務取締役として右京がつく。従来からの構想通り、制作工程の完全内製化を実現した。この改革によって本作りの仕組みが大幅に効率化し、懸案だった財務改善を成し遂げたことが、六年のうちで最も大きな変化だったかも知れない。

＊

本というメディアが明治維新以降これまで綿々と歩いて来た道筋と同じ歩みを続けることは、もうかなわない――そのことを、今、右京は販売の最前線に立ちながら日々感じとっていた。もちろんそれは右京だけが特別敏感に察知したことである訳もなく、これまでさんざん聞き飽きるほど言われて来たように、この国の人口構成の変化、インターネットメディアという巨大な情報倉庫の出現、そして、書店の衰退が本というものの生存可能性を大きく揺さぶっている。

けれど、その事実が学術書が無価値になったということを意味するのかと言えば、それはまた別の話だろうと右京は考えていた。実際、この数年、学術専門書籍の売り上げは回復基調にある。紙の本なのか、電子書籍なのか、この国でどちらが本流になって行くのか今のところ帰趨は定かではないけれど、一定の識見を持って高度な専門知を編集し、世の中へと送り出して行く——学術専門出版の存在価値はメディアが変化しても衰えることはないと確信していた。

だからこそ、ただ漫然と環境の変化を憂うのではなく、その変化の中でも生き延びられる仕組みを作り上げなければならない。制作の内製化に伴い右京は新たに制作部を立ち上げ、今では青木淳、荒井美和子、鈴木彩、三人の制作部員が年間五十点ほどの発行書籍の総て、そして、『季刊考古学』『歌舞伎 研究と批評』、また、宮田が若宗匠と親しくしていたことから新たに平成二十三年より請負うことになった、茶道江戸千家宗家の月刊会報誌『孤峰』。この三誌の印刷データ作成までを一手に引き受けている。慶子以来の悲願だったこの改革により、財務体質は大幅に改善していた。

一方、営業部には、今、右京の下に斎藤みち子と平林優の二人が在籍している。これまでのところ父の時代のように全国隅々をめぐる営業にまでは手が回らないものの、首都圏の大型書店、そして全国規模の大型書店との関係作りは欠かしていない。今後は書籍によっては大型営業キャンペーンも展開したいし、また、それとは逆に、コアな考古学ファンと交流し、若き考古ボーイ、考古ガールを育てて行けるような何かしらの場作り——例えば会員サロンのような——も視野に収めていた。

＊

編集部では、今一番の古株は羽佐田になった。下に続く桑門は宮島から渡されたたすきをしっかりと引き継ぎ、年四度『季刊考古学』を送り届けている。その他に、古代史を中心に書籍の編集にも走り回り、ちょうどまさに学生時代に専攻した領域の企画も動き始めているのは青春時代の夢がかなったようだった。彼ら二人に加え、六年の間には、八木崇と安齋利晃という新しい仲間も加わっていた。もともと世界史専攻だった八木は雄山閣では日本史全般と書道書の復刊本関係、他社での長い編集キャリアを持つ安齋は、主に文化史、文学関係などの教養書籍を担当している。

良い流れと言えるのは、平成二十三年から刊行を始めた『生活文化史選書』が好調なことだった。これは史学の正統である政治史に含まれない様々な日本史上の事象、現象を探る、つまりは初代の金雄以来常に手掛けて来た風俗史の伝統を引き継ぐもので、第一回の刊行は日本人の死生観をテーマにした『闇のコスモロジー』だった。定価は二千円台、A5版という手に取りやすい版型で、続刊には『御所ことば』『猪の文化史』『つばき油の文化史』、そして以前慶子が目を留めていたあの『焼肉の誕生』など、一冊一冊、顔が際立つようなユニークなラインナップで好調が続いている。

もう一冊、平成二十六年に出版した『日本年号史大事典』も、他に類書のない事典として好調だった。日本法制史の泰斗、所功先生を中心に、六四五年の大化から始まって現在の平成まで、日本史上総ての年号の由来と出典とを解説するこの事典は、史学研究に不可欠な必携書の位置を築きつつある。

編集部では今日も続々と、新しい企画が本へと生まれ出ようとしている。

一方、右京は今、その射程に広く新メディアへの進出も収めていた。過去の名著の電子書籍化はもちろん、有望な学術研究を助成するクラウドファンディングの設立、日本の伝統文化を映像発信するインターネットチャンネルの立ち上げなど、手掛けて行くメディアは複数にわたる。かつて曽祖父金雄は「世にない、世のための、世に残る本を作る」を社是に掲げたが、今、右京が見つめているのは「本」の一語を、「コンテンツ」に書き変えた新しい歩みなのだと言っていい。百年間培って来た知の蓄積と、知を見極める眼とを、最新の媒体で自由に、柔軟に展開する。百一年目の雄山閣は、新しい形の情報発信会社として歩みを始めようとしている。

＊

そして今日、四人は、在庫倉庫に書籍の入れ替えに向かっていた。

倉庫は曽祖父金雄が育った牧原から少し離れた武川町山高にあって、そう言えばその場所は金雄が幼い日に修行に出された実相寺のすぐ麓に当たる。実相寺時代、兄弟子のいじめに遭って金雄が二度の家出をした時、もしかしたら今の倉庫の辺りには大きな石でも転がっていて、一心に牧原へと歩き続けるその道の途中で少しの間腰を下ろして休んだことがあったかも知れない。当時から近隣の村の人々が花見に来ていた実相寺の桜は今では日本最古の桜としてマスメディアに大々的に採り上げられ、毎年四月には全国から何万人もの人が訪れる。まったく、鼻を垂らしていた頃のひいじいさんが知ったら目を真ん丸にするだろうな、と右京はおかしくなった。

窓の向こうで雲が散り散りに空を流れて行く。

「あ、富士山だ」

平林が声を上げた。雲間から富士が姿を現していた。まだ中腹まで濃く雪をかぶり、その下に黒く荒々しい土の塊を日本の大地の上に下ろしている。右京は少し目を細めてその山肌を行く道の前に眺めた。

あとがき

雄山閣編集部の桑門智亜紀さんから電話があり、本を書いてみないかというお話を頂いたのは、三年前の秋のことだった。雄山閣とはそれまでに数回、本の下調べや構成作りのお手伝いをしたことがあった。聞けば、今回は二年後の平成二十八（二〇一六）年に創立百周年を迎えるに当たり、その歩みを読みものとしてまとめたいのだという。詳しくお話を伺うために編集部に出向くと、長坂慶子会長が待っていて下さった。その場で正式に依頼を頂き武者震いしていると、どこからどう話が流れて行ったのか、気がつくと創業者長坂金雄――会長にとっては祖父に当たる――の子ども時代の話が始まっていた。ちょうど現在の第一章章末に当たる部分で、大変に不幸な境遇にあった金雄たち姉弟三人がその逆境に耐えかねて入水自殺をはかろうとする、というドラマチックなエピソードで、面白いことは面白いのだが、この日はICレコーダーの用意もなく、慌てて手持ちのノートにメモを取ったことを覚えている。こうして嵐のように執筆準備が始まったのだった。

それからの一年間を取材と調査にあてることに決め、まず取り掛かったのは、金雄が残した自伝『雄山閣とともに』、そして、創立八十周年に当たって作られた社史を読み込むことだった。その後、雄山閣百年間の代表的な出版物に目を通すことを続け、また、金雄が青年時代までを過ごした山梨県北杜市の武川牧原という小さな村には、春夏秋冬、季節ごとに足を運んで土地の匂いや頬に当たる風のその感覚を体に染み込ませた。長坂家本家当主の長坂正己氏、地域の古老であり地方史研究家でもある小沢芳武氏には長時間のインタビューをさせて頂いている。お二人のご協力に深く感謝を申し上げたい。

＊

苦労をしたのは、日本出版史の大きな流れと、雄山閣という、その中の謂わば細胞の一つである企業の個体史とが、どのように有機的に結びついているのかを理解することだった。

私は文筆を生業としているが、自動車整備工が必ずしも自動車業界の歴史に通じてはいないように、出版業界の歴史には詳しくない。西洋式の「出版社」が勃興した明治の事始めから平成の現在まで、戦争、震災、不況という災禍が幾度も押し寄せた激動の百五十年間を、出版界はどう生き抜いて来たのか。

そして、その大きな流れの中で、では、出版界誕生の約五十年後に産声を上げた雄山閣には、百年分のどのような波乱万丈があったのか。私が何度も足を運んだあの片田舎の村から東京に出て雄山閣を興した長坂金雄は「歴史書出版」の夢を掲げ、多くの人々がその旗のもとに集い、また、長坂家の人々も代々その夢に巻き込まれて来た。もちろん、良いことばかりがあった訳ではない。百年という決して短くはない時の中で彼らのどのような夢が叶い、どのような夢が破れ、どのような夢が今もまだ見続けられているのか。そこにこの物語の核心がある。

＊

執筆準備に当たっては、長坂慶子会長、宮田哲男社長、武右京専務をはじめ、戦後雄山閣の黄金時代を築いた立役者である芳賀章内元編集長、武一雄元営業部長、今も雄山閣の看板雑誌であり続けている『季刊考古学』を立ち上げ、二十八年間編集に携わった宮島了誠氏、また、雄山閣の著者であり、良き友人として幾度も危機に当たり絶妙の知恵を授けた仏教考古学の泰斗、坂詰秀一立正大学名誉教授に長時間のインタビューをさせて頂いた。温かいご協力に深く感謝を申し上げる。

また、担当編集者として全般的なサポートを頂くだけでなく、印刷や再販制度など出版業の基礎知識について、分かりやすい資料を携え教授下さった桑門智亜紀さんにも感謝を捧げたい。

＊

今、筆を擱いてしみじみと胸にこたえるのは、「歴史」の波間に消えてしまった人々の何と多いか、ということだ。

例えば、戦前、雄山閣の出版物に掲載された歴史資料や美術品の図版写真は、「東帰」といういささか風変わりな姓を持つ社員が撮影していた。雄山閣にとって欠くべからざる人だったはずだが、彼の下の名前は様々に調べてもどうしても発見することが出来ず、本書では「一郎」という仮の名前をあてている。

また、長坂金雄はそもそも小瀧淳という先輩出版人から事業を受け継ぐことで歴史書出版に乗り出すが、それは小瀧が刑事事件を起こして事業を続けることが出来なくなったためだった。雄山閣誕生のきっかけとなったこの小瀧の事件とは、では、一体どのようなものだったのか。これも様々な文献に当たり、史学研究者のご協力も仰いだがどうしても突き止めることが出来ず、やむを得ず推測を綴るしかなかった。実はその後、小瀧は仏教に帰依して人生訓をものし、十冊以上も本を出す人気著述家になるのだが、今ではその存在は全くと言って良いほど知られていない。

そして、彼らだけではないのだ、ということに思いをめぐらせる。例えば、取次への納品から印刷所への使い走りまで、あらゆる雑用をこなしていた小僧さんたち。例えば、ほんの一時だけ在籍してすぐに去って行った編集者たち。例えば、戦前、雄山閣の人気雑誌『歴史公論』に執筆しながら、今では何一つ履歴の分からなくなった史学者や著述家たち。そのような人々は皆、「歴史」という大河の瀬に浮かび上がることもなくかき消えてしまった。

それでも、と思う。今回、こうして一冊の本を編むことで、少なからぬ人々の歩みに光を当てることが出来た。雄山閣というこの歴史出版社は創業以来常に、名もない庶民の暮らしや信条に着目する「生活史」の分野に力を注いで来た。私のこの本も滔々と続くその流れに交わり、次の時代へと流れて行くのなら幸いである。

平成二十九年二月二十六日

西端真矢

主要参考文献

●雄山閣及び雄山閣関連人物関係

長坂金雄『雄山閣とともに』雄山閣出版、一九七〇

『雄山閣八十年』雄山閣出版、一九九七

『日本学叢書内容見本』雄山閣、一九三八

中村吉蔵「誤解と曲解 史劇「大老の死」について」『東京朝日新聞』、一九二〇年五月二十九日朝刊他、歌舞伎劇『井伊大老の死』中止事件関係の同紙の前後関連記事を参照、五月三十日朝刊、三十一日朝刊、六月二日朝刊、三日朝刊、十日朝刊、七月十二日朝刊

「第百號に題す」『日本讀書新聞』一九三九年十一月五日

『「出版通信」「出版同盟新聞」第九巻』出版文化通信社、二〇〇一

「雄山閣出版が考古学賞設立」『読売新聞』一九九一年九月六日夕刊

夏川清丸『出版人の横顔』出版同盟新聞社、一九四二

長坂一雄『川柳句集 つれづれ』雄山閣出版、一九九二

長坂一雄「生きた出版をねがって」（『出版クラブだより』第四十三号、一九六八）

国立公文書館アジア歴史資料センター「第十二軍」（ウェブサイト『公文書に見る終戦』https://www.jacar.go.jp/glossary/term/0100-0040-0080-0010-0010-0010-0050.html、二〇一六年四月十四日）

斎木織三郎編纂『大日本現代教育家銘鑑第貳輯』教育実成會、一九一五

小滝淳「世は如何にして社会主義者となりし乎」『平民新聞』一九〇四年一月一〇日

小瀧淳『人生の活路』泰文館、一九三六

岡崎一「小滝淳・小森七兵衛・清水谷善照・土井昇」（『初期社会主義研究』九号、一九九六）

藤一也『北川冬彦 第二次「時間」の詩人達』沖積舎、一九九三

岩崎定夢「「辻井喬＋堤清二回顧録」編纂委員・川内康範さん 作家が書いた立身出世伝を刊行」（ウェブサイト『ジャーナリスト集団『無名会』』http://blog.livedoor.jp/mumeikai/archives/50939453.html、二〇一六年六月三十日）

●日本史学史・雄山閣著者関係

三上参次『明治時代の歴史学界』吉川弘文館、一九九一

中村孝也「三上参次先生を憶う」（三上参次『江戸時代史 下巻』講談社、一九九二）

大久保利謙『日本近代史学事始め』岩波書店、一九九六

今谷明他編『20世紀の歴史家たち1』刀水書房、一九九七

今谷明他編『20世紀の歴史家たち2』刀水書房、一九九九

今谷明他編『20世紀の歴史家たち5』刀水書房、二〇〇六

明治大学図書館「蘆田伊人略歴」（ウェブサイト『蘆田文庫古地図展』http://www.lib.meiji.ac.jp/ashida/display/exhibit-2001/k.ashida.html、二〇一六年四月十三日）

若井敏明『平泉澄』ミネルヴァ書房、二〇〇六

小沢昭一他「鼎談 師正岡容を語る」(『東京恋慕帖』筑摩書房、二〇〇四)
山村正夫『わが懐旧的探偵作家論』双葉社、一九九六
玉川信明『田村栄太郎』リブロポート、一九八七
松藤和人『検証「前期旧石器遺跡発掘捏造事件」』雄山閣、二〇一〇
上原善広『石の虚塔』新潮社、二〇一四

●出版業界史関係

日本書籍出版協会編『日本出版百年史年表』日本書籍出版協会、一九六八
東京出版協會編『東京出版協會二十五年史』東京出版協會、一九三九
「整備案・具體的審議へ 戦力増強に挺身 業務委員會事業数を議決す」『日本読書新聞』一九四三年九月十八日他、出版業界企業整備関係の同紙の前後関連記事を参照、一九四三年一月三十日、二月十八日、二十日、十一月二十七日、一九四四年一月十五日、二月二十六日
三省堂百年記念事業委員会編『三省堂の百年』三省堂、一九八二
荘司徳太郎・清水文吉『資料年表 日配時代史』出版ニュース社、一九八〇
出版七日会編『絆 出版七日会四十年の歩み』出版七日会、一九九〇
『社団法人出版梓会五十周年史』社団法人出版梓会、一九九九
小川菊松『出版興亡五十年』誠文堂新光社、一九五三
小田光雄「古本夜話520・521・522・524回」(ウェブサイト『出版・読書メモランダム』http://d.hatena.ne.jp/OdaMitsuo/20151206/1449410519、二〇一六年四月十八日)

●山梨県関係

武川村誌編纂委員会編『武川村誌 上・中』武川村、一九八六
山梨郷土研究会編『山梨郷土史年表』山梨日日新聞社、一九八一
坂本高雄『山梨の民家』坂本高雄、一九七五
北杜市郷土資料館編『いつもそこに馬がいた』北杜市郷土資料館、二〇一三
山梨県教育委員会『山梨県教育百年史 第1巻明治篇』山梨県教育委員会、一九七六
石川松太郎他編『江戸時代人づくり風土記19山梨』農山漁村文化協会、一九九七
東日本旅客鉄道八王子支社「中央線の歴史」(ウェブサイト『東日本旅客鉄道八王子支社』https://www.jreast.co.jp/hachioji/chuousen/history_chu/h_01.html、二〇一六年四月十一日)

●明治・大正・戦後復興期東京風俗関係

深川区史編纂会編『江戸深川情緒の研究』有峰書店、一九七一
喜熨斗古登子述・宮内好太郎編『吉原夜話』青蛙房、一九六四
講談社文芸文庫編『大東京繁昌記 山の手篇』講談社、二〇一三
藤原咲平編『関東大震災調査報告(気象篇)』中央気象臺、一九二四
法政大学百年史編纂委員会『法政大学百年史』法政大学、一九八〇

■著者略歴

西端真矢（にしはた　まや）

文筆家。1970年生まれ。東京都出身。93年上智大学文学部哲学科卒業。編集プロダクション、広告代理店勤務を経て、2007年独立。『婦人画報』『JAL SKYWARD』『DUNE』誌などにて、取材記事や随筆を多数執筆。また、きものにも造詣が深く、専門誌『美しいキモノ』『いろはにキモノ』や『クロワッサン』の長寿連載「着物の時間」で、日本染織文化関連の記事を多数取材、執筆している。

2017年5月12日　初版発行　《検印省略》

歴史《れきし》を商《あきな》う　書肆《しょし》 雄山閣《ゆうざんかく》 百年《ひゃくねん》ものがたり

著　者　西端真矢

発行者　宮田哲男

発行所　株式会社 雄山閣

〒102-0071　東京都千代田区富士見2-6-9

TEL　03-3262-3231 / FAX　03-3262-6938

URL　http: //www.yuzankaku.co.jp

e-mail　info@yuzankaku.co.jp

振　替：00130-5-1685

印刷・製本　株式会社ティーケー出版印刷

ISBN978-4-639-02472-9　C0093

N.D.C.913　398p　19cm